약사의 혼잣말

1

휴우가 나츠

일러스트
시노 토우코

**"미약을
만들어 주지
않겠어?"**

한순간 마오마오 의
눈에 놀람과 호기심의
빛이 떠올랐다.

"잠깐 귀를
좀 빌려주시지요."

마오마오는 리화 비 에게 한 가지 사실을 가르쳐 주었다.
리화 비가 사과처럼 얼굴을 새빨갛게 붉히며 들은 말이
도대체 무엇인지 한동안 시녀들 사이에서
화제가 되었다고 한다.

환관 진시 는
비취궁에서 백분과
글씨가 적힌 천이 묶인
나뭇가지를 보며
어떤 자를 떠올렸다.

"교쿠요 비전하,
만약 이 글의 주인을
찾는다면 어떻게
하시겠습니까?"

교쿠요 비

"안 됩니다."

마오마오가 퉁명스러운
표정으로 고개를 숙였다.
진시가 손을 뻗었다.

"닿는 것도 아니고."

"기력이 닳습니다."

"한 손만. 손가락 끝만이라면 괜찮지 않아?"

"⋯⋯⋯."

" 살짝 건드리는 건 괜찮지 않아?"

약
사
의
혼
잣
말

INTRODUCTION

명탐정 탄생

중세의 궁중을 무대로,
독 시식 담당을 맡은 어느 소녀가 어려운
문제들을 차례차례 풀어 나가는 이야기.
그 통쾌한 전개와 츤데레 주인공 캐릭터가
호평을 얻었습니다.
단행본 발매 이후로 2년.
수많은 요청 덕분에
드디어 문고화가 결정되었습니다.
단행본 원고를 대폭 개고하여
더욱 가슴 두근거리는 이야기로 바꾸었습니다.
라이트노벨계에 새로운 명탐정이
탄생한 게 아닐까요.
주인공 마오마오의 추리와 시원시원한 발언을
다 읽고 나면 가슴속이 후련해지는 기분을
맛볼 수 있을 겁니다.

약사의 혼잣말

1

휴우가 나츠 지음
시노 토우코 일러스트

Carnival

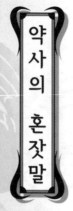

약사의 혼잣말

1 화 : 마오마오

'길거리에서 파는 꼬치구이 먹고 싶네.'

흐린 하늘을 올려다보며 마오마오猫猫는 한숨을 내쉬었다.

주위는 너무나 아름답고 반짝반짝 빛나는 세계이자, 시커먼 원념이 소용돌이치는 탁한 우리 안이기도 했다.

'벌써 3개월이나 지났는데, 아버지는 밥 잘 챙겨 먹고 있을까 모르겠네.'

얼마 전, 약초를 찾으러 숲에 갔다가 마오마오가 우연히 마주친 것은 마을 사람 1, 2, 3이라는 이름의 납치범들이었다.

오로지 황제만을 위해 시행되는 막강한 혼인 활동, 줄여서 혼활. 그야말로 민폐로밖에 여겨지지 않는 그것은 궁정의 여자 사냥이었다.

뭐, 급료도 받을 수 있고 2년 정도 일하면 원래 살던 곳으로 돌아갈 수도 있다고 하니, 취직 자리로는 썩 나쁘지 않은 곳이지만 그것도 다 자기 의지로 왔을 때의 일이다.

약사로서 그럭저럭 생활을 꾸려 나가고 있었던 마오마오에게는 그저 달갑잖은 봉변이었을 뿐이다.

납치범들이 묘령의 처녀를 잡아다 환관에게 팔아 술값을 번 건지, 아니면 끌려가게 생긴 자기 딸 대신 바친 건지는 몰라도 마오마오와는 아무런 상관도 없는 일이었다. 어떤 이유라 해도 자신에게 뜬금없이 불똥이 튀었다는 사실은 변함이 없었다.

그렇지 않았다면 후궁後宮이라는 장소와는 평생 엮이고 싶지 않았는데 말이다.

구역질 나는 화장품 냄새와 향 냄새. 아름다운 옷을 입은 궁녀들의 입술에는 얄팍한 미소가 언제나 나붙어 있다.

약사 노릇을 하다 보면 여자의 웃음만큼 무시무시한 독은 없다는 생각이 든다.

그것은 황족이 사는 궁이나 아랫마을 유곽이나 크게 다를 바 없다.

마오마오는 발밑에 놓아두었던 빨래 바구니를 안아 들고 건물 안쪽으로 향했다. 바깥과는 다르게 살풍경한 뜰 한가운데에는 돌바닥으로 된 빨래터가 있고, 남자인지 여자인지 모를 시종들이 그곳에서 어마어마한 양의 빨래를 하고 있었다.

후궁은 본래 남자의 출입이 금지된 공간이다. 들어갈 수 있는 사람은 나라에서 가장 고귀한 분과 그 혈족, 그리고 한때는 남자였으나 지금은 소중한 것을 잃은 자들뿐이다. 물론 이곳에 있는 사람들은 모두 후자다.

기괴하다는 인상을 받긴 했지만, 그것이 이치에 맞는 일이니 어쩔 수 없다고 마오마오는 생각했다.

마오마오는 가져온 바구니를 내려놓고 옆 건물 안에 죽 늘어 놓아둔 바구니들을 바라보았다. 그것은 더러운 빨래가 아니라 이미 세탁이 끝나고 햇볕을 받아 잘 마른 옷들이었다.

걸어 놓은 나무패에는 식물을 본뜬 그림과 숫자가 새겨져 있었다.

궁녀들 중에는 글자를 읽지 못하는 사람도 있다. 하나같이 납치범들에게 납치당해 온 사람들뿐이니 어쩔 수가 없다. 궁정으로 끌려 들어오기 전에 최소한의 예의범절 같은 것은 가르쳐 주지만, 글자는 어렵다. 시골 처녀들의 식자율은 5할을 넘으면 괜찮은 축이다.

후궁이 너무 커져 버린 폐해라고도 할 수 있겠다. 양이 늘어나면 질이 나빠진다.

선제先帝의 화원에는 도저히 못 미치지만 지금도 비와 궁녀들을 합쳐 2천 명, 환관들까지 합치면 3천 명이 넘는 대규모 집단이다.

마오마오는 그중에서도 최하층 하녀이며 직함조차 받지 못했다. 딱히 괜찮은 배경이 있는 것도 아니고, 그냥 숫자를 맞추느라 납치해 온 시골 처녀에게는 기껏해야 그런 처우가 최선이리라.

모란처럼 풍만한 육체나 보름달처럼 새하얀 피부라도 가지고 있었다면 그나마 하급 비빈 자리는 얻을 가능성도 있었겠지만, 마오마오가 가진 거라고는 주근깨가 있는 건강한 피부와 시든 나뭇가지처럼 비쩍 마른 팔다리뿐이었다.

'빨리 일이나 끝내 버리자.'

마오마오는 매화꽃과 '십칠'이라는 글자가 새겨져 있는 패가 걸려 있는 바구니를 들고 종종걸음으로 걸어갔다. 먹구름이 잔뜩 낀 하늘이 울음을 터뜨리기 전 빨리 방으로 돌아가고 싶었다.

바구니에 든 빨랫감의 주인은 하급 비였다. 이 비가 배정받은 개인실은 다른 하급 비에 비하면 세간살이의 질이 훨씬 호화롭지만 좀 지나치게 화려하다. 방 주인은 아마도 거상의 딸이 아닐까 예상할 수 있었다.

지위가 있으면 자기 전용 시녀를 얻을 수도 있지만 지위가 낮은 비는 기껏해야 시녀를 둘까지밖에 두지 못한다. 따라서 마오마오처럼 딱히 모시는 주인이 없는 하녀가 이렇게 빨랫감을 날라다 주곤 했다.

하급 비는 후궁 안에 개인실을 가지는 일이 허용되지만 장소는 궁의 구석이기 때문에 황제의 눈이 쉽게 닿을 곳은 아니다.

그래도 한 번이라도 승은을 입으면 방을 옮길 수 있고, 두 번째 승은은 출세를 의미한다.

한편 황제의 손길을 받지 못한 채 적령기를 지나 버린 비는 친정의 권력이 어지간하지 않은 이상 지위가 내려가거나, 또는 관리에게 하사된다. 그것이 정말 불행한 일인지 어떤지는 상대에 따라 다르겠지만, 여인들은 환관에게 하사되는 일을 가장 두려워했다.

마오마오는 가볍게 문을 두드렸다.

"거기 놔두고 가."

방에 딸린 시녀가 문을 열고 퉁명스럽게 대꾸했다.

안에서는 달착지근한 냄새를 풍기며 비가 술잔을 흔들고 있었다.

궁에 들어오기 전에는 그 아름다운 용모를 늘 칭송받기만 했겠지만, 결국은 우물 안 개구리였던 셈이다. 현란한 꽃들에게 압도당하고 높았던 콧대가 뚝 부러진 이 하급 비는 최근 들어 방 밖에 나오려 하지도 않았다.

'방 안에만 틀어박혀 있으면 누구의 눈에도 띄지 않을 텐데.'

마오마오는 옆방의 빨래 바구니를 받아 들고 다시 빨래터로 돌아갔다.

일은 아직도 한참이나 남아 있다. 스스로 원해서 온 것은 아니지만 그래도 급료를 받는 이상 그만큼은 일할 생각이었다.

약사 마오마오는 기본적으로 성실한 인간이다.

얌전히 일을 하고 있으면 조만간 나갈 수 있다. 혹여 황제의 손을 타게 될 일은 없을 것이다.

안타깝게도 마오마오의 생각은 너무 안이했다고 할 수 있겠다. 무슨 일이 일어날지 모르는 것이 바로 인생이다. 고작 열일곱 살짜리 소녀치고는 달관한 사고방식의 소유자이긴 했지만, 그런 마오마오도 억누를 수 없는 것이 있었다.

그것은 바로 호기심과 지식욕이었다. 그리고 아주 약간의 정의감도 있었다.

바로 며칠 후, 마오마오는 어떤 괴이한 사건의 진상을 폭로하게 된다.

후궁에서 태어난 젖먹이 아기들의 잇따른 죽음.

선대의 측실이 건 저주라고들 했던 그것은, 마오마오 입장에서는 전혀 괴기한 사건이 아니었다.

2 화 : 두 명의 비

"아하, 역시 그랬구나."

"응. 의사 선생님이 찾아가는 걸 내가 봤어."

탕 국물을 홀짝홀짝 마시며 마오마오는 귀를 기울였다. 넓은 식당에서는 수백 명의 하녀들이 아침 식사를 하고 있었다. 메뉴는 탕과 잡곡으로 만든 죽이었다.

대각선 맞은편 자리에 앉은 하녀들이 소문에 대해 이야기하고 있었다. 안타깝다는 표정을 짓고는 있었지만 그보다 강한 호기심이 눈동자 깊은 곳에서 반짝반짝 빛났다.

"교쿠요玉葉 님한테도, 리화梨花 님한테도."

"우와, 두 분 다? 아직 반년하고 3개월이던가?"

"맞아. 그러니까 역시 저주인 것 같아."

등장한 두 이름은 황제가 특히 총애하는 비들을 가리킨다. 반년과 3개월이라는 말은 각각의 비가 낳은 자식들의 나이일 것이다.

궁 안에서는 소문이 제멋대로 활개를 친다. 내용은 황제가 손을 댄 궁녀 이야기나 후사 이야기, 또는 괴롭힘이나 원한에 의한 악평일 때도 있는가 하면 찌는 듯한 더위에 어울리는 괴담 이야기일 때도 있었다.

"그러게 말이야. 그렇지 않고서야 세 분이나 돌아가실 리가 없잖아."

그것은 비들이 낳은 아이들, 즉 후사가 될 왕의 자식들을 가리킨다. 황제가 동궁이었던 시절에 한 명, 황제로 즉위하고 난 후 두 명. 모두 젖먹이일 때 죽었다. 유아 사망률이 높은 것은 당연한 일이지만 황제의 자식이 셋이나 죽는 건 이상한 일이었다.

현재 교쿠요 비와 리화 비, 두 사람의 아이들만이 목숨을 부지하고 있다.

'독살 아닐까?'

백탕*을 마시며 마오마오는 생각에 잠겼지만, 결국 그건 아니라는 결론을 내렸다.

세 아이들 중 두 명은 공주였기 때문이다. 남자만이 황위 계승권을 가질 수 있는데 굳이 공주를 죽일 이유는 거의 없다.

※백탕 : 뜨거운 물.

앞에 앉아 있는 두 하녀들은 식사도 잊고 저주니 천벌이니 하는 소리를 늘어놓고 있었다.

'아무리 그래도 저주는 좀….'

말도 안 되는 소리다. 그런 식으로는 저주만 걸어도 한 집안 전체를 몰살시킬 수 있을 것이다.

이런 마오마오의 생각은 오히려 이단적이라고 할 수도 있겠다. 하지만 마오마오의 머릿속에는 그렇게 잘라 말할 근거가 될 수 있는 지식이 충분히 있었다.

'무슨 병인가? 혹시 혈통에 의한 병? 어떤 식으로 죽었을까?'

그리하여 무뚝뚝하고 말수가 적다고 알려져 있었던 어느 하녀는, 결국 수다를 떨고 있던 하녀들에게 말을 걸었다.

호기심에 패배하여 후회하게 된 것은 그리고 나서 시간이 좀 흐른 후의 일이다.

"자세히는 모르겠지만 하나같이 점점 몸이 약해졌더래."

수다스러운 하녀 샤오란小蘭은 마오마오가 자신에게 말을 걸었다는 사실 자체에 흥미를 가진 듯, 그 후로도 틈만 나면 소문을 전달해 주곤 했다.

"의사 선생님의 방문 횟수로 미루어 볼 때 리화 님 쪽이 더 무거운 병 아닐까?"

샤오란은 걸레를 짜서 창틀을 닦으며 말했다.

"리화 님 본인도?"

"응. 모자가 둘 다 그렇대."

의관이 리화 비 쪽을 더 자주 드나드는 이유는 병이 위중해서라기보다는 아이가 동궁이기 때문이리라. 교쿠요 비의 아이는 공주였다.

황제의 총애는 교쿠요 비 쪽이 더 두텁지만, 태어난 아이의 성별에 따라 어느 쪽에 더 무게를 둘지는 뻔한 일이었다.

"자세한 병세는 나도 몰라. 하지만 두통이랑 복통이랑, 또 구토기가 있다는 이야기는 들었어."

샤오란은 자신이 아는 사실 전부를 털어놓고 나니 만족했는지 다음 일을 하러 가 버렸다.

마오마오는 감사의 뜻으로 감초가 든 차를 건네주었다. 중앙 정원의 한구석에 나 있던 감초를 뜯어 만든 차였다. 약 냄새가 좀 나긴 하지만 단맛이 강하다. 단것을 쉽게 먹을 수 없는 하녀들은 굉장히 기뻐하곤 했다.

'두통에 복통에 구토기라.'

짚이는 병이 있긴 했지만 결정타는 없었다.

예측만으로 매사를 판단해서는 안 된다고 아버지는 입이 닳도록 말했다.

'잠깐 가 볼까.'

마오마오는 잽싸게 일을 끝내기로 했다.

한마디로 '후궁'이라고 묶어 말하곤 하지만 그 규모는 광대하다. 상시 2천 명 가량의 궁녀가 있고, 내부에서 숙식하는 환관도 5백 명을 넘는다.

마오마오를 비롯한 하급 궁녀들은 커다란 방에서 열 명 단위로 꾸역꾸역 지내고 있지만 하급 비는 개인 방이 있고, 중급 비는 개인 건물을 갖고 있으며 상급 비는 궁을 갖고 있는 등 점점 규모가 커지고 식당, 정원까지 합치면 웬만한 마을 하나보다 훨씬 크다.

따라서 마오마오는 자신이 사는 후궁 동측을 나올 일이 없었다. 외부에 볼일이 생기지 않고서야 나올 틈도 없었다.

'볼일이 없으면 만들면 되지.'

마오마오는 바구니를 들고 있던 궁녀에게 말을 걸었다. 궁녀가 들고 있던 바구니에는 서측 수돗가에서만 빨아야 하는 고급스러운 비단이 들어 있었다. 수질 차이가 있는지, 아니면 빠는 사람의 차이인 건지 모르겠지만 동측에서 빨면 금세 상한다고 한다.

마오마오는 비단의 열화劣化 문제가 그늘에서 말리느냐 그렇지 않느냐의 문제라는 사실을 알고 있었지만 그것을 굳이 말할 필요는 없다.

"중앙에 있다는 그 아름다운 환관을 보고 싶어."

샤오란에게서 겸사겸사 들었던 이야기를 꺼내자 궁녀는 흔쾌히 바꿔 주었다.

남녀 문제에 관련된 자극이 별로 없는 이곳에서는 이미 남자가 아닌 환관조차 자극의 대상이 된다고 한다. 궁녀 일을 그만 둔 뒤 환관의 아내가 되는 사람이 있다는 이야기도 드문드문 들었다. 여색에 비하면 그래도 건전한 편이라고 해야겠지만, 마오마오는 고개를 갸웃거릴 수밖에 없었다.

'이곳에서 지내다 보면 나도 그렇게 되는 걸까?'

마오마오는 팔짱을 끼고 자문하다 끙끙 신음했다. 그런 취향은 없다.

빠른 걸음으로 세탁 바구니를 전달해 준 마오마오는 중앙에 위치한 붉은 건물을 돌아보았다. 곳곳에 조각이 새겨져 있고, 기둥 하나하나가 예술품이라고 할 수 있을 정도였다. 동측 변두리보다 훨씬 세련되고 섬세하게 지은 건물이었다.

현재 후궁에서 가장 큰 건물에 사는 사람은 동궁의 생모인 리화 비다. 황제에게 정실 비가 없는 가운데 유일하게 사내아이를 낳은 리화 비는 이곳의 최고 권력자라고 할 수 있겠다.

그런 곳에서 마오마오가 본 것은 시정잡배들과 크게 다를 바 없는 광경이었다.

고함을 지르며 욕설을 퍼붓는 여자, 고개를 숙인 여자, 어쩔 줄 몰라 하는 여자들, 중재하는 남자.

'기루랑 큰 차이도 없네.'

지극히 냉정하게 생각하며 마오마오는 제삼자, 즉 구경꾼들 사이에 끼었다.

소리를 지르는 여자는 후궁의 최고 권력자, 고개를 숙인 여자는 그다음 가는 존재, 어쩔 줄 몰라 하는 여자들은 시녀들, 중재하는 사람은 이미 남자가 아닌 의관이라는 사실은 주위 사람들의 수군거림과 풍채를 보고 알 수 있었다. 순서대로 동궁의 생모인 리화 비, 다음은 공주를 낳았고 황제의 두터운 총애를 받고 있는 교쿠요 비, 그리고 환관인 의관에 대해서는 마오마오도 잘 모른다. 하지만 이 광대한 후궁 안에 의관이라 부를 수 있는 존재가 단 한 명뿐이라는 이야기는 들었다.

"네가 한 짓이냐. 자기가 딸을 낳았다고 사내아이인 내 자식을 저주로 죽이려 하다니!"

아름다운 얼굴이 일그러지면 그만큼 더 무시무시해 보이곤 한다. 유령처럼 새하얀 피부와 악귀 같은 시선은, 뺨을 손으로 가리고 있는 상대방 미녀를 향하고 있었다. 손으로 짚고 있는 그 뺨은 벌겋게 물들어 있었다. 따귀를 맞은 모양이었다.

"그럴 리 없지 않습니까. 샤오링小鈴도 마찬가지로 괴로워하고 있단 말입니다."

붉은 머리카락과 비취 같은 눈동자를 지닌 여성이 냉정하게 대답했다. 아마도 서방西方의 피를 짙게 이은 듯 보이는 그 비, 교쿠요 비는 고개를 들고 의사의 얼굴을 쳐다보았다.

"그러니 딸아이의 용태도 봐 주셨으면 합니다."

중재를 하는 것 같았지만 사실 문제의 발단은 의사였던 듯했다.

의사가 동궁만 진찰하고 자기 딸은 봐 주지 않는 것을 항의하러 온 모양이다.

마음은 알겠지만 후궁이라는 조직 내에서 남아를 우선하는 건 당연한 일이다.

의사를 보니 자기는 아무 잘못 없다는 표정이었다.

'저 돌팔이 의사, 바보 아냐?'

비 두 사람 곁에 그토록 가까이 있으면서도 알아차리지 못하다니. 아니, 아예 모르는 건가?

어린아이의 죽음, 두통, 복통, 구토기. 그리고 리화 비의 하얀 피부와 바싹 야윈 몸.

마오마오는 중얼중얼 혼잣말을 하며 난리가 난 자리를 떠났다.

'어디 뭐 쓸 것 없나?'

하고 생각하면서.

그렇기에 스쳐 지나간 어떤 인물에게는 시선조차 주지 않았다.

약사의 혼잣말

3 화 ⦂ 진시

"또 저러고 있군."

진시正氏는 심란한 표정으로 중얼거렸다.

궁중의 꽃들이 이런 곳에서 소란을 피우고 있다니 꼴사납기 그지없는 일이다. 그것을 수습하는 것도 진시가 하는 일 중 하나였다.

진시가 인파를 헤치고 들어가는 가운데, 전혀 신경도 쓰지 않고 걸어 나오는 자가 하나 있었다.

몸집이 작은 하녀였고 코에서 뺨까지 걸친 부분에 주근깨가 밀집되어 있었다. 크게 눈에 띄는 풍모는 아니었지만, 자신을 쳐다보지도 않고 혼잣말만 중얼거리는 모습이 진시의 인상에 남았다.

고작 그것뿐이었다.

그로부터 한 달도 채 지나지 않았을 무렵, 동궁이 세상을 떠났다는 이야기가 들려왔다.

통곡하는 리화 비는 지난번에 봤을 때보다 더 비쩍 말라, 커다란 한 송이의 장미 같다고 불리던 예전의 모습은 흔적도 남아 있지 않았다. 아들과 같은 병에 걸린 걸까, 아니면 정신적 고통이 너무 무거웠던 걸까.

저래서는 다음 아이를 기대할 수도 없다.

동궁의 이복남매인 링리鈴麗 공주는 한때 몸이 좋지 않았으나 이제는 다 회복하여, 어머니와 함께 동궁을 잃은 황제를 위로할 수 있게 되었다. 황제가 자주 드나드는 것을 보니 다음 후사가 가까운지도 모른다.

공주와 동궁은 똑같은 원인 불명의 병에 걸렸다. 그런데 한쪽은 깨끗이 낫고, 한쪽은 극복하지 못했다.

월령月齡 차이인지도 모른다. 고작 3개월 차이도 어린아이의 체력에는 커다란 영향을 미친다.

하지만 리화 비는 어떻게 된 걸까.

공주가 회복했다면 리화 비도 회복했어야 하는 것 아닐까. 아니면 아들을 잃고 큰 충격을 받았던 걸까.

진시는 머리를 쥐어짜며 온갖 생각을 다 해 보면서도 서류를 훑어보고 도장을 찍었다.

혹시 무슨 차이가 있는 건 교쿠요 비인 걸까.

"잠시 자리를 비워야겠어."

마지막 도장을 다 찍은 진시는 방을 나섰다.

갓 쪄 낸 찐빵 같은 뺨을 지닌 공주는 갓난아기 특유의 순진 무구한 웃음을 지으며, 작은 손으로 진시의 검지를 움켜잡고 주먹을 꼭 쥐었다.

"아이, 요 녀석. 놓아야지."

붉은 머리카락의 미녀가 다정하게 딸을 포대기로 싸서 요람 속에 뉘었다. 갓난아기는 더운지 포대기를 걷어차고 손님을 보면서 기분 좋은 표정으로 옹알이를 했다.

"내게 묻고 싶은 게 있는 모양이군요."

총명한 비는 진시의 의중을 바로 알아차렸다.

"왜 공주님은 병이 나으신 겁니까?"

진시가 단도직입적으로 묻자 교쿠요 비는 희미한 미소를 짓더니 품에서 천 조각 하나를 꺼냈다.

가위를 사용하지 않고 찢은 천에 알아보기 힘든 글씨가 적혀 있었다. 글씨를 못 써서가 아니라 풀 즙으로 쓴 듯 주위로 다 번져 흐릿해진 탓이었다.

「백분은 독. 아이 닿으면 안 돼.」

일부러 서툰 말씨로 쓴 것은 혹시 의도적인 행동일까.

진시가 고개를 갸웃거렸다.

"백분이라고요?"

"그래요."

교쿠요 비는 유모에게 요람에 누운 공주를 맡긴 뒤 서랍장 속에서 무언가를 꺼냈다.

천에 둘둘 말린 그것은 도자기 그릇이었다. 뚜껑을 여니 속에서 흰 가루가 날렸다.

"백분인가요?"

"네, 백분이에요."

그저 하얗기만 한 가루에 혹시 무슨 비밀이 있나 싶어 진시는 손가락으로 한 꼬집 집어 보았다. 교쿠요 비는 원래 피부가 하얗기 때문에 평소 백분을 잘 바르지 않았고, 리화 비는 퀭한 안색을 가리기 위해 잔뜩 덧칠하곤 했다.

"우리 공주가 워낙 먹보라, 내 젖뿐만 아니라 유모의 젖까지 먹여 부족한 만큼을 채웠지요."

교쿠요 비는 아이를 낳자마자 잃은 어떤 어머니를 유모로 고용했다고 한다.

"그건 유모가 쓰던 물건이에요. 다른 백분에 비해 유난히 하얀색이 도드라져서 자주 사용했다더군요."

"그 유모는 어디 있습니까?"

"몸이 좋지 않다고 하기에 내보냈어요. 금도 두둑이 쥐여 주었답니다."

이지적이면서도 굉장히 자상한 비의 말이다.

만일 백분 속에 무슨 독이라도 들어 있었다면 어땠을까.

그것을 사용한 사람이 모친이었다면 태아에게도 영향을 주고, 태어난 후에도 수유 시 젖과 함께 입 속으로 흘러 들어오게 되지 않을까.

진시도 교쿠요 비도 그것이 어떤 독인지는 모른다. 그저 수수께끼의 투서를 믿자면 그것이 동궁을 죽인 독이라는 사실만은 알 수 있었다. 아무런 특징도 없는 단순한 백분. 후궁 내의 몇 사람이 과연 이것과 똑같은 물건을 사용하고 있을까.

"무지는 죄지요. 갓난아기의 입에 들어갈 것이라면 더욱 신경을 쓸 걸 그랬습니다."

"그것은 저도 마찬가지입니다."

결과적으로 황제의 핏줄을 잃고 말았다. 모친의 배 속에서 잃은 아이들까지 합치면 더 많을지도 모른다.

"리화 비에게도 백분에 대해 이야기했지만, 내가 무슨 말을 해도 아무 소용이 없더군요."

리화 비는 아직도 눈 밑에 시커멓게 그늘이 져 있었다. 안색도 나쁘고, 거친 피부에 백분을 잔뜩 바르고 다니고 있다. 그것이 독이라는 사실도 모르고.

진시는 문제의 수수한 천 조각을 다시 한번 쳐다보았다. 신기하게도 어디선가 본 듯한 느낌이었다.

필적을 감추려 일부러 글씨를 어설프게 쓴 것 같았다. 하지만 왠지 모르게 여성의 글씨라는 인상이었다.

"도대체 누가 언제 이런 것을…."

"내가 의관에게 딸아이를 봐 달라고 말했던 그날입니다. 결국 당신을 번거롭게만 했을 뿐이지만, 그 후 창가에 이것이 놓여 있더군요. 석남화* 가지에 묶여서."

그렇다면 그 소동을 보고 무언가를 알아차린 자가 조언했다는 말이 된다.

도대체 누가.

"궁중 의관이라면 그런 식으로 돌려 전하지는 않겠지요."

"네. 끝까지 동궁의 치료 방법을 몰랐던 모양이니까요."

그때의 소동.

그러고 보니 구경꾼들 속에 주위 분위기를 신경 쓰지 않던 하녀가 한 명 있었던 게 떠올랐다.

혼잣말을 중얼거리면서.

뭐라고 했더라.

'어디 뭐 쓸 것 없나?'

문득 진시의 머릿속에서 무언가가 연결되었다.

진시는 낮은 소리로 큭큭 웃었다.

※석남화 : 철쭉.

"교쿠요 비전하, 만약 이 글의 주인을 찾는다면 어떻게 하시겠습니까?"

"그야 당연히 은인이니 감사의 표시를 해야죠."

비는 눈을 반짝반짝 빛냈다. 역시 궁금할 수밖에 없는 모양이었다.

"알겠습니다. 한동안 이것을 제게 맡겨 주실 수 있겠습니까?"

"낭보를 기대하겠어요."

교쿠요 비는 아름다운 미소를 지으며 진시를 바라보았다. 진시 또한 미소로 답한 뒤, 백분 그릇과 글이 적혀 있는 천 조각을 집어 들었다. 그리고 천의 촉감을 느끼며 기억을 더듬었다.

"총비님의 부탁이라면 반드시 찾아내야지요."

진시의 미소에 보물찾기를 하는 어린아이 같은 천진난만함이 더해졌다.

약사의 혼잣말

4 화 : 천녀의 미소

마오마오는 저녁 식사 때 검은 띠가 배부된 것을 보고 동궁이 죽었다는 사실을 알게 되었다.

상복의 의미로 이레 동안 달고 다니라는 이야기였다.

그때 식사에는 그렇지 않아도 적었던 육류가 완전히 사라져 버렸기에 입을 삐죽거리는 자도 있었다.

하녀의 식사는 하루 두 번이다. 잡곡과 탕, 그리고 가끔 나물이 한 가지 더 추가되는 정도다. 비쩍 마른 마오마오에게는 충분한 양이지만 대부분은 부족하다고 느낄 것이다.

하녀도 다 같은 하녀가 아니라, 그중에도 다양한 자가 있다.

농가 출신도 있으며 장사꾼 집안의 딸도 있고, 얼마 안 되긴 하지만 관료의 딸도 있다. 부모가 관료라면 대우가 조금은 낫겠지만 그럼에도 불구하고 허드렛일을 하고 있는 건 어쩔 수 없는 본인의 소양 문제다. 글을 읽고 쓰지 못하는 자는 방을 가진 비를 모실 수 없다. 비라는 것은 직업이다. 급료도 받는다.

'결국 아무 의미도 없었던 건가?'

마오마오는 동궁이 왜 병이 났는지 알고 있었다.

리화 비와 그 시녀들은 평소 새하얀 백분을 꾕장히 많이 사용했다. 서민들은 손도 대지 못하는 고급품이었다.

그것은 기루의 고급 유녀들도 사용하는 물건이었다. 하룻밤 안에 농민 하나가 평생 벌 정도의 은자를 버는 기녀도 있다. 그곳에서는 백분을 자기 돈으로 구입하는 자도 있는가 하면, 선물로 받는 자도 있다.

얼굴에서 목에 걸쳐 새하얗게 바르는 그것은 기녀의 몸을 갉아먹고 여러 사람을 죽음에 이르게 했다.

아버지가 아무리 '쓰지 말라'고 해도 계속 쓰기 때문이다.

비쩍 마르고 쇠약해져서 죽어 가는 기녀들을, 마오마오는 아버지 옆에서 자주 보았다.

목숨과 미모를 천칭에 올렸다가 결국 둘 다 잃은 자들이었다.

그래서 마오마오는 가까이 있던 가지를 꺾고, 간단히 글을 써서 묶어 두 비의 방 옆에 놓아두었다. 뭐, 종이도 붓도 없는 하녀가 쓴 경고를 믿을 거라고는 생각하지 않았다.

상 치르는 기간이 끝나고 검은 띠가 보이지 않게 되었을 무렵 마오마오는 교쿠요 비의 소문을 들었다. 동궁을 잃고 상심한 황제가 살아남은 공주를 몹시 아끼고 사랑하고 있다는 이야기였다.

마찬가지로 자신의 핏줄인데도, 황제가 동궁을 잃은 리화 비의 처소에 드나든다는 이야기는 들리지 않았다.

'참 편하게 사시네.'

마오마오는 생선살 조각이 아주 조금 들어간 탕을 훌쩍 마시고는 식기를 정리하고 일터로 돌아갔다.

"저를 부르셨다고요?"

세탁 바구니를 끌어안고 걷던 마오마오를 어떤 환관이 불러 세웠다.

중앙에 있는 궁관장의 방으로 오라는 말이었다.

궁관이란 후궁을 크게 세 부문으로 나누었을 때 하급에 위치하는 궁녀들을 가리킨다. 나머지 둘은 방을 지닌 비들을 칭하는 내관과 환관들을 칭하는 내시성이다.

'무슨 일일까?'

환관은 주위에 있던 다른 하녀들에게도 전부 그 말을 전달하고 있었다. 자기 하나만이 아니었던 모양이다.

마오마오는 아마 사람 손이 부족한 곳이 있는 모양이라고 생각했다.

그리하여 마오마오는 바구니를 방 앞에 내려놓고 환관 뒤를 따라갔다.

궁관장의 방이 있는 건물은 후궁 외부와 이어지는 네 문 중 정문 옆이었다. 황제가 후궁을 방문할 때는 반드시 이 문을 지나간다.

불려 오긴 했지만 별로 편안한 공간은 아니었다.

옆에 있는 내관장 건물에 비하면 다소 수수하긴 하지만 중급비가 쓰는 건물보다는 호화롭다. 난간 하나하나에 조각이 새겨져 있고, 훌륭한 용이 붉은 기둥을 휘감고 있었다.

재촉을 받고 방으로 들어가자 커다란 책상 하나만 달랑 놓여 있는 살풍경한 공간이 펼쳐졌다. 안에는 마오마오 말고도 하녀가 열 명 정도 모여서는 불안과 약간의 기대, 그리고 어렴풋한 흥분이 뒤섞인 표정을 짓고 있었다.

"자, 여기까지. 너희는 그만 돌아가도 좋다."

'으응?'

여기서 끊다니 너무 부자연스럽다. 마오마오 혼자만 방에 들어가고, 함께 왔던 나머지 하녀들은 전부 의아한 표정을 지으며 돌아갔다.

정원이 다 찼다고 하기에는 방에 아직 공간이 많이 남았다.

마오마오는 고개를 갸웃거리며 주위를 둘러보았다. 그러자 궁녀들의 시선이 한곳에 모여 있다는 사실을 알 수 있었다.

방 한구석에 눈에 띄지 않게 앉아 있는 여성과 그 여성을 모시는 환관, 그리고 조금 떨어진 곳에 연배가 한참 위인 여성이 있었다. 마오마오의 기억에 그 중년 여성은 궁관장인데, 그렇다면 더 신분이 높아 보이는 저 여성은 누굴까.

'으음?'

여성치고는 어깨가 넓고, 소박한 옷을 입고 있다. 머리카락의 일부는 천으로 동여매고 나머지는 풀어 내렸다.

'남자인가?'

천녀처럼 부드러운 미소를 지은 그 사람은 궁녀들을 바라보고 있었다. 궁관장이 나잇값도 못하고 얼굴을 붉히고 있었다.

그제야 마오마오는 모두의 뺨이 발그레해진 이유를 알 수 있었다.

소문으로만 듣던 그 엄청나게 아름다운 환관이 바로 이 남자인 모양이라고 마오마오는 생각했다.

비단실 같은 머리카락, 매끄러운 얼굴선, 눈꼬리가 긴 눈과 버들가지 같은 눈썹. 그림책 두루마리 속에 나오는 천녀도 이보다 아름답지는 못할 것이다.

'거참 아깝네.'

마오마오는 뺨도 붉히지 않고 그런 생각을 했다. 후궁 안에 있는 남자들은 하나같이 생식 기능이 없는 환관이다. 소중한 것을 잃었으니 자식을 낳을 수도 없다. 저 남자의 아이라면 그야말로 입에 침이 마르도록 칭찬해도 모자랄 정도로 뛰어난 아이가 태어날 것이다.

하지만 저렇게나 인간 같지 않은 미모라면 황제에게 총애를 받을 수도 있을 거라고, 마오마오가 불경한 생각을 하고 있는데 남자가 매끄러운 동작으로 일어섰다.

남자는 책상을 마주하고 앉아 붓을 들더니 우아한 움직임으로 무어라 써 내려갔다.

그리고 마치 감로처럼 달콤한 미소를 지으며 남자가 자신이 쓴 글을 들어 보였다.

그것을 본 마오마오는 굳어 버렸다.

「거기 주근깨 많은 여자, 넌 남아라.」

요약하자면 그런 말이었다.

마오마오의 움직임을 놓치지 않았는지, 천녀 같은 남자가 얼굴에 한가득 미소를 지으며 이쪽을 보고 있었다.

남자는 썼던 글을 둘둘 말아 치우고는 손뼉을 두 번 쳤다.

"오늘은 이걸로 해산이다. 그만 방으로 돌아가도 좋아."

하녀들은 의아한 표정을 지으면서도 아쉬운 듯 방을 나섰다. 방금 전 그 글이 무슨 의미인지도 모른 채.

방을 나서는 하녀들은 모두 몸집이 작고 주근깨가 눈에 띈다는 사실을 마오마오는 뒤늦게 알아차렸다. 하녀들이 글을 보고도 아무 반응도 하지 않았던 이유는 글을 읽지 못하기 때문이리라.

그 글은 마오마오만을 꼭 집어 지목하는 건 아니었다.

마오마오가 다른 하녀들과 함께 방을 나서려 하는데 탄탄한 누군가의 손이 어깨를 덥석 움켜쥐었다.

조심스럽게 뒤를 돌아보니 눈이 부셔서 멀 것만 같은 미소를 지은 천녀의 얼굴이 눈앞에 있었다.

"안 되지, 넌 남으라니까."

강압적이기 짝이 없는 천상의 미소였다.

약사의 혼잣말

5 화 : 방을 얻다

"이상한 일이군. 이야기를 듣자하니 너는 글자를 못 읽는다고 하던데."

아름다운 환관이 일부러 그러는 것처럼 과장스러운 말투로 말했다. 마오마오는 불편한 기분으로 그 뒤를 따라 걸었다.

"네. 비천한 태생이라서요. 무슨 착오가 있었던 모양이네요."

'절대 말 안 할 거거든.'

이라고는 입이 찢어져도 말할 수 없다.

마오마오는 그저 시치미만 뚝 뗄 생각이었다. 말투가 좀 상스럽게 느껴질 수도 있겠지만 실제로 천한 태생이니 어쩔 수 없다.

글자를 읽을 수 있고 없고에 따라 하녀의 대우는 달라진다. 읽을 수 있는 사람은 읽을 수 있는 사람대로, 읽지 못하는 사람은 읽지 못하는 사람대로 각자의 역할이 있긴 하지만 무지한 척하고 사는 편이 세상에서는 중립을 지키기 쉽다.

아름다운 환관의 이름은 진시라고 했다.

벌레 한 마리 죽이지 못할 듯 우아한 미소를 짓고 있는데도 그 속에서는 무언가가 똬리를 틀고 꿈틀대고 있는 듯했다. 그렇지 않고서야 이렇게까지 마오마오를 궁지에 몰아넣을 리가 없다.

진시는 그저 입 다물고 따라오라고만 했다. 그리고 지금에 이르렀다.

고개를 가로저었다가는 금세 모가지가 날아갈 수 있는 하녀로서는 고분고분 따라가는 수밖에 없다. 마오마오는 도대체 앞으로 어떤 일이 일어날지, 또 거기에 어떻게 대처해야 할지에 대해 열심히 궁리하고 있었다.

이렇게 자신이 진시에게 끌려가는 이유에 대해서는 짚이는 데가 있긴 했지만, 그걸 어쩌다 들켰는지 신기할 따름이었다.

비에게 글을 보냈던 일인가.

마치 마오마오 보라는 듯 진시의 손에는 천 조각이 들려 있었다. 거기에는 지저분하고 어설픈 글씨가 적혀 있을 것이다. 자신이 글자를 쓸 수 있다는 사실은 그 누구에게도 말하지 않았고, 예전에 약사였기 때문에 독에 대해 잘 안다는 사실도 숨겼다. 필적도 들킨 적 없었다.

주위를 잘 확인하고 나서 놓고 오긴 했지만 누군가가 그 모습을 봤을 수도 있다. 그때 봤던 사람이 몸집 작고 주근깨 많은 하녀에게 주목했던 것이다.

우선 글자를 쓸 수 있는 사람을 먼저 모아서 필적을 확인해 봤음이 분명하다. 아무리 뭉개서 쓰더라도 결국 필적에는 어느 정도 습관이 남아 있기 마련이다.

그중에 찾던 사람이 없다는 사실을 확인하고, 다음으로 글자를 쓸 줄 모르는 사람들을 모았다.

글을 읽을 수 있는지 없는지의 판단은 방금 전의 방법을 이용해서 알아낸 셈이다.

'진짜 의심 많은 사람이네. 아니, 엄청 한가한 사람인가?'

마오마오가 마음속으로 투덜거리는 사이 목적지에 도착했다.

예상대로 그곳은 교쿠요 비가 사는 궁이었다. 진시가 문을 두드리자 안에서는 "들어오세요."라는 낭랑한 목소리가 짧게 들려왔다.

안에 들어가자 붉은 머리의 미녀가 보드라운 곱슬머리의 갓난아기를 소중하게 꼭 안고 있었다. 아기의 뺨은 장밋빛이었고, 어머니를 닮아 색소가 옅은 피부를 지니고 있었다. 건강해 보였고 살짝 벌어진 입으로 귀여운 숨소리를 내며 잠들어 있었다.

"말씀드렸던 그자를 데리고 왔습니다."

"고생 많았어요."

방금 전까지의 편한 말투는 어디로 갔는지, 격식을 차린 정중한 태도였다.

교쿠요 비는 진시와는 다른 의미에서 따스한 미소를 지으며 마오마오에게 고개를 숙였다.

마오마오는 놀라서 눈을 동그랗게 떴다.

"저는 그러실 만한 신분의 인간이 아닙니다."

마오마오는 실례가 되지 않도록 조심스럽게 말을 고르며 이야기했다. 태생이 비천하니 제대로 예의에 맞는 말을 하고 있는지는 알 수가 없었다.

"아닙니다. 내 감사는 이게 전부가 아니에요. 아이의 은인인걸요."

"무슨 착오가 있으셨던 모양입니다. 사람을 잘못 보신 게 아닐까요?"

마오마오는 식은땀을 흘렸다. 정중하게 말해도 부정否定이라는 사실은 똑같다.

목이 날아가는 일은 원치 않지만 그렇다고 얽히고 싶지도 않았다. 힘 센 사람이라고 무조건 굴복할 마음도 없었다.

교쿠요 비가 다소 난감한 표정을 짓고 있는 모습을 본 진시가 천 조각을 팔랑팔랑 흔들어 보였다.

"이것이 하녀들이 일할 때 입는 옷에 쓰이는 천이라는 사실은 알고 있느냐?"

"그러고 보니 비슷하군요."

끝까지 시치미를 뚝 뗄 생각이었다. 아무리 무의미하다는 사실을 알고는 있어도.

"그래. 상복尙服 일을 하는 하녀들의 옷이지."

궁관은 여섯 개의 상尙으로 나뉘어져 있다. 의복을 취급하는 곳이 상복이고, 주로 빨래 일을 하는 마오마오는 그곳에 소속되어 있었다.

마오마오의 수수한 치마는 진시가 들고 있는 천과 똑같은 색을 띠고 있었다. 치마 안쪽, 주름으로 잘 가려져 있는 부분에 이상하게 꿰맨 흔적이 있다는 사실은 조사해 보면 금방 알 수 있을 것이다.

즉, 증거는 바로 이 자리에 있는 셈이었다.

진시가 교쿠요 비 앞에서 무례한 짓을 하리라는 생각은 들지 않지만, 그렇다고 안 한다는 보장도 없었다. 수치스러운 일을 당하기 전에 그냥 각오를 하는 편이 나을 것 같았다.

"제가 뭘 하면 될까요?"

두 사람은 얼굴을 마주 보고는 그것을 긍정의 대답으로 받아들였다.

둘 다 마오마오의 눈이 멀어 버릴 정도로 다정한 미소를 지었다. 편안하게 잠들어 있는 갓난아기의 숨소리만이 들리는 가운데 마오마오는 꺼질 듯 작은 한숨을 내쉬었다.

마오마오는 다음 날부터 얼마 안 되는 짐을 정리해야 했다.

샤오란과 같은 방을 쓰던 사람들은 모두 마오마오를 부러워했다.

어쩌다 그렇게 되었는지 자꾸만 캐묻는 사람도 있었다. 마오마오는 무미건조한 웃음만 지으며 얼버무리는 수밖에 없었다.

마오마오는 황제의 총비를 모시는 시녀가 되었다.

뭐, 소위 말하는 출세라고 할 수 있겠다.

6 화 : 독 시식 담당

　마침 아주 잘되었다고, 진시는 생각했다.

　얼마 전 기묘한 하녀를 하나 찾아낸 덕분에 지금의 문제 하나를 가볍게 해결할 수 있게 되었으니 말이다.

　황제의 총비인 교쿠요 비 밑에는 현재 네 명의 시녀가 있다. 하급 비라면 몰라도 상급 비인 교쿠요 비에게 그 수는 너무 적다.

　시녀들은 자기들만으로도 충분히 일할 수 있다고 주장했고, 교쿠요 비도 새로운 시녀를 늘리는 일을 썩 내켜하지 않았다.

　이유는 알고 있다. 교쿠요 비는 명랑하고 온화하지만 동시에 총명하면서도 아주 신중한 사람이다. 후궁이라는 여자의 화원에서 황제의 총애를 한 몸에 받고 있는 입장이기도 하니, 사람을 의심하지 않으면 목숨이 몇 개 있어도 모자란다.

　실제로 지금까지 암살 미수 사건이 몇 번이나 있었다. 특히 링리 공주를 배고 있을 때.

처음에는 열 명이었던 시녀가 현재 그 절반 이하로 줄어든 이유도 바로 그것이었다. 친정에서 시녀를 데려올 수 있는 것은 특례를 제외하면 입궁할 때뿐이다. 그리고 특례를 이용하여 들인 자가 유모였다.

교쿠요 비는 후궁 내의 어디서 온 말 뼈다귀인지도 모르는 궁녀를 시녀로 들이지 않는다. 하지만 그래서는 상급 비로서의 위엄을 유지할 수가 없다. 하다못해 최소한 한 명이라도 더 들이고 싶은 참이었다.

그때 문제의 주근깨 많은 하녀가 들어온 것이다.

교쿠요 비의 입장에서는 그야말로 딸을 구해 준 생명의 은인인 셈이니 함부로 내칠 수도 없을 것이다. 무엇보다 그 하녀는 독에 대한 지식이 있다. 그러니 이 기회를 이용하지 않을 도리가 없었다.

주근깨 많은 하녀가 그 지식을 악용할 가능성도 있지만, 그렇다면 악용하지 못할 입장으로 몰아넣으면 된다. 아주 간단한 일이다.

만일을 대비하여 미남계라도 써 둘까, 진시는 히죽 웃었다. 스스로도 정말이지 최악의 인간이라고는 생각했다.

하지만 그 점을 고칠 마음은 없었다. 그것이 진시의 존재 가치였다.

○ ● ○

방 딸린 궁녀, 심지어 황제의 총비를 모시는 시녀쯤 되면 대우도 상당히 좋아진다.

지금까지 궁 내에서 가장 낮은 위치였던 마오마오의 지위는 위계 내에서 중간 정도까지 올라왔다. 설명에 따르면 급료도 훨씬 높아진다고 하지만 그 2할은 본가, 즉 마오마오를 팔아넘긴 상인 가문으로 들어간다. 번거로운 구조다. 욕망에 눈이 먼 관리가 이윤을 남기기 위해 만든 제도가 분명하다.

마오마오는 지금까지 살던 합숙소 같은 방이 아니라, 좁지만 개인 방을 얻어 살게 되었다.

멍석을 여러 겹 겹쳐서 그 위에 이불잇을 덮은 게 전부인 침구에서 침대로 계급이 오른 것이다. 침대 두 개가 간신히 들어갈 정도 크기의 방이긴 하지만 아침에 남의 몸을 밟지 않고 일어날 수 있게 되었다는 사실은 솔직히 기뻤다.

마오마오가 기쁨을 느끼게 되는 이유는 한 가지 더 있지만 이것은 나중에 알게 된다.

교쿠요 비가 사는 비취궁에는 마오마오 말고도 네 명의 시녀가 더 있었다. 공주가 이유식을 먹기 시작했으므로 유모 한 명이 얼마 전에 그만뒀다고는 하는데, 사실 유모가 그만둔 진짜 이유는 어느 정도 예상이 갔다.

리화 비의 시녀가 열 명이 넘는 데 비하면 수가 상당히 적다. 솔직히 최하급에서 허드렛일이나 하던 하녀가 갑자기 동료가 되었다는 말에 시녀들은 난색을 표했지만, 마오마오가 예상하던 괴롭힘은 없었다. 오히려 동정적인 시선을 받을 뿐이었다.

'뭐지?'

이유는 금세 알 수 있었다.

약재를 넉넉히 이용해 만든 궁중 요리상이 눈앞에 펼쳐졌다.

교쿠요 비의 시녀들 중에서도 우두머리인 홍냥紅娘이 반찬을 작은 접시에 하나씩 담아서 마오마오의 앞에 내려놓았다. 교쿠요 비가 미안한 표정으로 이쪽을 쳐다보고 있었으나, 말리는 기색은 없었다. 다른 세 명의 시녀들도 불쌍하다는 눈으로 마오마오를 보고 있었다.

장소는 교쿠요 비의 방. 우아한 장식품이 가득한 그 장소에 비를 위해 준비된 식사가 날라져 온다. 다른 곳에서 만들어진 식사는 이 방에 도착하기 전 여러 사람의 손을 거친다. 황제의 총애를 받는 몸으로서는 그 중간에 독이 들어갔을 가능성을 생각하지 않을 수 없다.

그때 필요한 것이 독 시식 담당이었다.

동궁 일 때문에 모든 사람들의 신경이 날카로워져 있었다.

공주가 병에 걸렸던 것도 혹시 누군가가 어디서 독을 숨겨 가지고 들어왔기 때문이 아닌가 하는 소문도 나돌고 있었다. 독이 어디서 났는지 모르는 시녀들은 무엇에 섞여 들어왔는지 모를 독을 두려워하고 있는 게 분명했다.

그런 상황에서 독 시식 전문 하녀가 들어왔다면, 소모용 패라고 봐도 이상하지 않다. 독 시식 담당은 교쿠요 비의 식사뿐 아니라 공주의 이유식, 황제가 방문할 때의 자양 요리 시식까지 전부 맡아 해야 한다.

교쿠요 비의 회임이 알려졌을 때 식사에 독이 섞여 들어왔던 일이 두 번 정도 있었다고 한다. 한 명은 가벼운 독이었던 덕분에 살았지만, 다른 한 명은 신경이 망가져 팔다리를 쓸 수 없게 되었다.

지금까지 잔뜩 겁을 먹은 채 독 시식을 하던 시녀들은 솔직히 감사하고 있을 것이다.

마오마오는 음식이 담긴 접시를 내려다보며 미간을 찌푸렸다. 도자기 그릇이었다.

'독이 무섭다면 은그릇을 쓰는 게 기본 아닌가?'

젓가락으로 초무침을 조심스럽게 집어 든 마오마오는 그것을 가만히 내려다보며 냄새를 킁킁 맡았다.

그리고 혀 위에 올리고, 마비가 느껴지지 않는지 확인한 뒤 천천히 씹어 삼켰다.

'솔직히 나는 독 시식에는 안 맞긴 한데.'

즉효성 독이라면 몰라도 효과가 늦게 나타나는 독이라면 마오마오에게는 독 시식을 맡겨도 의미가 없다. 실험을 빙자하여 몸을 조금씩 독에 익숙하게 만들었던 마오마오에게는 아마 대부분의 독이 통하지 않을 것으로 여겨지기 때문이다.

이것은 약사 일 때문이 아니라 마오마오가 스스로의 지적 욕구를 채우기 위해 했던 행위였다. 서방에서는 남들에게 이해받지 못하는 연구를 하는 연구자를 '매드 사이언티스트'라고 부른다고 한다.

약사 기술을 가르쳐 줬던 아버지조차 어이없어할 정도였다.

마오마오에게 신체의 변화도 없고, 스스로의 지식 속에서 찾아봐도 이렇다 할 독은 없다는 사실을 확인하자 겨우 교쿠요 비가 식사를 시작했다.

다음은 별맛 없는 이유식 차례였다.

"접시를 은제로 바꾸는 것이 좋다고 생각합니다."

마오마오는 감정이 담기지 않은 목소리로 상사인 홍냥에게 말했다.

첫날의 활동을 보고하기 위해 홍냥의 방에 불려 온 상황이었다. 방은 넓지만 화려한 장식 같은 것은 전혀 없었다. 실용적인 홍냥의 성격이 잘 드러나는 방이었다.

서른을 코앞에 둔, 검은 머리의 아름다운 시녀장은 한숨을 내쉬었다.

"정말로 진시 님이 말씀하신 그대로구나."

홍냥은 어이가 없다는 표정으로 일부러 은그릇을 쓰지 않았다는 사실을 자백했다.

진시의 지시였다.

아마도 마오마오를 독 시식 담당으로 삼도록 명령했던 그 남자를 말하는 것이리라.

마오마오는 안 그래도 무뚝뚝한 표정이 더욱 퉁명스러워지려는 것을 꾹 참으며 홍냥의 이야기를 들었다.

"네가 어떤 이유로 그 지식을 숨기고 있었는지는 모르지만, 그야말로 독이 될 수도 있고 약이 될 수도 있는 능력이구나. 글씨를 쓸 수 있다는 사실도 말했다면 급료를 더 많이 받았을 텐데 말이야."

"약방 일을 생업으로 하고 있었기 때문입니다. 납치당해서 끌려왔기 때문에 그 인신매매범들에게 지금 급료의 일부를 보내야 한다고 생각하면 뱃속이 부글부글 끓어서 견딜 수가 없었습니다."

감정이 고양되어 말투가 조금 난폭해졌으나 시녀장은 마오마오를 질책하지 않았다.

"즉, 자기 급료가 줄더라도 그놈들의 술값을 보태 주기는 싫었다는 말이구나."

현명한 시녀는 마오마오가 그렇게 행동한 동기를 바로 이해해 주었다. 마오마오는 무심코 내뱉은 말에 대해 책망당하지 않은 것을 보고 안심했다.

"게다가 무능하다면 2년 동안 써 보고 바로 다른 아이로 갈아치우겠지."

그리고 굳이 이해해 주지 않아도 되는 부분까지 바로 눈치를 챘다.

홍냥은 탁자 위에 있던 물병을 집어 들고 마오마오에게 건넸다.

"이건…."

마오마오가 무어라 묻기도 전에 손목에 날카로운 통증이 느껴졌다. 충격을 받은 마오마오는 들고 있던 물병을 놓쳤고, 도자기로 된 그 물병은 바닥에 떨어져 큰 금이 갔다.

"어머나, 이거 굉장히 비싼 건데. 궁녀 급료 가지고는 절대 살 수 없는 물건이야. 이래서는 본가에 돈을 보낼 수가 없겠네. 오히려 청구를 해야 할 정도인걸."

마오마오는 홍냥의 말을 바로 알아듣고, 무표정한 얼굴 위에 약간의 비아냥 어린 웃음을 떠올렸다.

"정말 죄송합니다. 매달 집에 보내는 돈에서 제해 주십시오. 부족하다면 제가 가지고 있는 몫으로 채우겠습니다."

"그래, 궁관장에게 가서 수속을 밟아 둘게. 그리고…."

홍냥은 떨어졌던 물병을 탁자 위에 다시 올려놓고 서랍장에서 목간木簡*을 꺼내 붓으로 무어라 적었다.

"이건 독 시식 담당에게 주는 추가 급료 명세서란다. 위험 수당이라고 봐야겠지."

금액은 마오마오의 현재 급료와 거의 똑같은 액수였다. 수수료로 나가는 몫도 없는 만큼 마오마오는 이득을 보게 된 셈이다.

'당근 사용법이 굉장히 능숙하시군.'

마오마오는 깊이 고개를 숙인 뒤 방을 나섰다.

※목간 : 글을 적은 나뭇조각. 종이가 없던 시대에 문서나 편지로 쓰였다.

약사의 혼잣말

7 화 : 가지

예전부터 교쿠요 비 밑에서 일하던 네 시녀들은 모두 아주 부지런한 사람들이었다.

그리 넓지는 않지만 비취궁은 거의 네 시녀들만으로 돌아가고 있다. 상침尚寢, 즉 방 청소 전문 하녀도 오긴 하지만 침소 내부는 네 시녀들끼리만 청소를 하곤 한다. 참고로 이것은 본래 시녀 업무로 구분되는 일은 아니다.

그러므로 신참인 마오마오가 할 일은 밥을 먹는 것밖에 없었다.

가장 하기 싫은 일을 떠맡겼다는 죄책감 때문인지, 아니면 자신들의 영역에 새로운 사람이 들어오는 게 싫어서인지 홍냥 이외의 시녀들은 아무도 마오마오에게 일을 시키지 않았다. 오히려 마오마오가 도우려 하면 "괜찮아." 하고 부드럽게 거절하며 마오마오를 방에 가둬 두기만 했다.

'마음이 불편한걸.'

작은 방에 틀어박혀 있다가 부르면 하루 두 번의 식사와 낮의 다과회, 그리고 며칠에 한 번 방문하는 황제의 자양 강장 요리를 먹는 일밖에 없었다. 가끔 홍냥이 신경을 써서 일을 시킬 때도 있었지만 대부분 금방 끝나는 간단한 일이었다.

독 시식을 하게 된 뒤로 마오마오의 식사 자체도 예전보다 호화로워졌다. 다과회에는 달콤한 과자가 나오는데 그것이 남으면 마오마오에게도 주어지곤 했다.

개미처럼 부지런히 일하는 일이 없어졌기 때문에 영양은 그대로 살이 되었다.

'가축이라도 된 기분이야.'

독 시식 일을 하게 된 후 마오마오에게는 불만스러운 점이 한 가지 있었다.

마오마오는 원래 비쩍 마른 체구이기 때문에 독을 먹고 야위게 되더라도 알아보기가 힘들다.

게다가 독의 치사량은 체격에 비례한다. 살이 찌면 찔수록 살아남을 가능성도 높아진다.

마오마오의 체구로는 몸을 야위게 하는 독을 먹더라도 알아보기 힘들고, 대부분의 독은 치사량이 넘는 양을 먹더라도 살아남을 자신이 있었지만 주위에서는 그렇게 생각하지 않는 모양이었다.

몸집이 작고 비쩍 마른 마오마오는 나이보다 더 어려 보이는 모양이었다. 불쌍한 소모용 패라며 시녀들은 동정하고 있는 듯했다.

배가 터질 때까지 죽을 계속 먹이는 데다, 반찬도 남들보다 한 가지 더 많다.

'기루 언니들이 생각나네.'

무뚝뚝하고 말수도 별로 없고 귀염성 없는 생물이었지만 어째서인지 유녀들은 마오마오를 몹시 귀여워했다. 틈만 나면 과자를 쥐여 주고, 밥을 먹이곤 했다.

참고로 마오마오는 알아차리지 못했지만 귀여움을 받은 데에는 다른 이유가 있었다.

마오마오의 왼팔에는 무수한 상처가 있다.

베인 상처, 찔린 상처, 화상 흉터에 침 같은 무언가가 꽂혔던 상처.

몸집이 작고 비쩍 마른 데다 팔에는 무수한 상처가 있다.

때로 팔에 붕대를 감고 나타나곤 했고, 유난히 창백한 얼굴로 가끔 왔다 갔다 하다가 쓰러지는 일도 있었다.

무표정하고 무뚝뚝한 것도 저 애가 지금까지 당한 처사의 결과라며 모든 사람들이 눈물을 글썽였다.

다들 마오마오가 학대를 받았다고 생각하는 모양이었지만 진실은 달랐다.

전부 마오마오 본인이 낸 상처였다.

상처를 낫게 하는 효능과 곪는 것을 막는 효능 등을 조사하면서 조금씩 몸에 독 내성을 쌓았고, 가끔 일부러 독뱀에게 물리는 일도 있었다. 독의 양을 잘못 조절하여 쓰러지기도 했다.

그래서 상처는 전부 자주 쓰는 오른팔이 아닌 왼팔에 집중되어 있었다.

딱히 아픈 걸 좋아하는 피학적인 성향은 손톱만큼도 없지만, 지적 욕구가 약과 독 쪽으로 어마어마하게 기울어져 있다는 면만 봐도 평범한 소녀는 아니었다.

아버지 입장에서는 딸이 그러고 다니니 억울하기 짝이 없었다.

유곽에 사는 자신의 딸이 유녀 이외의 다른 길을 택하게 하고 싶은 마음에 약 지식과 글자를 가르쳤는데, 어느샌가 자신이 하지도 않은 짓에 대한 비방과 중상을 당하게 되다니 말이다.

일부 사람들은 이해해 주기도 했지만, 대부분은 아버지를 싸늘한 눈으로 쳐다보았다.

꽃다운 나이의 소녀가 실험을 빙자하여 자해 행위를 하고 있을 거라고는 아무도 생각하지 못할 것이다.

그런 연유로 이곳 사람들 역시 부모에게 학대당한 끝에 후궁으로 팔려 와, 그야말로 쓰다 버리는 용도인 독 시식 역할을 맡게 된 불쌍한 아이라고 생각하고 있었다.

본인은 그런 상황은 전혀 모른 채….

'이대로 가다가는 돼지가 되겠어.'

그런 생각을 하게 됐을 무렵, 마오마오에게 반갑지 않은 방문자가 나타났다.

"평소보다 늦은 시간에 왔군요."

교쿠요 비가 방문자에게 말했다.

천녀를 방불케 하는 그 환관은 다른 시종 환관을 한 명도 데리고 오지 않았다. 아무래도 이 아름다운 청년은 정기적으로 상급 비들을 방문하고 다니는 모양이었다.

마오마오는 시종에게서 받은 다과를 독 시식한 뒤, 긴 의자에 앉아 있는 교쿠요 비의 뒤에 서서 대기했다. 홍냥은 공주의 기저귀를 갈러 갔기 때문에 그 대리였다. 아무리 환관이라 해도 시녀의 입회 없이 상급 비를 면회할 수는 없다.

"네, 이민족을 토벌했다는 보고가 들어와서요."

"어머? 그래서 어떻게 되었나요?"

교쿠요 비가 호기심을 드러냈다. 후궁이라는 새장 속의 새에게는 충분히 자극적인 화제였다. 교쿠요 비는 황제의 총비라고는 하지만 아직 너무나도 젊어 나이로 따지면 마오마오와 두세 살 정도밖에 차이가 나지 않았다.

"비전하 앞에서 말씀드리기에는 조금 적절하지 않은 이야기인 것 같습니다."

"단맛과 쓴맛을 모두 보지 않았다면 저도 지금 이 자리에 있을 수는 없었겠지요."

교쿠요 비는 대담하게 말했다.

진시는 마오마오 쪽을 흘끔 쳐다보았다. 값을 따지기라도 하는 듯하던 그 시선은 금세 원래 위치로 돌아갔다.

"딱히 재미있는 이야기는 아닙니다." 하고 진시는 새장 밖의 이야기를 시작했다.

○●○

얼마 전 무인들이 원정을 떠났다. 이민족이 또 무슨 음흉한 계획을 꾸미고 있다는 정보가 들어왔기 때문이었다.

대체로 평화로운 이 나라에도 가끔 그런 문제가 일어나니 골치 아픈 노릇이다.

영토 내에 숨어들었던 척후병들을 무사히 발견한 무인들은 거의 아무런 피해도 입지 않고 그들을 내쫓는 데 성공했으나.

문제는 돌아오는 길에 발생했다.

야영지의 식사에 독이 섞여 있었던 것이다. 식사를 하던 십수 명이 중독 증세를 호소했다.

또한 그 이외의 병사들 중에도 속이 좋지 않다는 사람들이 다수 나왔다.

식량은 이민족들과 접촉하기 전 가까운 마을에서 입수한 것들이었다. 그 마을은 나라의 영토에 해당하긴 하지만 역사상 이민족과 아무 관계가 없는 땅은 아니었다.

병사들을 이끌던 무관 중 하나가 촌장을 붙잡았다. 그때 저항했던 마을 사람은 그 자리에서 처형했다. 이민족과 한패라는 이유로.

남은 마을 사람의 처분은, 촌장의 처분이 정해질 때까지 보류된 상태였다.

○ ● ○

진시는 상황을 간략하게 설명하고 난 뒤 천천히 차를 마셨다.

'이게 무슨 일이람.'

마오마오는 머리를 부둥켜안고 싶었다. 웬만하면 듣고 싶지 않았던 이야기였다. 세상에는 차라리 모르는 편이 행복한 일이 너무나도 많다.

마오마오가 미간을 찌푸리고 있다는 사실을 눈치챘는지 천녀가 이쪽으로 시선을 향했다.

'이쪽 좀 안 쳐다봤으면 좋겠는데.'

혼자 생각하긴 했지만 통 그렇게 되어 주진 않았다.

마오마오의 표정을 본 진시가 입술로 호선弧線을 그렸다. 마치 사람을 시험하는 듯한 미소였다.

"뭔가 깨달은 것이라도 있나?"

아무거나 좋으니 말해 보라는 말을 들었으니 일단 뭔가 말을 하긴 해야 한다.

게다가.

'말해 봤자 무의미할지도 모르고.'

하지만 말하지 않는다면 변경 마을 하나가 확실하게 사라질 것이다.

"하나의 의견으로서 말씀드리겠습니다."

마오마오는 꽃병에 꽂혀 있던 가지 하나를 집어 들었다. 꽃 없는 그 가지는 석남화였다. 예전에 마오마오가 글을 쓴 천을 묶었던 그 가지와 똑같은 가지다.

마오마오는 잎을 뜯어 입에 물었다.

"맛있니, 그거?"

교쿠요 비가 묻자 마오마오는 고개를 가로저었다.

"아뇨. 섭취하면 구토를 하고 호흡 곤란이 일어납니다."

"아니, 지금 먹지 않았어?"

진시가 의아한 듯 물었다.

"신경 쓰지 마십시오."

환관의 말에는 대충 대답한 마오마오가 가지를 탁자 위에 내려놓았다.

"후궁 안에는 독이 있는 식물이 더러 있습니다. 이것은 잎에 독이 있지만 가지와 뿌리에 독이 있는 것도 있고, 개중에는 생나무를 태우기만 해도 독이 되는 것도 있지요."

총명한 교쿠요 비와 환관에게는 그 정도 단서만 주면 충분했다.

사족이라고 생각하면서도 마오마오는 말을 이었다.

"야영을 했다면 그 자리에 있는 재료로 젓가락을 만들거나 모닥불을 피웠을 수도 있습니다."

"그건⋯."

"그 말은⋯."

진시도 교쿠요 비도 얼굴을 찌푸렸다.

마을 사람들은 아무 잘못도 없는데 불똥이 튄 셈이었다.

마오마오는 진시가 턱을 어루만지며 생각에 잠기는 모습을 보았다.

'얼마나 높은 사람인지는 모르겠지만.'

조금이라도 움직여 주면 좋을 텐데.

마오마오는 홍냥이 링리 공주를 데리고 들어오자 자리를 맡기고 방을 나갔다.

약사의 혼잣말

인간 같지 않은 미모를 지닌 청년은 천상인의 미소를 지은 채, 우아하게 응접실의 천 소파에 앉아 있었다.

'오늘은 무슨 볼일이시람?'

마오마오의 차가운 태도와는 대조적으로 세 명의 시녀들은 얼굴을 붉히며 손님에게 내갈 차를 준비하고 있었다. 벽 너머에서 서로 자그맣게 다투는 소리가 들리는 것을 보니 누가 내갈지에 대해 실랑이를 벌이고 있는 모양이었다.

어처구니없어진 홍냥이 직접 다기를 들고, 세 사람에게 방으로 돌아가도록 지시했다. 세 시녀들은 노골적으로 실망한 표정을 지으며 어깨를 축 늘어뜨리고는 제자리로 돌아갔다.

독 시식 담당인 마오마오는 은제 다기를 집어 들고 냄새를 맡은 뒤 차를 입에 머금었다.

아까 전부터 진시가 계속 이쪽을 쳐다보고 있는 것이 불편해

견딜 수가 없었다. 마오마오는 시선을 마주치지 않기 위해 눈을 가늘게 떴다.

젊은 처녀라면 아무리 환관이라고는 해도 이만큼 잘생긴 남자의 시선을 받고 기분이 나쁠 리가 없겠지만, 마오마오는 그렇지 않았다. 관심 분야가 남들과 다르기 때문에 진시가 천녀처럼 아름답다는 사실은 알아도 선을 긋고 물러난 상태에서 보게 된다.

"누가 준 음식인데, 맛을 봐 주지 않겠어?"

바구니 속에 만두가 들어 있었다. 마오마오는 만두를 집어 들고 반으로 쪼개 보았다. 다진 고기와 채소가 꽉 차 있었다.

냄새를 맡아 보니 어딘가에서 맡아 본 적 있는 약초 냄새가 났다.

그저께 먹었던 강장제 냄새였다.

"최음제가 들어 있군요."

"먹어 보지 않아도 알 수 있는 건가?"

"건강을 해치지는 않을 테니 가져가십시오. 맛있게 드시면 됩니다."

"아니, 준 상대를 생각하면 그렇게 고분고분 먹을 수는 없는데."

"네. 아마 오늘 밤 방문하시겠지요."

담담하게 말하는 마오마오를 보고, 상상했던 것과 다른 반응에 진시는 무어라 형용하기 힘든 표정을 지었다. 다 알면서 최음제가 든 만두를 먹이려 하고 있는 게 아닌가. 그래도 털벌레 보는 눈으로 쳐다보지 않는 게 그나마 다행이라고 해야겠다.

그나저나 도대체 어떤 상대에게 받은 걸까.

두 사람의 대화를 지켜보고 있던 교쿠요 비가 방울 같은 소리로 웃음을 터뜨렸다. 발밑에서는 링리 공주가 고른 숨소리를 내며 잠들어 있었다.

마오마오가 고개를 꾸벅 숙이고 응접실을 나서려 하자,

"잠깐 기다려."

"무슨 볼일이신지요?"

진시는 교쿠요 비와 눈을 마주치고는 둘이서 고개를 끄덕였다. 마오마오가 오기 전에 이미 본론 이야기를 하고 있었던 듯했다.

"미약을 만들어 주지 않겠어?"

한순간 마오마오의 눈에 놀람과 호기심의 빛이 떠올랐다.

'무슨 뜻일까?'

그 약을 어떻게 쓰려는지는 모르겠지만, 약을 만드는 과정이 마오마오에게 굉장히 행복한 시간이 될 거라는 사실은 분명했다.

자꾸 웃음이 나려는 것을 참으면서 마오마오는 이렇게 말했다.

"시간과 재료와 도구, 그것만 있으면 미약에 준하는 것을 만들어 드릴 수 있습니다."

○ ● ○

도대체 어떻게 된 일일까, 진시는 생각에 잠겼다.

버들가지 같은 눈썹에 수심을 띤 채 팔짱을 낀 자세였다.

성별만 달랐다면 나라를 무너뜨릴 수 있었을지도 모른다고들 하는 진시였지만, 사실 본인이 마음만 먹으면 황제를 앞에 두고도 성별 따위는 아무 상관도 없을 거라며 썩 달갑지 않은 칭찬을 받을 때도 있다.

오늘도 후궁의 중급 비 한 명, 하급 비 두 명, 궁 안에서도 무관과 문관이 각각 한 사람씩 진시에게 말을 걸었다. 무관에게서 강장제가 든 간식을 받은 탓에, 진시는 오늘 밤에는 일하러 가지 않고 이렇게 궁 안에 있는 자신의 방에 틀어박혀 있다. 자신의 몸을 지키기 위한 일이지 농땡이를 피우려는 게 아니다.

진시는 책상 위의 두루마리에 하나하나 이름을 써 나갔다.

오늘 자신에게 말을 걸었던 비들의 이름이었다. 황제가 자주 드나들지 않는다고 다른 남자를 침소에 끌어들이려 하는 불경한 짓은 그냥 두고 볼 수 없다. 정식 보고는 아니지만, 나중에 무슨 소식이 들리긴 할 것이다.

자신의 미모가 궁내의 여성들을 가리는 시금석이 된다는 사실을 새장 속의 새들 중 몇 명이나 알고 있을지 진시는 궁금해졌다.

비의 지위는 우선 부모의 집안을 보고, 그 뒤 아름다움과 현명함을 기준으로 선발된다. 집안과 미모에 비해 현명함을 가리기는 어렵다. 국모가 되기에 부족함이 없는 교양이 있고, 거기에 더해 정조 관념까지도 갖고 있어야 한다.

심술궂은 황제는 선발 기준을 진시에게 맡겼다.

교쿠요 비와 리화 비를 추천한 것도 진시였다. 교쿠요 비는 사려가 깊고 총명하다. 리화 비는 감정적인 성격이긴 하지만 누구보다 위에 서기에 어울리는 기질을 갖고 있다.

둘 다 황제에 대한 충성심이 확고하고, 삿된 감정을 갖고 있는 듯 보이지는 않았다.

리화 비의 경우는 거의 황제에게 심취한 상태였다.

자신의 주인이긴 하지만 정말이지 너무한 분이긴 하다. 자신과 국가에 걸맞은 비를 두고, 아이를 낳게 하고, 그 능력이 없다면 금세 내쳐 버린다.

앞으로 황제의 총애는 교쿠요 비에게 계속 기울 것이다.

유령처럼 야위고 마른 리화 비를 황제가 마지막으로 찾아간 것은 동궁을 잃었을 때였다. 리화 비 이외에도 필요가 없어진 비는 여러 사람 있다. 그들은 모두 슬그머니 친정으로 돌려보내거나, 신하에게 하사해 버렸다.

진시는 가득 쌓여 있던 서류들 중 한 장을 뽑았다.

지위는 정4품. 중급 비에 해당한다. 이름은 후요芙蓉라 한다.

얼마 전 이민족을 퇴치한 공훈으로 어느 무관에게 하사하기로 결정한 비였다. 사실을 말하면 그 무관은 딱히 일기당천一騎當千의 눈부신 활약을 한 건 아니다. 성질 급한 다른 무관들을 말린 점을 높이 평가받았을 뿐이다.

문제의 마을에 괜한 죄를 뒤집어씌웠던 부정적인 부분은 겉으로 드러나지 않았다. 정치란 그런 것이다.

"자, 이제 잘될지가 문제군."

머릿속 계획대로 일이 진행되기만 하면 문제없을 터였다.

그러기 위해서는 무뚝뚝한 약사님의 협력이 어느 정도 필요했다. 생각보다 훨씬 더 쓸 만한 존재인 것 같다고 진시는 생각했다.

자신을 욕정의 대상으로 보지 않는 인간이 아주 없는 것은 아니지만 그렇다고 이렇게 털벌레 같은 시선을 받는 일은 처음이었다.

본인은 잘 숨기고 있다고 생각하는 모양이었으나 표정에 희미하게 떠오르는 경멸의 시선을 감추지는 못했다.

저도 모르게 웃음이 솟아났다. 천상에 흐르는 감로 같다고 일컬어지는 그 미소에 약간의 심술이 섞였다.

딱히 피학 취향이 있는 것은 아니지만 묘하게 재미있었다. 새

장난감을 손에 넣은 기분이었다.

"앞으로 어떻게 될지 모르겠군."

진시는 벼루로 서류를 눌러 놓고 그만 자기로 했다.

한밤중에 누가 방문해도 아무 문제없도록 문을 꼭꼭 잠그는 일을 잊지 않고.

○ ● ○

만능약이라는 말은 있지만, 실제로 모든 병을 다 고칠 수 있는 약은 존재하지 않는다.

그런 아버지의 말에 반감을 갖던 시기가 마오마오에게도 있었다.

그 어떤 병도, 그 어떤 인간에게도 잘 듣는 약을 만들고 싶다. 그래서 마오마오는 타인이 시선을 돌릴 정도의 상처까지 내 가면서 새로운 약을 개발하는 데 몰두했지만, 아직까지 만능약이 완성될 기미는 보이지 않았다.

몹시 마음에 안 드는 인간이긴 하지만 진시가 가져온 이야기는 마오마오를 흥분하게 만들기에 충분했다.

후궁에 들어온 뒤로 감차 말고는 약을 통 만든 적이 없었다. 재료로 쓸 만한 약초는 후궁 안에 깜짝 놀랄 정도로 많이 자라나 있었지만 도구도 없고, 큰 방에서 수상한 행동을 할 수도 없었기에 꾹 참으며 지내 왔던 터였다.

개인 방을 얻어서 제일 기뻤던 게 바로 그 점이었다.

마오마오는 재료 조달에 나서면서, 겉으로 핑계를 대기 위해 세탁 바구니를 짊어졌다. 홍냥의 배려 덕분에 앞으로 빨래 운반은 전부 마오마오의 몫이 될 것이다.

세탁물을 가져다주러 온 척하면서 미리 이야기를 들었던 의무실을 찾아갔다. 안에는 예전에 당황하며 어쩔 줄 몰라 하기만 했던 그 의관, 그리고 진시를 자주 따라다니는 환관이 있었다.

의관은 듬성듬성한 미꾸라지 수염을 쓰다듬으면서 평가하는 듯한 시선으로 마오마오를 쳐다보았다.

왜 이런 꼬마 계집애가 자신의 영역을 어지럽히는 건지 모르겠다는 눈치였다.

'이런 추녀를 뭘 그렇게 빤히 쳐다보는 거람.'

의관에 비해 환관은 마치 자신의 주인을 대하는 듯 정중한 태도로 마오마오를 안내했다.

세 벽이 약재 서랍으로 둘러싸인 방 안으로 들어간 순간 마오마오는 후궁에 온 뒤로 가장 환한 웃음을 지었다. 얼굴이 발그레하게 물들고, 한일자로 다물고 있었던 입술에도 부드러운 미소가 떠올랐다.

환관이 놀란 표정으로 마오마오를 쳐다보았으나 그런 건 상관없었다.

서랍 목록을 훑어보다 신기한 약이 있으면 춤추는 듯 기묘한 움직임이 나왔다. 기쁨이 넘치는 나머지 머릿속에 다 주워 담을 수가 없었다.

"무슨 저주라도 걸렸나?"

마오마오는 거의 반 시간 동안 그런 짓을 하고 있었다.

어느샌가 나타난 진시가 기이하다는 눈빛으로 춤추는 마오마오를 지켜보았다.

마오마오는 서랍 한구석에서 순서대로 쓸 만한 재료들을 모았다. 그리고 하나하나 약 봉투에 싸고, 붓으로 이름을 적었다. 아직 목간이 문서로 사용되고 있는 가운데 종이를 넉넉히 쓸 수 있다는 사실은 사치스러운 일이었다.

미꾸라지 수염 의관이 웬 놈인고 하는 표정으로 자꾸만 들여다보려 했기에 환관이 문을 닫았다. 환관의 이름은 가오슌高順이라고 하는 듯했다. 과묵한 생김새에 건장한 체격을 지닌 그 환관은 이런 장소가 아니라면 무관으로 착각했을 정도다. 진시의 부관이라 그런지 진시 뒤를 쫓아다니는 일이 많았다.

서랍이 높은 곳에 있을 때는 가오슌이 꺼내 주었다. 상사는 아무것도 하지 않는다. 가만히 있을 거면 딴 데로 가 버렸으면 좋겠다고, 무표정한 마오마오는 속으로 생각했다.

서랍 제일 위에서 낯익은 이름을 발견한 마오마오가 몸을 내밀었다.

가오슌이 꺼내 준 그것을 보고 마오마오는 복잡한 표정을 지었다.

몇 개의 씨앗이 손바닥 위에 담겨 있었다. 원하던 것을 만들수 있을 거라고 생각했는데, 양이 고작 한 줌도 되지 않는다.

"이것 가지고는 부족한데요."

"그럼 구해 오게 하면 될 일이다."

쓸데없이 미소를 낭비하며 지켜보고 있던 잘생긴 청년이 쉽게도 말했다.

"서방에서도 더욱 서쪽으로 가고, 거기서 남방으로 더 가야얻을 수 있는 물건입니다."

"교역품 중에서 찾아보면 있겠지."

진시는 씨앗 하나를 집어 들었다. 모양은 살구씨처럼 생겼는데 독특한 냄새를 발하는 약재였다.

"이것의 이름은 무엇이지?"

청년의 물음에 마오마오는 대답했다.

"카카오입니다."

9 화 : 카카오

"일단 효력은 알겠다."

진시가 어처구니없다는 말투로 마오마오에게 말했다.

"저도 그렇습니다."

진시는 눈앞의 참상을 보고 넋이 나간 상태였다.

"그래, 그렇군."

늘 쓸데없이 반짝반짝 빛내던 미소도 없었다. 그저 지치고 피로한 얼굴이었다.

"어쩌다 이렇게 된 거지?"

그것은 몇 시간 전의 일이었다.

도착한 카카오는 씨앗 상태가 아니라 분말로 잘게 갈려 있었다. 그 외에도 필요한 재료로 마오마오가 부탁한 것 전부가 비취궁 부엌으로 날려져 왔다. 세 시녀들이 구경꾼으로 몰려왔지만 홍냥이 주의를 주자 각자 원래 자리로 돌아갔다.

우유, 유지, 설탕, 꿀, 증류주, 건조 과일, 향을 더하기 위한 향초 기름. 하나같이 영양가 높은 고급품이며 동시에 강장제로 이용되기도 했다.

마오마오는 카카오를 딱 한 번 먹어 본 적이 있었다. 가루를 반죽하고 설탕을 섞어서 굳힌 음식으로, 그것을 주었던 유녀는 초콜릿이라고 말해 주었다.

손톱만 한 작은 조각이긴 했지만 먹어 보니 마치 독한 증류주를 들이켠 듯했고, 묘하게 기분이 밝고 명랑해졌다.

그것은 어떤 음흉한 손님이 잘나가는 기녀의 환심을 얻기 위해 신기한 과자라며 준 선물이었다. 하지만 안타깝게도 상태가 이상해진 마오마오를 본 기녀는 화를 냈고, 그 손님은 기녀들을 관리하던 할멈에게 출입을 금지당했다. 나중에 무역상이 그것을 미약이라며 팔고 있었다는 사실을 알았다.

그 후 씨앗 몇 개를 손에 넣긴 했지만 약으로 사용해 본 적은 없었다.

유곽의 약방에 그런 고급품을 원하는 손님은 없었기 때문이다.

기억 속의 초콜릿은 유지로 굳힌 것이라는 인상이 남아 있었다. 온갖 약과 독의 냄새와 맛을 기억하고 있는 마오마오는 식재료에 관해서도 선명한 기억을 갖고 있다.

아직 더운 계절이었기에 유지가 잘 굳을 것 같지 않아, 건조 과일 위에 씌우기로 했다. 얼음이 있으면 완벽했겠지만 아무리 그래도 그건 무리일 거라는 생각에 원하는 재료 목록에 넣진 않았다.

대신 커다란 항아리를 준비했다. 안에는 물이 반쯤 차 있었다. 물 증발에 의해 내부를 외부보다 서늘하게 만들어, 간신히 유지를 굳힐 수 있는 온도까지 내리기 위해서였다.

마오마오는 재료들을 열심히 뒤섞은 뒤 한 숟가락 떠서 입에 넣어 보았다.

쓴맛과 단맛 외에도 기분을 고양시키는 성분이 들어 있다는 것이 혀를 통해 느껴졌다.

예전에 비해 술과 독에 훨씬 강해진 마오마오는 처음 먹었을 때처럼 기분이 엄청나게 고양되지는 않았지만, 그래도 효과가 강력하다는 사실은 알 수 있었다.

'조금 더 작게 만드는 편이 좋겠다.'

마오마오는 금속판에 구멍을 뚫어 만든 식칼로 과일을 반으로 잘라 갈색 액체에 담갔다.

그리고 접시에 담아 허공에 띄우듯 항아리 속에 잘 넣었다.

뚜껑을 덮고, 이제는 멍석으로 덮은 뒤 굳기를 기다리기만 하면 된다.

진시가 저녁 무렵에 가지러 온다고 했으니 그때까지는 굳을 것이다.

'조금 남았네.'

갈색 액체도 아직 남아 있었다. 재료들은 상당한 고급품이고 영양가도 높다. 미약이라고는 해도 마오마오에게는 그렇게까지 효력이 없으니 나중에 자신이 먹기로 했다. 빵을 사각형으로 잘라 그 액체에 담갔다. 이렇게 하면 식힐 필요도 없다.

마오마오는 그 위에 뚜껑을 덮어 선반 위에 올려놓았다.

그리고 남은 재료들을 전부 정리해서 자신의 방에 놓아둔 뒤 빨래를 하기 위해 바깥 수돗가로 향했다.

이때 잘라 놓았던 빵도 자신의 방에 가져다 놓아야 했지만, 머릿속에서는 그 생각이 완전히 달아나고 없었다. 맛을 보다가 기분이 조금 고양되었는지도 모른다.

뭐, 나중에 후회해도 소용없는 일이다.

그 후 홍냥의 심부름을 하고, 겸사겸사 밖에 자라고 있던 약초를 따러 나간 사이 일이 터졌다. 마오마오의 머릿속에서 빵을 선반에 올려놓았던 일은 완전히 사라진 상태였다. 세탁 바구니에 약초를 잔뜩 담아서 뿌듯한 기분으로 돌아왔더니 얼굴이 새파래진 홍냥과 걱정스러운 표정의 교쿠요 비가 기다리고 있었다. 가오슌이 있는 걸 보니 진시도 와 있는 모양이었다.

이마를 짚은 홍냥이 부엌 쪽을 가리키기에 그곳을 본 마오마오는 들고 있던 바구니를 가오슌에게 떠넘기고 현장으로 쫓아갔다.

어처구니없다는 표정의 진시가 이쪽을 보고 있었다.

완곡하게 말하자면, 그곳에는 완전히 복숭앗빛과 연홍빛으로 물든 공간이 펼쳐져 있었다. 세 시녀들이 서로 몸을 맞대고 잠들어 있었다. 옷은 흐트러지고, 말려 올라간 치맛자락 속으로 요염한 허벅지가 들여다보였다.

"이게 어떻게 된 일이니?"

홍냥이 마오마오를 추궁하듯 물었다.

"글쎄요, 어떻게 된 일일까요….."

마오마오는 세 시녀에게로 다가가 쪼그리고 앉아 각각의 치마를 들추어 안을 확인했다.

"다행이네요, 미수라서….."

마오마오가 대답을 채 끝내기도 전 얼굴이 새빨개진 홍냥이 마오마오의 뒤통수를 후려갈겼다.

탁자 위에는 갈색 빵이 놓여 있었다.

개수는 딱 세 개 모자랐다.

세 시녀들이 간식으로 착각한 모양이었다.

시녀들을 각자의 방에 눕혀 놓고 나니 갑자기 짙은 피곤이 밀려왔다.

거실에서는 교쿠요 비와 진시가 신기하다는 표정으로 초콜릿 빵을 쳐다보고 있었다.

"이게 그 미약이니?"

"아뇨, 이겁니다."

마오마오는 초콜릿을 씌운 과일을 내밀었다. 엄지손톱만 한 사이즈의 알갱이가 서른 개 정도 들어 있었다.

"그럼 이건 뭐지?"

"제 야식입니다."

말실수라도 했는지 주변의 분위기가 싸해졌다. 가오슌과 홍냥도 마치 이물을 보는 듯한 눈으로 쳐다보고 있었다.

"술이나 자극적인 것에 익숙하면 그렇게까지 큰 효과는 없습니다."

실험에 썼던 독뱀을 술로 담가 마시곤 했기 때문에 마오마오는 상당히 술이 셌다.

마오마오는 술도 약의 일종으로 분류했다. 약은 자극에 약한 사람일수록 강력하게 작용한다. 여기서는 미약으로 강력한 효과를 발휘한 초콜릿 빵도 재료가 되는 씨앗이 자란 지역에서는 그렇게 잘 듣지 않을 터였다.

진시는 빵을 집어 들고 한참이나 뜯어보았다.

"그럼 내가 먹어도 문제는 없는 건가?"

""그것만큼은 참아 주십시오!!""

홍냥과 가오슌이 입을 모아 외쳤다. 마오마오는 가오슌의 목소리를 처음 들은 기분이었다.

진시는 농담이라며 빵을 접시에 내려놓았다.

물론 황제의 총비 앞에서 미약을 먹는 것 자체가 불경한 짓이긴 하지만, 그보다 만에 하나 진시가 저 천녀의 미모를 붉히며 덮치기라도 했다가는 그 누구라도 이성의 고삐가 풀릴 게 뻔했다.

얼굴만은 쓸데없이 아름다우니 말이다.

"다음에 황제 폐하를 위해 만들어 줄 수 있을까? 신선한 기분을 되찾을 수도 있을 것 같은데."

교쿠요 비가 즐거운 듯 말했다.

"평소 강장제의 세 배는 듣게 될 겁니다."

마오마오가 말하자 교쿠요 비는 다소 복잡한 표정을 지었다.

"세 배…."

지속을 말하는 걸까, 하는 교쿠요 비의 말은 못 들은 척하기로 했다. 생각보다 꽤 힘든 모양이다.

마오마오는 미약을 뚜껑 달린 용기로 옮겨 담아서 진시에게 건넸다.

"효능이 아주 강력하니 한 알씩만 드시는 게 좋겠습니다. 너무 많이 먹으면 피가 지나치게 빨리 돌아, 코피가 날 것입니다. 또한 의중의 상대와 단둘이 계실 때 사용하십시오."

주의 사항까지 전해 들은 진시는 자리에서 일어났다.

돌아갈 채비를 하기 위해 가오슌과 홍냥은 방을 나섰다.

교쿠요 비도 인사를 한 뒤 요람 속에 잠들어 있던 공주를 데리고 밖으로 나갔다.

마오마오가 빵이 담긴 그릇을 정리하고 있는데 뒤에서 달콤한 냄새가 났다.

"번거롭게 했군. 고맙다."

달콤한 꿀 같은 목소리가 들렸다.

그리고 마오마오의 머리카락이 들려 올라가고, 목덜미에 차가운 무언가가 닿았다.

뒤를 돌아보니 진시가 한 손을 들며 방을 나가고 있었다.

"아, 그래서…."

접시를 내려다보니 빵 하나가 부족했다.

범인이 누구인지는 짐작이 갔다.

"피해자가 생기지 않아야 할 텐데."

마오마오는 남의 일처럼 중얼거렸다.

밤은 아직 한참이나 길다.

10화 : 유령 소동 전편

총비 교쿠요를 모시는 시녀들 중 한 명인 잉화櫻花는 오늘도 성심성의껏 열심히 일하고 있었다.

얼마 전 일하다가 그만 깜박 졸아 버리는 추태를 범하긴 했지만 주인인 교쿠요 비는 전혀 책망하지 않았다.

몸이 부서져라 일하는 수밖에 없겠다는 생각에 잉화는 창틀에서 난간 하나하나까지 정성을 다해 청소했다.

본래 이것은 시녀가 할 일이 아니지만 그래도 잉화는 하녀 일을 마다하지 않았다. 교쿠요 비가 부지런한 사람이 좋다고 말했기 때문이다.

교쿠요 비와 잉화를 비롯한 시녀들의 고향은 서쪽 지방이다. 그곳은 기후가 건조하며 이렇다 할 자원도 없고, 늘 땀범벅이되어 지내곤 했다. 시녀들은 모두 관리의 딸들이었지만 그렇게 사치스럽게 산 기억도 없다. 일하지 않으면 굶을 수밖에 없는 가난한 지역이었다.

그러던 중 교쿠요 비가 입궁함으로써 고향도 중앙에서 주목을 받게 되었다. 비가 황제의 총애를 받으면 받을수록 중앙 관료들은 비의 고향을 소홀히 할 수 없게 된다. 교쿠요 비는 총명한 여성이다. 가만히 앉아서 사랑만 받는 아름다운 비는 아니었다. 그리고 잉화는 그 비를 끝까지 따라가기로 결심하고 후궁에 들어왔다.

그래서 나간 시녀들 몫까지 남은 자신들이 열심히 일해야겠다고 생각하고 있다.

부엌의 다기를 정리하러 가 보니 안에서는 신입 시녀가 무언가를 만들고 있었다. 이름은 마오마오라고 하던데, 자기가 먼저 말을 꺼내는 일이 별로 없기 때문에 어떤 인간인지는 잘 모른다.

꽤 낯을 가리는 교쿠요 비가 일부러 들였을 정도니 그렇게 나쁜 사람은 아닐 터.

오히려 불쌍한 아이라는 생각도 들었다.

팔에는 학대를 당한 흔적이 있고, 궁으로 팔려 온 몸이라는 사실도 있고, 현재 독 시식 전문으로 고용되었다는 사실을 들었을 때 잉화는 정말이지 안타까워 견딜 수가 없었다.

그래서 그 비쩍 마른 몸을 살찌우기 위해 식사의 양을 늘려주고, 상처 자리를 쓰다듬는 것이 불쌍해서 청소를 시키지도 않았다. 다른 두 시녀들도 같은 생각인 듯했기에 결과적으로 마오마오는 거의 일이 없었다.

그래도 상관없다고 잉화는 생각했다. 일은 자신들만으로도 충분히 할 수 있으니까.

시녀장인 홍냥은 아무리 그래도 그건 아니라며 세탁 일을 마오마오에게 맡겼다. 세탁물을 바구니에 담아 나르기만 하면 되는 일이기에 팔의 상처가 눈에 띌 일도 없다. 그 외에도 자잘한 심부름을 시키고 있는 모양이었다.

본래 세탁물을 나르는 것은 시녀들의 일이 아니고 큰 방에서 여럿이 지내는 하녀들이 할 일이다. 하지만 예전에 교쿠요 비의 옷에 독침이 꽂혀 있었던 사건 이후로 시녀들이 하고 있었다.

다른 허드렛일도 결국 이런 사건 때문에 하게 된 일이다. 이곳은 후궁, 주위에는 온통 적밖에 없다.

"뭐 만드는 거야?"

마오마오는 냄비에 풀 같은 것을 넣고 끓이고 있었다.

"감기약이요."

이 아이는 그야말로 최소로 필요한 말만 한다. 학대 후유증으로 인간관계가 서툴러진 게 아닌가 생각하면 자꾸 눈물이 난다.

약에 조예가 깊기 때문에 가끔 이렇게 약을 만들어 주곤 한다. 정리도 깔끔하게 해 놓고, 지난번에 받은 손발이 튼 곳에 바르는 약도 아주 잘 쓰고 있기 때문에 잉화는 전혀 할 말이 없었다. 가끔 훙냥에게서 약 만들기를 부탁받아 이렇게 만들곤 하는 모양이었다.

잉화는 은그릇을 꺼내 마른 천으로 꼼꼼히 닦았다.

마오마오는 보통 입을 여는 일이 별로 없지만 맞장구는 기막히게 잘 치기 때문에 이야기하기가 편했다.

잉화는 최근 소문으로 들은 괴담 이야기를 했다.

허공을 춤추는 하얀 여자에 대한 소문이었다.

○ ● ○

마오마오는 다 만든 감기약과 세탁 바구니를 들고 의국으로 향했다.

그래도 약이기 때문에 형식적으로나마 의관에게 검사를 받아야 한다.

'요 한 달 동안에 벌어진 일인가?'

그 흔한 괴담 이야기를 듣고 마오마오는 고개를 갸웃거렸다.

비취궁에 오기 전에는 들은 적 없는 이야기였다. 소문이란 소문은 몽땅 샤오란이 물어다 주었으니, 최근 들어 나돌기 시작한 소문인 모양이었다.

후궁은 성벽으로 한 바퀴 빙 둘러져 있다. 사방에 난 문 외에는 드나들 곳이 없고, 벽 너머에는 깊은 해자가 파여 있기 때문에 탈주도 침입도 불가능했다.

깊은 해자 속에는 후궁에서 도망치다가 빠져 죽은 비가 아직도 가라앉아 있다고들 한다.

'성문 근처인가?'

근처에 건물은 없고 소나무 숲만 펼쳐져 있을 터였다.

'여름 끝물부터였지.'

이 시기는 어떤 것의 수확 철이다.

쓸데없는 생각을 떠올리고 있는데 마치 그 틈을 정확히 노린 듯 듣기 싫은 목소리가 들렸다.

"일하느라 수고가 많다."

모란 같은 화려한 웃음 앞에서도 마오마오는 그저 무표정할 뿐이었다.

"아뇨, 그 정도는 아닙니다."

의국은 남쪽에 있는 중앙문 바로 옆이며 후궁을 관장하는 세 부문 역시 그 근처에 거점을 두고 있다.

진시는 그곳에 자주 나타나곤 한다.

환관이라면 내시성에 있어야 하겠지만 이 남자는 그 어느 방에도 소속되어 있지 않고, 오히려 모든 곳들을 감시하는 듯 쳐다보곤 했다.

'궁관장님보다 높은 사람인가 보네.'

가능성으로 따지면 현 황제의 후견인이라고 볼 수도 있겠지만, 고작해야 스무 살도 채 되지 않아 보이는 청년인데 그렇게 생각하긴 어렵다. 만일 그 아들이라 해도, 일부러 환관이 될 필요는 없다.

교쿠요 비와 친한 것을 보면 그쪽 후견인이라고 생각할 수도 있겠다. 아니, 오히려….

'황제가 손을 댔나?'

황제가 교쿠요 비를 총애하며 자주 드나드는 것을 보면 남색가는 아닌 듯했지만, 사람은 겉보기만으로는 알 수 없다.

너무 많은 생각을 하자니 귀찮아졌기 때문에 일단 황제의 애인이라고 생각하기로 했다. 그게 편하다.

"뭔지 모르겠지만 굉장히 무례한 생각을 하고 있는 얼굴이로군."

진시가 눈을 가늘게 뜨며 마오마오를 쳐다보았다.

"착각이십니다."

마오마오가 고개를 꾸벅 숙이고 몸을 돌려 의무실로 들어가자, 미꾸라지 수염의 돌팔이 의사가 막자사발을 벅벅 갈고 있었다. 이 의관의 경우 약을 만들고 있는 게 아니라 그냥 심심해서 시간 때우기로 저러고 있다는 사실을 마오마오는 안다.

그렇지 않았다면 매번 자신이 만든 약을 가져다줄 필요도 없을 테니 말이다. 이 의관은 극히 최소한의 조제법밖에 모른다.

후궁이라는 장소가 워낙 폐쇄적이기 때문에 의관도 수가 부족한 모양이었다. 여자는 의관이 될 수 없고, 의관이 된 남자가 군이 환관이 될 필요도 없다.

돌팔이는 처음 마오마오를 보고 영문 모를 꼬마 계집애라고 생각했던 듯하지만 마오마오가 만든 약을 보더니 점점 태도가 부드러워졌다.

지금은 다과도 내주고, 필요한 재료가 있으면 나눠 주기도 할 정도다. 하지만 그것은 의국으로서 별로 바람직한 일은 아니다.

비밀 유지 의무 따위 같은 것도 없는 모양이다.

'정말 이래도 괜찮은 건가?'

생각은 하지만 충고할 마음은 없었다. 그러는 편이 마오마오로서도 속이 편했다.

"약을 좀 봐 주시겠어요?"

"오오, 아가씨 왔군. 조금만 기다리게."

의관은 다과와 싸구려 잡차를 꺼내 주었다. 달콤한 찐빵류가 아니라 전병이었다.

단것을 썩 좋아하지 않는 마오마오로서는 고마운 일이었다. 취향을 기억해 준 모양이다.

최근 들어 이곳저곳에서 먹이로 길들여지는 것 같은 기분이 들기도 했지만 그냥 신경 쓰지 않기로 했다.

돌팔이지만 사람은 좋다. 성격은 좋지만 일은 잘 못하는 유형이다.

"내 몫도 부탁해."

뒤에서 달콤하고 온화한 목소리가 들렸다.

돌아보지 않아도 쓸데없이 반짝이는 것들이 주위 공기 중에 자욱이 끼어 있을 것 같은 기분이었다. 누가 왔는지는 말할 것도 없다.

진시, 바로 그 사람이다.

돌팔이 의사는 놀라면서도 흥분한 얼굴로, 기껏 준비해 줬던 전병과 잡차를 집어넣고 백차와 월병으로 바꿔서 가지고 왔다.

'내 전병….'

진시는 반짝반짝 빛나는 미소를 지으며 마오마오 옆에 앉았다.

신분 차를 이유로 동석을 거부했지만 진시는 억지로 마오마오의 어깨를 누르며 끼어들어 앉았다.

상냥해 보이는 얼굴이지만 생김새와는 다르게 고집 세고 제멋대로인 행동에 마오마오는 피로를 느꼈다.

"선생, 미안하지만 안에서 이것 좀 꺼내다 주지 않겠어?"

진시는 돌팔이 의사에게 종잇조각을 건넸다.

멀리서 보기에도 상당한 수의 약 이름이 적혀 있었다. 시간이 제법 걸릴 듯했다.

돌팔이 의사는 눈을 가늘게 뜨더니 안타까운 표정을 지으며 안쪽 방으로 들어갔다.

'처음부터 이럴 생각이었군.'

"본론이 뭐죠?"

눈치 빠른 마오마오는 찻잔을 흔들며 말했다.

"유령 소동에 대해 알고 있나?"

"소문은 들었습니다."

"그럼 몽유병이라는 건 혹시 알아?"

마오마오의 눈동자 끄트머리에서 갑자기 빛이 나는 것을 진시는 놓치지 않았다.

천녀의 미소를 짓고 있던 진시가 큭큭큭 심술이 섞인 웃음소리를 냈다.

커다란 손바닥이 마오마오의 뺨을 어루만졌다.

"그 병은 어떻게 하면 나을 수 있지?"

진시는 다디단 과일주 같은 목소리로 물었다.

"그런 건 저도 모르죠."

스스로를 비하하지는 않지만, 그렇다고 과대평가도 하지 않는 마오마오의 대답이었다.

어떤 병인지는 알고 있고, 환자를 본 적도 있다.

그 결과 할 수 있는 말이 이것이었다.

"약으로 낫게 할 수 있는 병이 아닙니다."

마음의 병이다.

기루의 유녀가 이 병에 걸렸을 때 아버지는 아무런 처방도 하지 않았다.

약으로 치료할 수 있는 병이 아니기 때문이다.

"약이 아니라면, 무엇으로 낫게 할 수 있다는 거지?"

진시가 물었다.

"제 전문은 약입니다."

마오마오는 딱 잘라 말했지만 옆을 흘끔 보니 천상인이 수심을 띤 표정을 짓고 있었다.

'눈을 마주치면 안 돼.'

야생 동물이라도 다루듯 마오마오는 청년에게서 시선을 피했다. 하지만 피할 수가 없었다. 그 시선이 뒤따라와 오히려 마오마오 쪽을 보고 있으니 말이다.

상당히 집요한 타입이었다. 번거롭고 귀찮다.

마오마오는 결국 고집에서 지고 말았다.

"…노력해 보겠습니다."

그러니 몹시도 싫은 표정을 지으며 대꾸하는 수밖에 없었다.

한밤중, 환관 가오슌이 데리러 왔다. 그 병에 걸린 자를 보러 가기 위해서였다.

과묵하고 무표정해서 다가가기 힘들어 보였지만 마오마오는 오히려 그런 부분에서 친근감을 느꼈다. 지나치게 달콤한 것에 곁들이기에는 짭짤한 절임 반찬이 딱 좋다. 진시 옆에는 가오슌이 딱 맞았다.

'별로 환관 같지 않은 사람이야.'

환관은 물리적으로 양기를 제거했기 때문에 여성적인 사람이 되는 경우가 많다.

체모가 옅고 성격도 둥글둥글하며, 성욕 대신 식욕이 늘어나 살이 찌기 쉽다.

가장 전형적인 예가 바로 저 돌팔이 의관이다. 생김새만 봐서는 아저씨지만 이야기를 나누다 보면 가끔 좋은 집안 출신의 상인 부인과 함께 있는 기분이 든다.

가오슌으로 말할 것 같으면 체모가 짙은 편은 아니지만 생김새가 날카로워, 후궁이라는 장소만 아니면 무관으로 착각할 수도 있을 정도였다.

'왜 이런 길을 택했을까?'

궁금하긴 했지만 물으면 안 된다는 사실은 알고 있다. 마오마오는 입을 다물고 고개를 가로저었다.

등롱을 한 손에 든 가오슌이 앞길을 인도했다.

달은 반쪽이었지만 구름이 없는 덕분에 상당히 밝았다.

낮에만 보던 궁 안은 마치 다른 장소 같았다.

가끔 부스럭거리는 소리나 신음 소리 같은 것이 그늘에서 들리긴 했지만 무시하기로 했다.

궁 안에 멀쩡한 남성이라고는 황제 하나밖에 없기 때문에 연애의 형태가 기묘하게 뒤틀리는 것도 어쩔 수 없는 일이었다.

"마오마오 님."

가오슌이 말을 걸었다. 마오마오는 자신에게 '님'을 붙여 부르니 마음이 불편해졌다.

"경칭은 붙이지 않으셔도 됩니다. 가오슌 님이 훨씬 높은 분이시니까요."

마오마오가 정직하게 말하자 가오슌은 턱을 어루만지더니 한순간 고개를 갸웃했다.

"그럼 샤오마오小猫."

'그렇다고 갑자기 샤오小*라니.'

알고 보면 가벼운 성격 아닐까, 이 아저씨. 그런 생각을 하며 마오마오는 고개를 끄덕였다.

"진시 님을 털벌레 보는 눈빛으로 보지는 말아 주십시오."

'역시 다 들켰구나.'

최근 들어 얼굴 근육이 노골적으로 반응하는 바람에 철가면으로도 다 가릴 수가 없게 되었다.

아마 이제 와서는 목이 날아갈 일은 없겠지만 그래도 자제해야 한다. 높은 분의 눈에는 오히려 마오마오가 벌레로 보일 테니 말이다.

"오늘은 돌아오자마자 '민달팽이라도 보는 듯한 눈으로 쳐다

※샤오(小) : 이름(주로 연소자의) 또는 형제의 순서를 나타내는 수사 앞에 놓여져 호칭어로 쓰임.

보더라'라고 보고하시고…."

'하긴 집요하고 끈적끈적해서 기분 나쁘다고 생각하긴 했습니다.'

하나하나 다 보고하는 걸 보면 정말이지 집요하고 속에 담아 두는 타입이긴 하다. 남자답지 못하다. 아니, 이젠 남자가 아닌가.

"몸을 부들부들 떨면서 촉촉한 눈동자로 미소를 지으시더군요. 기뻐서 열에 들뜬다는 게 그런 느낌인가 했습니다."

가오슌은 오로지 오해밖에 살 수 없는 말을 지극히 진지하게 늘어놓았다.

이젠 벌레에서 오물로 격하시켜야만 할 것 같았다.

"…앞으로 조심하겠습니다."

"네. 면역이 없는 자들은 얼핏 보기만 해도 혼절하게 되니 처리가 매우 곤란합니다."

가오슌의 깊은 한숨에서 그간의 고생이 느껴졌다. 항상 이렇게 뒷수습을 하고 다니는 입장인 모양이었다. 너무 아름다운 상관을 두는 것도 쉬운 일은 아니다.

몹시 지치는 이야기를 하는 사이 동측 성문에 도착했다.

성벽은 마오마오 키의 네 배 정도 높이였다. 그 바깥쪽에는 깊은 해자가 파여 있고 식량과 자재 운반 및 가끔 하녀 교체 시, 다리가 내려진다.

후궁 탈주는 극형을 의미한다.

문에는 항상 위병들이 지켜 서 있다. 안쪽에 환관 두 명, 바깥쪽에는 무관 두 명. 문은 이중으로 되어 있고 대기소가 안쪽과 바깥쪽, 양쪽에 모두 붙어 있다.

도개교를 내리는 일과 올리는 일은 모두 사람 힘으로 할 수 없기 때문에 소 두 마리를 키우고 있다.

마오마오는 근처의 소나무 숲에 있는 무언가를 찾으러 가고 싶은 충동에 휘말렸지만 가오슌 때문에 그럴 수도 없어, 그냥 정원에 있는 정자에 앉았다.

그러던 중 반달을 배경으로 그것이 나타났다.

"저겁니다."

마오마오는 가오슌이 가리킨 곳을 보았다. 거기에는 믿을 수 없는 광경이 펼쳐져 있었다.

하늘을 춤추는 하얀 여자 그림자.

긴 옷과 어깨천을 걸친 채 춤추는 화려한 발걸음으로 성벽 위에 서 있었다.

옷자락이 흔들리고 기다란 어깨천이 살아 있는 것처럼 꾸물거린다. 길고 검은 머리카락이 어둠 속에서 달빛에 비쳐 옅은 윤곽을 드러냈다.

현실이라고는 믿을 수 없을 정도로 아름다웠다.

길을 헤매다 도원향으로 들어온 듯 환상적인 풍경이었다.

"월하의 부용芙蓉."

문득 그런 말이 마오마오의 머릿속을 스쳤다.

가오슌은 한순간 놀란 표정을 짓더니 나직이 중얼거렸다.

"감이 아주 빠르군요."

여자의 이름은 '후요芙蓉*', 중급 비.

다음 달, 공훈으로 하사될 여인이었다.

※후요 : 중국어로 연꽃을 가리키는 '부용(芙蓉)'은 일본어로는 '후요'라고 읽는다.

11화 ⋮ 유령 소동 후편

몽유병이라는 것은 잘 알려지지 않은 병이다. 잠든 상태에서 마치 깨어 있는 듯 움직인다. 그 원인은 마음의 고통에 있어서, 약초를 아무리 달여 먹여도 효과가 없다. 마음을 치료할 수 있는 약은 없기 때문이다.

어떤 유녀가 그 병에 걸렸다.

성격이 명랑하고 시가 읊기를 잘하는 여자로, 낙적* 이야기가 오르던 참이었다.

하지만 그 이야기는 결국 파약이 되었다. 여자가 마치 유령에라도 홀린 듯 매일 밤 기루를 산책했기 때문이었다. 나쁜 소문은 꼬리에 꼬리를 물었다. 여기저기 돌아다니는 기녀를 할멈이 막으려 하자 손톱으로 살을 할퀴었다.

※낙적 : 기적(妓籍)에서 이름이 빠짐. 보통은 기루에 몸값에 해당되는 돈을 내야 나올 수 있다.

다음 날 기루 사람들 모두가 수상한 행동에 대해 추궁했으나 기녀는 명랑한 목소리로 이렇게 말했다.

"어머나, 다들 무슨 일이에요?"

기억 없는 기녀의 발에는 진흙이 묻고, 긁힌 상처가 나 있었다.

○ ● ○

"그래서 어떻게 됐지?"

거실에는 진시와 마오마오, 가오슌, 그리고 교쿠요 비가 있었다. 공주는 홍냥이 맡아 데리고 있었다.

"아무 일도 없었습니다. 낙적 이야기가 흐지부지되니 한밤중에 배회하는 일도 없어지더군요."

마오마오는 퉁명스럽게 말했다.

"그러니까 낙적이 싫었다는 뜻일까?"

교쿠요 비가 고개를 갸웃거렸다. 마오마오는 고개를 끄덕였다.

"아마 그럴 겁니다. 상대는 커다란 가게를 가진 상인이었지만, 처자식은 물론 손자까지 있는 사람이었습니다. 게다가 1년만 더 일하면 기녀 기간이 끝나는 상황이었거든요."

마음에 들지 않는 상대가 자신을 기적에서 빼내 데려가는 것보다는 1년 더 꾹 참고 일하는 편이 나았던 모양이다. 결국 그 기녀에게 새로운 낙적 이야기는 없었고, 기녀로 고용된 기간을 무사히 끝낼 수 있었다.

"극단적으로 정신이 고양되는 일이 있을 경우 한밤중에 배회하는 일이 많기 때문에, 마음을 가라앉히는 향과 약을 배합해서 주긴 했지만 뭐, 결국은 큰 도움이 되지 않았습니다."

그 향과 약은 항상 아버지 대신 마오마오가 조합하곤 했다.

"흐응…."

진시는 흥이 식은 표정으로 턱을 괴고 있었다.

"정말 그게 끝인가?"

"끝입니다."

끈적끈적한 시선을 받으며 마오마오는 경멸하는 표정을 짓지 않기 위해 꾹 참아야 했다.

옆에서는 가오슌이 말없이 응원을 보내고 있었다.

"그럼 이만 일하러 돌아가겠습니다."

마오마오는 고개를 꾸벅 숙이고 방을 나섰다.

시간을 조금 거슬러 올라간다.

유령을 견학하러 간 다음 날, 마오마오는 동측의 수다쟁이 소녀 샤오란을 만나러 갔다.

샤오란은 마오마오를 만나자마자 교쿠요 비에 대해 미주알고주알 캐물었다. 알려 줘도 큰 문제없는 정보와 맞바꿔 유령 소동에 관한 이야기를 들을 수 있었다.

유령 소동이 일어나기 시작한 것은 반달쯤 전. 처음에는 북측에서 발견되었다고 한다.

그리고 얼마 지나지 않아 동측으로 옮겨 가, 그 후로는 매일 밤 볼 수 있다는 이야기였다.

위병들은 괴담을 무서워하여 아무것도 하지 않았다.

아직은 무슨 해를 끼친 것도 아니니 아무도 손을 쓰지 않고 있었다.

깊은 해자와 높은 벽, 후궁의 견고한 구조가 위병들의 의식을 나약하게 만들었다.

정말이지 아무짝에도 쓸모없는 경비다.

마오마오가 다음으로 찾아간 사람은 돌팔이 의사였다.

비밀 엄수 의무 따위는 전혀 모르는 이 남자는 묻지도 않은 것까지 줄줄이 이야기했다.

최근 들어 기운이 없었던 후요 공주.

혹 불면 날아가 버릴 듯 작은 속국의 제3공주로, 공주라는 위치에 있었지만 상급 비도 되지 못하는 신분이었다.

북측에 자기 건물을 가지고 있으며, 무용이 취미지만 성격이 소심하고 긴장하기 쉬워 황제가 왔을 때 승은을 입는 데 실패했다. 주위의 다른 비들이 그것을 보고 비웃는 바람에 자기 방에 틀어박혀 지낼 정도로 섬세한 성격을 지닌 공주였다.

무용이 특기라는 사실을 제외하면 딱히 눈에 띄는 용모도 아니기에 입궁 2년이 지나도록 아직까지 황제도 손을 대지 않았다고 한다.

이번에 후요 공주가 하사되어 시집갈 무관과는 원래 소꿉친구 사이였다고 하니 행복해졌으면 좋겠다, 라고 그 의관은 이야기했다.

'아하, 그렇구나.'

마오마오의 머릿속에서 무언가가 완성되었다.

하지만 추측의 영역 밖을 나가지는 못하니 말해 봤자 큰 소용은 없을 듯했다.

'아버지는 추측만으로 함부로 말하지 말라고 했지.'

그래서 아무 말 않기로 했다.

얌전하고 피부가 하얀 공주가 얼굴을 붉히며 중앙문에 들어섰다.

눈에 띄는 용모는 아니지만, 행복이 느껴지는 환한 얼굴에 모든 사람들이 감탄했다.

선망의 시선이 중앙문에 모여들었다.

기왕 하사될 거라면 저렇게 가고 싶은, 아름다운 광경이 펼쳐지고 있었다.

"나한테는 말해 줘도 되지 않겠니?"

요염한 미소를 지으며 교쿠요 비가 말했다. 한 아이의 어머니이긴 하지만 실제 연령은 채 스무 살도 되지 않는 교쿠요 비의 얼굴에는 약간 장난꾸러기 같은 웃음이 떠올라 있었다.

마오마오는 한순간 생각에 잠겼다.

'어쩌지?'

결국 자신을 계속 빤히 쳐다보는 교쿠요 비에게 진 마오마오는 할 수 없다며 한숨을 내쉬었다.

"어디까지나 추측에 불과합니다. 그리고 기분이 상하실 수도 있습니다."

"내가 물어 놓고 화를 낼 리가 있겠니?"

'으음….'

역시 말해야만 하는 모양이다. 마오마오는 결심했다.

"다른 곳에는 말씀하지 마십시오."

"입은 무거운 편이란다."

다소 가볍게 들리는 말투이긴 했지만 일단 마오마오는 그 말을 믿기로 했다.

마오마오는 기루의 몽유병자 이야기를 시작했다.

얼마 전 진시를 비롯한 여러 사람 앞에서 말했던 것과는 다른, 또 한 명의 몽유병자 이야기였다.

이 유녀는 앞서 말한 유녀와 마찬가지로 낙적 이야기가 들어왔을 무렵 병에 걸렸다가 파약이 되었다. 거기까지는 똑같다.

하지만 그 후에도 유녀의 몽유병은 사라지지 않았고, 앞선 유녀와 마찬가지로 향과 약을 처방해 봤지만 큰 도움이 되지 않았다.

그런 유녀에게 새로운 낙적 이야기가 들어온다. 기루의 주인은 병이 있는 기녀를 보내는 일을 꺼리지만, 상대가 그래도 데려가고 싶다고 하니 할 수 없이 예전 낙적 건의 절반 금액으로 계약한다.

"나중에 알게 된 일이지만 이것은 사기였습니다."

"사기?"

먼저 낙적을 제안한 남자는 나중에 제안한 남자와 아는 사이였다. 유녀가 병이 있는 척하고 있다는 사실을 알면서 파약시킨 뒤, 진짜 낙적을 원하는 남자가 반액으로 계약을 성립시킨다.

"유녀에게는 아직 기간이 남아 있었고, 남자는 기적에서 빼내갈 은이 부족했던 겁니다."

"즉, 그 유녀들도 후요 공주와 똑같다는 말이야?"

후요 공주의 소꿉친구였던 무관은 아무리 속국이라고는 하나 일국의 공주에게 구혼할 신분이 못 된다.

따라서 무훈을 세워 언젠가는 공주를 맞이하러 갈 생각이었다.

하지만 공주는 정략에 의해 후궁으로 들어가게 된다. 무관을 마음속에 품고 있던 공주는 장기였던 무용에서 실수를 함으로

써 황제의 눈에 띄지 않도록 한다. 그리고 방에 틀어박혀 그림 자처럼 소리 없이 후궁 생활을 해 나갔다.

계획대로 2년 동안 공주는 승은을 입는 일 없이 순결한 몸을 유지한다.

무관이 무공을 착착 쌓아 나가, 드디어 이번에 세운 공적으로 공주를 하사받게 되었을 무렵 공주는 수상한 배회를 시작한다.

만에 하나라도 황제가 후요 공주를 아깝게 느끼고 손을 대는 일이 없도록.

심술궂은 권력자에게는 종종 있는 일이다. 타인의 것이 되리 라는 사실을 안 순간 그 무엇이든 아까워지는 일이.

황제가 한 번 손을 대면 하사는 미루어진다. 또한 순결한 몸 을 중요하게 여기던 후요 공주로서는 승은을 입은 순간 소꿉친 구 앞에서 고개도 들지 못하게 될 것이다.

동문에서 춤을 추고 있었던 일은 이제 곧 돌아올 소꿉친구가 다치지 않고 무사하기를 기원하는 의미가 담겨 있었을지도 모 른다.

"어디까지나 제 추측입니다."

마오마오가 담담하게 말했다.

"뭐랄까, 황제 폐하에 대해서 말하자면 그런 일이 절대 없을 거라고는 할 수 없어서 내가 뭐라고 하긴 좀 그러네."

총비는 난감한 표정을 지었다.

호색한인 황제라면 무관이 공주를 그토록 원한다는 사실을 알고 관심을 가졌을 가능성이 높았다. 황제가 교쿠요 비를 찾아오는 것은 며칠에 한 번이다. 오지 않는 날은 공무가 바쁠 때도 있지만 이유가 오로지 그것만은 아니다. 황제에게는 최대한 많은 자식을 낳을 의무가 있다.

"후요 공주가 부럽다고 한다면 내가 못된 여자인 걸까?"

마오마오는 그 말에 고개를 가로저었다.

"아뇨, 그렇게 생각하지 않습니다."

마오마오는 앞뒤가 대충 맞는 이야기라고 여겼지만, 진시에게 말할 생각은 없었다.

그러는 편이 두 사람이 행복해질 수 있을 테니까. 모르는 편이 나은 일도 있다.

그 보드랍고 소박한 미소를 지켜 주고 싶었다.

문제는 전부 해결된 듯 보였으나….

실은 수수께끼가 하나 남아 있었다.

"도대체 어떻게 올라간 걸까?"

마오마오는 자기 키의 네 배는 되어 보이는 벽을 올려다보며 고개를 갸웃했다.

높은 벽 위로 시선을 향한 채 마오마오는 조만간 조사해 봐야겠다고 생각했다.

그날 밤의 후요 공주는 아름다웠다. 마치 두루마리 그림책 속의 주인공 같았다. 그 소박한 공주와 동일 인물이라는 생각이 들지 않을 정도였다.

사랑이 여자를 아름답게 한다니, 그건 도대체 무슨 약인 걸까. 마오마오는 시시한 생각을 하며 비취궁으로 돌아갔다.

덜컹, 무언가가 떨어지는 소리가 났다.

감자와 잡곡으로 끓인 죽과 차, 갈아 내린 과일 등이 주위로 흩뿌려졌다. 마오마오는 옷이 죽투성이가 된 채로 눈앞의 인물을 올려다보았다.

"이렇게 비천한 음식을 리화 님께 먹일 생각이야? 다시 만들어 와."

화려한 화장을 한 젊은 궁녀가 눈꼬리를 치켜 올렸다. 리화 비를 모시는 시녀였다.

'아~ 귀찮아 죽겠네.'

마오마오는 한숨을 내쉬며 접시를 집어 들고 바닥에 흩어진 음식들을 치웠다.

마오마오가 있는 이곳은 수정궁. 리화 비의 주거 건물이다.

주위에는 자신을 노려보는 시선들이 여럿 있었다.

교쿠요 비를 모시는 마오마오에게, 이곳은 그야말로 적의 진영이나 다름없는 가시방석 같은 공간이었다.

황제가 교쿠요 비를 찾아온 것은 어젯밤의 일이었다.

마오마오가 평소와 다름없이 독 시식을 하고 방을 나서려 할 때였다.

"소문이 자자한 거기 약사에게 부탁할 일이 하나 있다."

황제가 처음으로 말을 걸었다.

'소문이 자자하다니 도대체 무슨 얘기가….'

황제는 늠름한 대장부이며 아름다운 수염을 기르고 있지만 실제 연령은 아직 30대 중반쯤밖에 되지 않는다. 이런 사람이 국가의 최고 권력을 쥐고 있으니 후궁의 여자들이 눈을 번득이는 것도 놀라운 일은 아니지만, 안타깝게도 마오마오는 마오마오였다. '수염 진짜 길다. 한 번 만져 보고 싶네.'라는 생각밖에 없었다.

"무슨 일이신지요?"

마오마오는 공손하게 고개를 숙였다. 훅 불면 날아갈 정도로 가벼운 목숨으로서 무슨 실수라도 하기 전에 빨리 이 방을 나가버리고 싶었다.

"리화 비의 용태가 매우 좋지 않아. 한동안 봐 주었으면 하는데."

라는 말씀이셨다.

황제의 말은 하늘의 말.

머리와 몸통이 아직 사이좋게 붙어 있기를 바라는 마오마오로서는 "그리 하겠사옵니다."라고 대답하는 수밖에 없었다.

'봐 달라'라는 말은 '고치라'는 말과 같은 뜻이다.

더는 총애하지 않게 되었다고는 하지만 아직 애착이 남아 있는지, 아니면 유력자의 딸을 소홀히 할 수 없어서인지, 어느 쪽이든 마오마오에게는 상관없는 일이었다.

고쳐 내지 못하면 모가지가 날아간다.

이러나저러나 어차피 결과는 똑같다.

그것을 마오마오 같은 어린 소녀에게 부탁할 정도니 후궁의 의관이 어지간히 못 미더운 건지, 아니면 죽어도 상관이 없다는 건지, 어느 쪽이든 참 무책임한 부탁이었다. 천상인의 부탁이란 정말이지 번거롭고 귀찮기 짝이 없다고 할 수밖에 없다.

'아무리 그래도 다른 비 앞에서 할 말은 아닐 텐데.'

자신에게 그런 부탁을 해 놓고서 유유히 야식을 먹고 교쿠요 비와 금슬 좋은 시간을 보내는 황제를 보며 마오마오는 황제라는 생물은 역시 다르다고 생각할 수밖에 없었다.

마오마오가 리화 비를 치료하기에 앞서 시작한 일은 식생활 개선이었다.

현재 문제의 독이 든 백분은 진시의 지시에 의해 후궁 내에서 사용 불가 처분이 내려졌다. 이를 팔려 하는 업자가 있다면 엄벌에 처하도록 하는 등, 철저히 신경을 썼다고 한다. 앞으로 손에 넣는 일은 불가능하다.

그렇다면 몸속에 남은 독을 배출시키는 것이 선결 과제다.

식사는 흰죽을 올리고는 있었으나 양념한 생선 튀김, 삶은 삼겹살, 홍백색 찐빵, 상어 지느러미, 게 등 반찬이 너무 호화로웠다. 영양가는 풍부하지만 위장이 쇠약해진 환자에게 먹이기에는 너무 부담스러운 음식들이었다.

마오마오는 침이 흐르려는 것을 꾹 참고 요리사에게 음식을 새로 만들도록 했다. 황제의 칙명 덕분에 일개 시녀에 불과한 마오마오에게도 그 정도의 권한은 부여되어 있었다.

섬유질이 넉넉하게 들어가 있는 죽과 이뇨 작용을 돕는 차, 그리고 소화가 잘되는 과일.

안타깝게도 이것들은 모두 방금 전 전부 바닥에 엎어져 버렸다. 음식을 함부로 다루다니, 유곽 출신의 마오마오로서는 믿을 수가 없는 일이었다.

수정궁의 시녀들은 칙명 운운하기 전에 교쿠요 비를 모시는 못생긴 시녀가 마음에 들지 않는 모양이었다.

하고 싶은 말은 많았지만 마오마오는 꾹 참고 엎어진 음식들을 치웠다.

다른 시녀가 새롭게 호화찬란한 식사를 리화 비 앞에 날라 갔지만, 잠시 후 손도 대지 않은 상태로 되돌아왔다. 저 남은 음식들은 고스란히 하녀들이 얻어먹게 될 것이다.

직접 진맥을 짚어 보고 싶었지만 천개 달린 침대 주위에는 시녀들이 온통 둘러싼 채 성의라고는 눈곱만큼도 없는 병간호를 하고 있었다. 자는 사람 옆에서 백분을 펼쳐 놓고 있으니 기침이 안 나올 수가 없다.

"공기가 탁해. 천한 자가 있어서 그런 거야."

마오마오는 방에서 쫓겨나고 말았다. 손을 댈 여지가 없었다.

'저대로는 쇠약사하고 말 거야.'

독이 너무 많이 쌓여 미처 다 배출하지 못한 걸까, 아니면 기력이 부족한 걸까.

어쨌든 식사를 하지 않으면 사람은 죽는다. 살아갈 힘도 전부 잃게 된다.

마오마오가 방 앞에서 벽에 몸을 기댄 채 자신의 목이 날아갈 때까지 앞으로 며칠이나 남았을까 손으로 꼽아 보고 있는데 주위에서 새된 환호성이 들렸다.

몹시 나쁜 예감이 든 마오마오가 몹시 느리게 고개를 들자, 몹시 수려한 얼굴이 몹시 기분 좋은 듯 웃고 있었다.

아름다운 환관이었다.

"곤란한 일이 있는 모양이군."

"그렇게 보이십니까."

마오마오는 실눈을 뜬 채 **뻣뻣**하게 대꾸했다.

"그렇게 보이는데."

물끄러미 쳐다보는 통에 마오마오는 천천히 시선을 돌렸다. 그것을 쫓아오듯 긴 속눈썹이 가까이 다가왔다. 눈이 마주치면 조건반사적으로 오물을 보듯 대하게 되고 말리라.

"쟨 대체 뭐야?"

식사를 치우던 시녀가 독기 어린 목소리로 나직이 내뱉었다.

바늘방석에 앉아 있는 기분이었다. 주위에서 무시무시한 분위기가 뿜어져 나오는 것이 느껴졌다.

여자의 질투는 너무나도 무서운데, 진시는 계속 귓가에서 달콤한 꿀 같은 목소리로 속삭였다.

"일단 안으로 들어가지."

마오마오는 고개를 끄덕이기도 전에 방 안으로 떠밀려 들어갔다.

들어가자 방 안에서는 시녀들이 아까보다 더 험악한 눈초리로 노려보았다.

그러나 옆에 있던 천녀의 모습을 발견한 시녀들은 금세 어색한 분위기를 수습하려는 듯 옅은 미소를 지었다.

여자란 정말이지 무시무시한 생물이다.

"황제 폐하의 배려를 무시하는 일은 아름답고 총명한 여인들에게는 어울리지 않는 일이지요."

진시의 말에 입술을 깨물면서 시녀들은 살며시 침대 앞에서 비켜났다.

"자, 어서 가라."

진시가 등을 떠미는 바람에 마오마오는 앞으로 고꾸라질 뻔했다.

고개를 꾸벅 숙이고 침대 앞에 선 마오마오는 핏줄이 다 들여다보이고 생기 없는 리화 비의 손을 잡았다.

약만큼은 아니지만 어쨌든 치료 전반에 대해서는 그럭저럭 경험이 있다.

리화 비는 눈을 감은 채 저항하지 않았다. 잠들어 있는 건지 깨어 있는 건지 알 수가 없었다. 영혼의 절반은 이미 저세상으로 흘러가 있는 듯했다.

마오마오는 눈꺼풀 안쪽을 들여다보기 위해 얼굴에 손을 댔다.

버석거리는 감촉이 손가락에 느껴졌다.

예전과 다름없이 새하얀 피부였다.

'피부색이 전과 똑같은데?'

마오마오는 굳어진 표정으로 시녀들 쪽을 돌아보았다.

그리고 그중 한 사람 앞에 서서 잔뜩 억누른, 낮은 목소리로 물었다. 방금 전 백분을 펼쳐 놓고 있던 시녀였다.

"비전하께 화장을 해 드리고 있던 게 너야?"

"그래. 그것도 시녀의 소임이니까."

잡아먹을 듯 쳐다보는 마오마오 앞에서 시녀는 살짝 겁을 먹은 채 대답했다. 최대한의 허세를 부리고 있다는 사실이 느껴졌다.

"리화 님이 항상 아름다운 모습을 유지하시길 원하는 건 당연한 일이잖아?"

시녀는 자신이 옳다는 듯 코웃음을 치며 말했다.

"그래?"

방 안에 철썩! 하는 커다란 소리가 울려 퍼졌다.

시녀는 무슨 일이 일어났는지 이해하지 못한 채 그저 힘을 받은 반대쪽으로 나자빠졌다.

뺨과 귀가 영문 모르게 뜨거웠으리라.

마오마오는 오른손을 팔랑팔랑 흔들었다. 시녀의 왼뺨이 뜨거운 것과 마찬가지로 마오마오의 손바닥 역시 열기를 내뿜고 있었다. 있는 힘껏 따귀를 때렸기 때문이다.

"뭐 하는 거야!"

주위가 모두 멍해진 가운데 시녀들 중 한 사람이 마오마오에게 사납게 대들었다.

"뭐 하냐니? 바보한테는 벌을 줘야지."

마오마오는 천연덕스럽게 대꾸한 뒤 쓰러진 시녀의 머리채를 움켜잡고 끌어당겼다. 시녀는 "아파, 아파!" 하고 소리를 지르며 울었지만 마오마오는 무시했다.

그리고 화장대 앞으로 끌고 가, 빈손으로 뚜껑에 조각이 새겨진 그릇을 집어 들었다.

뚜껑을 연 마오마오는 그 속에 든 것을 시녀에게 부었다. 하얀 가루가 온 사방에 흩어지고 시녀가 콜록콜록 기침을 했다. 시녀의 눈에 눈물이 고였다.

"좋겠다, 이제 비전하처럼 아름다워질 수 있겠네."

마오마오는 시녀의 머리채를 끌어올리며 사냥감을 포획한 맹수처럼 웃었다.

"모공으로, 입으로, 코로 들어간 독 기운이 전신을 맴돌겠지. 그토록 존경하며 따르는 리화 님과 똑같이 비쩍 마른 나뭇가지 같은 팔과 퀭하게 움푹 들어간 눈구멍과 핏기를 잃은 피부를 손에 넣을 수 있을 거야."

"그, 그건⋯."

온통 가루투성이가 된 시녀가 중얼거렸다.

"왜 금지됐는지 몰라? 독이라서 그런 거잖아!!"

마오마오는 화가 난 상태였다. 시녀들이 자신을 경멸하는 눈으로 쳐다봐서도, 가져간 죽 그릇을 엎어서 그러는 것도 아니었다. 그저 아무 생각 없이 자기가 하는 일이 옳다고만 믿어 의심치 않는 멍청한 시녀에게 화가 났을 뿐이었다.

"하, 하지만 그게 제일 예쁘단 말이야. 리화 님도 좋아하실 것 같아서…."

마오마오는 바닥에 쏟아진 백분을 남은 손으로 쓸어서, 그 손으로 시녀의 턱을 붙잡은 채 입술을 뒤틀며 말했다.

"자기 자식을 죽인 독을 도대체 누가 좋아한다는 거야?"

어린애 같은 변명에 마오마오는 혀를 차며 시녀의 머리카락과 턱을 놓아주었다. 손가락에는 긴 머리카락 몇 가닥이 감겨 있었다.

"빨리 나가서 입 헹구고, 세수하고 와."

마오마오는 울면서 도망치듯 방을 나가는 시녀의 모습을 지켜본 뒤 이번에는 겁에 질린 다른 시녀들을 쳐다보았다.

"뭐 해? 이대로 그냥 내버려 두면 환자한테 다 들어가잖아. 빨리 닦아."

자기가 백분 그릇을 엎었다는 사실은 모른 체하고, 마오마오는 가루투성이가 된 바닥을 가리켰다. 시녀들은 몸을 파르르 떨더니 청소 도구를 가지러 갔다. 마오마오는 팔짱을 낀 채 흥, 하고 코웃음을 쳤다. 옷에 가루가 다 묻었지만 이미 늦은 일이다.

그런 가운데 냉정한 인물이 한 사람 있었다.

"여자란 정말로 무섭군."

진시는 양손을 소맷자락 속에 넣은 채 나직이 중얼거렸다.

마오마오는 그 존재조차 완전히 잊고 있었다.

"앗…."

마오마오는 급격히 머리에서 피가 빠져나가는 것을 느끼며 그 자리에 주저앉고 말았다.

아아, 사고 쳤다.

약사**의** 혼잣말

1 3 화 ⦂ 간병

리화 비의 용태는 생각했던 것보다 훨씬 나빴다.

잡곡으로 끓인 죽을 다시 미음으로 만들어 오게 했지만 환자는 수저를 빨아 먹는 기척조차 없었다. 마오마오는 억지로 입을 벌리고 죽을 쑤셔 넣어 그것이 천천히 목구멍으로 넘어가게 하는 일을 반복했다. 무례한 짓이라는 사실은 알고 있지만 그러지 않으면 아무것도 할 수가 없었다.

식사를 하지 않는다는 것, 그게 가장 큰 문제였다. 밥이 보약이라는 말이 있다. 음식을 먹지 않으면 병은 낫지 않는다.

마오마오는 끈기 있게, 집요할 정도로 리화 비에게 식사를 시켰다.

방 안을 환기시키자 기침이 날 정도로 독하던 향냄새가 옅어지고, 대신 환자 특유의 냄새가 풍겼다.

체취를 숨기기 위해 향을 피우고 있었던 모양이었다. 도대체 목욕을 며칠 동안 하지 않은 걸까. 무능한 시녀들에게 또다시 분노가 솟구쳤다.

마오마오에게 야단을 맞은 시녀는 근신 처분을 받았다고 한다. 백분은 예전에 사 두었던 것을 버리지 않고 숨기고 있었다고 한다. 그 백분을 미처 몰수하지 못한 환관은 불쌍하게도 채찍질을 당했다고 하는데 말이다. 출신으로 처벌도 좌우되기 마련이다.

이를 총괄하는 환관을 마오마오가 '무능한 놈'이라고 생각하며 경멸을 담아 노려보긴 했지만 별로 의미는 없는 일이었다. 특수한 취향을 지닌 귀인이라니 어쩔 수 없다.

마오마오는 뜨거운 물이 담긴 나무통과 천을 준비시킨 뒤 시녀들을 불러와 리화 비의 몸을 씻기게 했다. 시녀들은 난색을 표했으나 마오마오가 노려보자 얌전히 지시를 따랐다.

리화 비의 피부는 매우 건조하여 물을 튕겨 내지도 못했고, 입술은 다 갈라져서 아파 보였다. 마오마오는 리화 비의 입술에 연지 대신 꿀을 바르고 머리는 하나로 묶었다.

그리고 틈만 나면 차를 먹였다. 때때로 차 대신 고기와 채소로 끓인 국을 물에 연하게 타서 먹이기도 했다. 소금을 섭취해야 하기 때문이다.

또한 소변을 보는 횟수를 늘려, 몸의 독을 배출시켰다.

수상한 신참에게 적의를 표할 줄 알았더니 리화 비는 시중을 들어 주는 대로 마치 인형처럼 가만히 누워 있기만 했다. 공허한 눈동자는 누가 누구인지 제대로 구분조차 못 하고 있는지도 몰랐다.

한 번에 먹일 수 있는 미음의 양이 밥공기 반 그릇에서 한 그릇 가득으로 늘어나자, 마오마오는 내용물에 든 쌀알의 비중을 조금씩 늘렸다. 턱을 억지로 벌리지 않고도 스스로 삼킬 수 있게 되자 고기의 감칠맛을 느낄 수 있는 국물과 갈아 내린 과일도 추가했다.

누구의 도움도 없이 혼자 소변을 볼 수 있게 되었을 무렵 문득 리화 비의 입술이 움직였다.

"…서, …느냐."

마오마오는 흘러나오는 말소리를 제대로 듣기 위해 리화 비의 바로 곁에 가서 섰다.

"어째서, 그대로 죽게 내버려 두지 않았느냐."

너무나도 작아 꺼질 듯한 목소리였다.

마오마오는 눈살을 찌푸렸다.

"그렇다면 식사를 하지 않으시면 됩니다. 죽을 드신다는 것은 죽기 싫어서가 아닙니까."

마오마오는 따뜻하게 데운 차를 리화 비의 입에 머금게 했다.

목젖이 위아래로 움직이고,

"그렇구나…."

힘없는 웃음이 얼굴에 떠올랐다.

마오마오를 대하는 시녀들의 반응은 두 가지였다.

마오마오를 무서워하는 자, 그리고 무서워하면서도 반발하는 자가 있었다.

'좀 지나쳤나?'

아무래도 감정의 끓는점을 넘으면 과잉된 반응이 나오는 모양이다. 스스로도 나쁜 버릇이라고 생각했다. 난폭한 말이 튀어나온 것도 사실이었다.

무뚝뚝하긴 하지만 그래도 비교적 온화한 태도로 지내 온 마오마오는 멀리서 자신을 둘러싸고 마치 귀신이나 요괴 보듯 쳐다보는 시선에 은근히 상처를 입고 있었다.

이번의 경우에는 리화 비의 간병에 필요한 일이었으니 어쩔 수 없었다.

황제인지 교쿠요 비의 명인지는 모르겠지만 반짝반짝 빛나는 진시가 툭하면 나타나곤 했다. 마오마오는 쓸 수 있는 방법이라면 뭐든지 다 쓸 기세로, 수정궁에 강행 공사를 시켜 목욕탕을 만들게 했다. 그리하여 원래 있었던 욕실 옆에 증기 욕탕이 생겨났다.

볼일은 다 끝났으니 이제 오지 말라고 마오마오 나름대로는 꽤 완곡하게 말했으나, 진시는 괴물 취급을 받으며 지내는 마오마오를 이따금 놀리러 오곤 했다.

지나치게 한가한 환관인 모양이었다.

올 때마다 항상 선물로 과자를 들고 오는 가오슌을 본받아 줬으면 하는 마음도 있다.

그런 성실한 사람이라면 좋은 남편이 될 수 있을 것이다. 환관이긴 하지만.

마오마오는 리화 비에게 꾸준히 섬유질을 섭취하게 하고, 수분을 섭취하게 하고, 땀을 내고, 배설을 촉진시켰다.

몸에서 독을 배출시키는 일에만 전념하며 두 달이 지나자 리화 비는 스스로의 힘으로 산책을 나갈 수 있을 만큼 회복했다.

애당초 마음의 병에 의해 몸이 심각하게 쇠약해졌던 상태였다. 마오마오는 이제 리화 비가 새로 독을 먹지만 않으면 별문제 없을 거라고 판단했다.

예전의 풍만한 육체를 되찾으려면 시간이 조금 더 걸리겠지만 뺨에는 핏기가 돌아왔다. 이제 죽음의 구렁텅이를 헤맬 일은 없을 것이다.

마오마오는 비취궁으로 돌아가기 전날 밤, 인사를 하러 리화 비를 찾아갔다.

의식이 또렷해지면 자신을 보고 비천한 것이라며 화를 낼 줄 알았더니, 그렇지도 않았다.

자존심은 세지만 거만하지는 않은 태도였다. 동궁과 관련된 소동 때문에 불쾌하고 신경질적인 귀한 집 아가씨일 거라고 상상했는데, 실제로는 비가 되기에 충분한 인격을 지닌 사람이었던 모양이다.

"그러면 내일 이른 아침에 물러나도록 하겠습니다."

앞으로의 식사 요법 및 몇 가지 주의점을 말한 뒤 마오마오가 방을 나서려 하자,

"나는 이제 아이를 낳을 수 없는 걸까?"

리화 비가 물었다.

아무 억양도 없는 목소리였다.

"모르는 일입니다. 직접 시험해 보시는 게 좋을 것 같습니다."

"황제 폐하의 총애도 다 잃었는데?"

마오마오도 리화 비의 말이 무슨 뜻인지 충분히 알 수 있었다.

애당초 동궁을 회임한 일도, 황제가 총비인 교쿠요 비에게 가지 않은 날 밤 우연히 동침함으로써 벌어졌던 일이다.

공주와 동궁이 3개월 차이로 태어난 것만 봐도 그것은 여실히 알 수 있었다.

"제게 이곳에 오도록 명하신 분이 주상이십니다. 제가 돌아가면 주상께서도 리화 님께 오시지 않을까 생각됩니다."

그것은 정치적인 문제일 뿐 감정적인 문제는 아니다.

어차피 할 일은 하나뿐이다. 후궁이라는 조직 내에 있는 이상

사랑이나 연애 같은 감정은 아무 상관도 없다.

"교쿠요 비의 충고도 듣지 않고 눈을 멀뚱멀뚱 뜬 채 자기 자식을 죽게 한 계집이, 과연 교쿠요 비를 이길 수 있을까?"

"이기고 지고의 문제가 아니라고 생각합니다. 게다가 잘못은 학습으로 수정할 수 있습니다."

마오마오는 벽에 걸려 있던 한 송이의 꽃을 집어 들었다. 별 모양의 도라지꽃이었다.

"세상에는 수백 수천의 꽃이 있지만 모란과 창포 중 어느 쪽이 더 아름다운지는 누군가가 정할 수 있는 일이 아니라고 생각합니다."

"내게는 교쿠요 비와 같은 비취빛 눈동자와 불타는 듯한 머리카락이 없는걸."

"다른 것이 있으면 문제없지 않을까 합니다."

마오마오는 시선을 리화 비의 얼굴에서 아래쪽으로 내렸다.

보통 살이 빠지면 그곳부터 빠진다고들 하지만, 비의 목 아래로는 합밀과* 두 개가 아직 남아 있었다.

"그만큼의 크기는 물론 탄력과 모양까지도 전부 지보至寶로 여겨집니다."

기루에서 눈을 높였던 마오마오의 말이니 틀림이 없다. 목욕을

※합밀과 : 멜론에 가까운 중국 참외.

시킬 때마다 저도 모르게 넋을 잃고 쳐다봤다는 건 비밀이다.

교쿠요 비를 모시는 몸으로서는 너무 편을 들어주고 싶진 않았지만 그래도 돌아가기 전 마지막으로 선물 한 가지를 남겨 주기로 했다.

"잠깐 귀를 좀 빌려주시지요."

마오마오는 주위에는 들리지 않는 소리로 소곤소곤 리화 비에게 한 가지 사실을 가르쳐 주었다.

유곽 언니들이 '알아 두면 손해 볼 것은 없다'고 가르쳐 줬던 비술이었다. 안타깝게도 마오마오는 거기에 필요한 두 개의 과일을 갖고 있지 않았다. 이 비술은 리화 비이기 때문에 비로소 가능한 일이다.

리화 비가 사과처럼 얼굴을 새빨갛게 붉히며 들은 말이 도대체 무엇인지 한동안 시녀들 사이에서 화제가 되었으나, 마오마오로서는 아무래도 상관없는 일이었다.

그 후 비취궁에는 황제의 발걸음이 한동안 극단적으로 뚝 끊어진 적이 있었다.

"휴우, 수면 부족에서 겨우 해방됐네."

교쿠요 비가 비아냥거리는 목소리로 말하는 것을 듣고 마오마오가 시선 둘 곳을 찾지 못했다는 일은 또 다른 이야기다.

14화 ⦂ 불꽃

'역시 있구나.'

세탁 바구니를 한 손에 든 마오마오가 신이 난 표정을 지었다.

동문 옆 소나무 숲에는 주로 적송이 자라고 있다.

후궁 안 정원은 대부분 관리가 잘되어 있다. 적송도 한 해에 한 번 마른 잎과 마른 가지를 전부 떼어 내고 있다. 관리가 잘 된 적송은 어떤 버섯의 생육에 적합하다.

마오마오의 손에는 갓이 좁은 송이버섯이 들려 있었다.

냄새를 싫어하는 사람도 있지만 마오마오는 송이버섯을 매우 좋아했다. 넷으로 찢어 석쇠에 구워서 소금과 감귤즙을 뿌려 먹으면 아주 맛이 좋다.

작은 숲이지만 때마침 떼 지어 자란 것들을 발견한 마오마오는 다섯 개의 송이버섯을 따서 바구니에 담았다.

'아저씨한테 가져가서 먹을까? 아니면 부엌에서 먹을까?'

비취궁에서 먹자니 식재료의 출처를 추궁당할 것 같았다. 버섯을 숲에서 따다 먹다니, 어째서인지 궁녀가 해서는 안 될 일일 것 같기도 했다.

그래서 마오마오는 사람은 좋지만 일은 못하는 호인 의관이 있는 곳으로 향했다. 의관도 송이를 좋아한다면 더 좋고, 싫어해도 그냥 눈감아 주긴 할 것이다. 마오마오는 미꾸라지 수염의 돌팔이 의관과 몹시 친한 사이가 되어 있었다.

가는 도중 샤오란에게 들르는 것도 잊지 않았다. 친구가 별로 없는 마오마오에게 샤오란은 귀중한 정보원이었다.

리화 비를 간병하느라 살이 쏙 빠진 채 돌아온 마오마오를 보고 선배 시녀들은 즉시 마오마오를 살찌우는 데 최선을 다하기 시작했다. 적대하는 비의 궁에 두 달이나 가 있었는데도 그런 반응을 보이는 데에 마오마오는 고마움 반, 난처함 반을 느꼈다. 바구니에는 차 시간에 얻은 간식이 아직도 남아돌고 있었다.

달콤한 것이라면 한없이 먹을 수 있는 샤오란은 눈을 빛내며 짧은 휴식 시간 내내 마오마오와 수다를 떨어 주었다.

두 사람은 빨래터 뒤의 나무통에 앉아 잡담을 나누었다.

여전히 수상한 괴담 같은 이야기가 많았다.

"궁중의 어떤 궁녀가 미약을 이용해서 여자를 싫어하는 벽창호 무관을 함락시켰대."

그런 이야기를 듣고 마오마오는 어째서인지 식은땀을 흘렸다.

'아냐, 아마 상관없을 거야. 아마.'

그러고 보니 누구한테 쓸 것인지에 대해서는 전혀 묻지 않았던 것 같다. 뭐, 누구라도 큰 상관은 없었지만.

궁중이란 이곳 후궁 이외의 궁정 내를 말한다.

멀쩡한 남성이 있는 만큼 경쟁률이 높고 모두가 선망하는 자리다. 후궁에서 일하는 궁녀와는 다르게 시험을 쳐서 우수자로 선발되어야 채용되는 직업이기도 하다.

참고로 이곳은 멀쩡한 남성이 없기 때문에 인기도 없고 쓸쓸한 직장이라는 인식이 있다. 뭐, 아무래도 상관은 없다.

의국에는 미꾸라지 수염의 의사 아저씨 말고 창백한 표정의 낯선 환관 하나가 더 있었다.

환관은 어째서인지 계속 손을 비벼 대는 중이었다.

"오오, 아가씨. 마침 잘 왔어."

돌팔이 의사가 사람 좋은 미소를 지으며 마오마오를 맞이했다.

"무슨 일이세요?"

"손에 염증이 생겼다는데, 바로 연고를 좀 만들어 줄 수 있겠어?"

도저히 후궁 전체를 돌보는 유일한 의관이라고는 생각할 수 없는 말이다. 스스로 만들겠다는 생각은 없는 걸까.

늘 있는 일이기에 마오마오는 약 서랍이 가득한 옆방으로 가려 했다.

그 전에 우선 바구니를 내려놓고 안에서 송이버섯을 꺼냈다.

"숯 같은 것 있나요?"

"오오, 좋은 걸 따 왔네. 간장하고 소금도 있어야겠어."

돌팔이도 송이를 좋아한다면 이야기가 빠르다. 의관은 들뜬 발걸음으로 조미료를 가지러 식당에 가 버렸다. 본업도 이만큼 시원시원하게 하면 참 좋을 텐데 말이다.

불쌍하게도 환자는 홀로 남겨진 채였다.

'싫어하지 않는다면 한 개 정도는 줘야지.'

그 불쌍한 환관을 보고, 마오마오는 연고의 재료들을 이리저리 뒤섞으며 생각했다.

돌팔이 의관이 조미료와 숯과 석쇠를 가지고 돌아왔을 무렵, 끈적끈적한 연고가 완성되었다.

마오마오는 환관의 오른손을 잡고 붉게 발진이 일어난 자리에 연고를 정성껏 발랐다. 냄새가 좀 독하긴 하지만 참는 수밖에 없다.

약을 다 바르자 창백했던 환관의 얼굴에 약간의 핏기가 돌아온 듯했다.

"거참, 상냥한 궁녀가 다 있구먼."

궁녀들 중에는 환관을 경멸하는 눈으로 쳐다보는 자도 더러 있다. 남자도 여자도 아닌 기괴한 생물을 쳐다보는 눈빛이었다.

"그렇지? 내 일도 자주 도와주러 온다네."

환관 두 명은 태평하게 이야기를 나누었다.

환관이라 하면 시대에 따라서는 권력욕에 눈이 먼 악인처럼 취급되기도 하는 존재이지만, 사실 그런 환관들은 고작 한 줌에 불과하다. 대부분은 이렇게 온화한 성품을 지니고 있다.

'예외도 있긴 하지만 말이지.'

마오마오는 머릿속에 잠깐 떠올랐던 불쾌한 얼굴을 얼른 지워 버렸다.

대신 숯에 불을 붙이고 그 위에 석쇠를 걸친 뒤 손으로 송이버섯을 찢어 구웠다. 그리고 과수원에서 슬쩍해 온 귤 하나를 쪼갰다.

독특한 향기가 코끝을 스쳤다. 살짝 탄 자국이 생겼을 무렵 버섯을 그릇에 옮겨 담고 소금과 감귤즙을 뿌려서 먹었다.

아저씨 둘도 함께 먹고 있으니 공범자 확정인 셈이다. 마오마오는 두 사람이 먼저 먹기를 기다렸다가 그제야 자기 입에 버섯을 넣었다.

마오마오가 오물오물 버섯을 씹는 가운데 돌팔이 의관이 태평하게 세상 돌아가는 이야기를 시작했다.

"이 아가씨는 정말이지 못 하는 게 없어서 얼마나 큰 도움이 되는지 몰라. 연고 말고 다른 약들도 만들어 주곤 하거든."

"허허, 그거 참 잘된 일이구먼."

마치 친딸 자랑이라도 하는 것 같은 그 말투에 마오마오는 약간 난처해졌다.

문득 벌써 반년 이상은 만나지 못한 아버지가 떠올랐다. 식사는 제대로 챙겨 먹고 있을까. 약값을 떼어 먹히진 않았을까.

아주 약간의 감상에 젖어 있는데 돌팔이 의사가 실로 돌팔이다운 실언을 내뱉었다.

"그럼. 못 만드는 약이 없다니까."

'네?'

그건 너무 과대광고라고 마오마오가 끼어들기도 전, 눈앞의 환관이 먼저 반응했다.

"못 만드는 약이 없어?"

"암, 없고말고."

돌팔이 의관은 자랑스럽게 코웃음을 치며 말했다. 아아, 돌팔이니까 할 수 있는 말이다.

환관 아저씨는 눈을 커다랗게 뜨고 마오마오를 쳐다보았다. 왠지 몹시도 심각한 표정이었다.

"그럼 저주를 푸는 약도 만들 수 있니?"

남자가 염증이 난 오른손을 문지르며 물었다.

얼굴은 아까처럼 도로 창백해져 있었다.

○ ● ○

그저께 생긴 일이다.

환관의 일은 항상 쓰레기 치우는 것으로 끝난다.

후궁 곳곳에서 나온 쓰레기는 전부 짐마차에 모아서, 서측에 있는 커다란 구덩이에서 소각한다.

본래 저녁 이후 불을 붙이는 일은 금지되어 있지만 바람도 없고 공기도 습했기에 별문제 없을 거라는 이유로 허가를 받았다.

하급 환관들이 구덩이 속에 쓰레기를 던져 넣었다.

일을 빨리 끝내고 싶었던 마음에 환관은 마찬가지로 열심히 작업에 몰두했고, 짐마차에 실려 있던 쓰레기들이 잇따라 구덩이 속으로 버려졌다.

그때 문득 짐마차 안의 무언가가 시선을 끌었다. 여자 옷이었다. 비단은 아니지만 꽤 고급스러운 물건이었다. 버리기에는 너무 아까웠다.

어떻게 해야 하나 싶어 끄집어내 보니 속에는 조각난 목간들이 싸여 있었다.

목간을 싸고 있던 옷은 소맷자락에 커다랗게 불탄 자국이 있었다.

도대체 어떻게 된 일일까.

머리를 싸매고 궁리해 봤자 일은 끝나지 않는다.

환관은 목간을 하나하나 주워 들어, 구덩이 속에서 타고 있는 불 속에 던져 넣었다.

○ ● ○

"그랬더니 불이 갑자기 세차게 확 타오르면서 불길한 색으로 바뀌었다고요?"

"그래."

아저씨는 떠올리기도 두렵다는 듯 어깨를 푸르르 떨었다.

"그 색은 빨강, 보라, 파랑?"

마오마오가 확인하듯 다시 물었다.

"그래, 그랬어."

마오마오는 고개를 끄덕였다.

오늘 샤오란에게서 들은 소문의 근원지가 여기였던 모양이다.

'서측 이야기가 벌써 여기까지 나돌다니.'

궁녀들의 소문은 위타천*보다 빠르다는 말이 사실인 모양이

※위타천 : 불법을 수호하는 신. 부처가 열반하였을 때 속질귀(速疾鬼)가 부처의 치아를 훔쳐 달아나자 쫓아가 되찾았다는 전설이 있을 정도로 발이 빠르다.

었다.

"그건 옛날에 화재로 죽은 비의 저주일 거야. 역시 밤에 불을 붙이는 게 아니었어. 그래서 손이 이렇게 되어 버린 거야."

환관의 손에 난 발진은 그 불꽃을 본 뒤에 생겼다고 했다. 환관은 새파래진 얼굴로 덜덜 떨고 있었다.

"이봐, 아가씨. 저주를 푸는 약을 좀 만들어 줘."

겁에 질린 환관 아저씨는 지푸라기라도 잡는 듯한 눈빛으로 마오마오를 쳐다보고 있었다.

"그런 약은 없어요."

마오마오는 차갑게 딱 잘라 말한 뒤 자리에서 일어나, 옆방으로 가서 약 서랍들을 부스럭부스럭 뒤지기 시작했다.

어쩔 줄 몰라 하는 의관과 환관 아저씨의 모습에는 개의치도 않고 마오마오는 무언가를 탁자 위에 올려놓았다. 가루 같은 것 몇 가지가 있었고, 나머지는 목간 조각이었다.

"이런 색 아니었어요? 그 불꽃."

마오마오는 타고 남은 숯에 목간 조각을 올려놓고 불씨가 옮겨 붙는지를 확인한 뒤 약 숟가락으로 하얀 가루를 떠서 불 속에 넣었다.

주황색 불꽃이 빨갛게 변했다.

"아니면 이것?"

다른 가루를 넣자 청록색으로 바뀌었다.

"이렇게도 할 수 있고요."

송이버섯을 찍어 먹던 소금을 한 꼬집 넣자 노란색 불꽃이 타올랐다.

두 환관이 눈을 휘둥그레 떴다.

"아가씨, 이게 대체 어떻게 된 일이야?"

돌팔이 의사가 깜짝 놀라서 물었다.

"색깔이 있는 불꽃놀이랑 똑같아요. 어떤 것을 태우느냐에 따라 불꽃의 색이 바뀌죠."

기루의 손님들 중 불꽃놀이 장인이 있었다. 문파 밖으로 가지고 나가서는 안 되는 비전의 기술도 침상 속에서는 화젯거리로 바뀐다. 옆에서 아이들이 자고 있다는 사실도 모른 채.

"그럼 이 손은 뭐지? 저주가 아니야?"

아저씨가 손을 비비며 마오마오에게 물었다.

마오마오는 하얀 가루를 보여 주었다.

"이걸 맨손으로 만지면 발진이 생기는 경우가 있어요. 아니면 그게 옻나무로 만든 목간이었는지도 모르죠. 어쨌든 평소에도 피부가 약해서 발진이 생기는 일이 자주 있지 않으셨어요?"

"…듣고 보니 그런 것 같기도 하고."

손에 발진이 났던 환관은 마치 온몸의 뼈가 전부 사라지기라도 한 듯 흐늘흐늘한 동작으로 힘없이 자리에 주저앉았다. 아저씨의 얼굴에는 안도와 놀람의 표정이 떠올라 있었다.

지난번의 그 조각조각 들어 있었다던 목간에 뭔가가 묻어 있었던 모양이다. 그것을 태우는 바람에 색색의 불길이 솟구친 것이다.

저주도 뭣도 아닌, 고작 그 정도의 이야기였다.

'그런 게 왜 후궁 안에 있었는지는 모르겠지만.'

마오마오의 생각은 거기서 가로막혔다.

박수를 짝짝 치는 소리가 들려왔다. 마오마오가 뒤를 돌아보자 방 입구에 늘씬한 그림자가 드리워져 있었다.

"훌륭하군."

어느샌가 불쾌한 손님이 와 있었다.

여전히 온 얼굴에 천상의 미소를 띠고 있는 진시였다.

약사의 혼잣말

15화 ⦂ 암약

마오마오가 진시에게 끌려온 곳은 궁관장의 방이었다.

중년의 궁관장은 진시의 지시로 방을 비워 주었다.

마오마오의 본심을 솔직히 적자면 '이 생물과 같은 방에 단둘이 있어야 한다니 도저히 못 견디겠다'라고 할 수 있겠다.

마오마오도 아름다운 것을 싫어하지는 않는다.

하지만 외모가 지나치게 아름다우면 아주 약간의 오점도 죄악처럼 느껴지는 걸 도저히 참을 수가 없는 모양이다. 깨끗하게 갈고닦은 구슬에 아주 약간의 흠이 가기만 해도 가치가 반으로 떨어지기 때문이다.

생김새는 아름다워도 내용물이 엉망이다.

따라서 마오마오는 자꾸만 저도 모르게 땅바닥을 기어 다니는 벌레를 보는 듯한 눈으로 진시를 보게 되곤 했다.

그건 정말이지 어쩔 수 없는 일이다.

'그냥 감상만 하고 싶다.'

소시민인 마오마오의 본심은 그랬다.

궁관장과 교대하듯 가오슌이 들어왔을 때 마오마오는 솔직히 안심했다. 최근 들어 이 말수 적은 종자는 마오마오의 마음속 위안이 되고 있었다.

"이것들은 도대체 몇 가지 종류의 색이 있는 거지?"

진시는 의국에서 가져온 가루들을 늘어놓았다. 마오마오의 기억 속에 있는 약들만 가져왔으니 알고 보면 더 있을지도 모른다.

"빨강, 노랑, 파랑, 보라, 녹색. 세밀하게 분류하면 더 많습니다. 구체적인 수는 모릅니다."

"그러면 목간에 그 색을 묻히려면 어떻게 해야 하지?"

그냥 가루 상태로 묻히기는 쉽지 않다. 아무리 그래도 너무 수상쩍어 보일 것이다.

"소금은 물에 녹여서 색을 묻히면 됩니다. 이것도 마찬가지로 사용할 수 있습니다."

마오마오는 하얀 가루를 건넸다.

"다른 것들 중에는 물 이외의 다른 무언가로 녹일 수 있는 것이 있다고 알고 있습니다. 이것도 제 전문이 아니기 때문에 잘 모릅니다."

똑같이 하얀 가루처럼 보여도 물에 녹는 것과 녹지 않는 것,

기름에는 녹는 것 등 다양하다. 목간을 담가서 묻혔다면 물에 녹일 수 있는 무언가라고 생각하는 편이 타당하다.

"충분해."

청년은 팔짱을 낀 채 생각에 잠겼다.

그런 모습만으로도 마치 한 폭의 그림 같았다. 인간은 때로 인간 같지 않은 아름다움을 지니는 일도 있으니 정말로 죄 많은 존재라 하겠다. 그리고 그것을 누리는 자가 환관으로서 후궁에서 일하고 있는 지금 역시 실로 얄궂은 상황이다.

마오마오도 진시가 후궁 내의 다양한 일들을 전부 장악하고 있다는 사실은 알고 있었다.

지금 마오마오가 한 말이 어떤 증거가 될 모양이다. 진시는 머릿속에서 마구 흩어져 있는 조각들을 모아 끼워 맞추고 있는 듯했다.

'암호…인가?'

두 사람이 이끌어 낸 대답은 아마도 똑같겠지만 마오마오는 그것을 말해서는 안 된다는 사실을 잘 알고 있었다.

꿩도 울지 않으면 사냥당할 일 없다는 말이 있다. 어느 나라 속담이더라.

아무튼 이 이상 자신에게는 볼일이 없어 보였기에 마오마오가 물러나려 하자,

"잠깐."

진시가 불러 세웠다.

"무슨 일이시죠?"

"나는 질주전자찜을 좋아하거든."

무슨 찜 말이냐고 물을 필요조차 없다.

'역시 들켰군.'

의국에서 송이버섯을 구워 먹는 건 아무래도 너무 눈에 띄는 일이었던 모양이다.

마오마오는 어깨를 축 늘어뜨렸다.

"내일 찾으러 가겠습니다."

내일도 소나무 숲에 가야 할 모양이다.

○ ● ○

문이 탁 닫힌 것을 확인한 진시는 얼굴에서 달콤한 꿀 같은 미소를 거두었다. 대신 수정 모서리처럼 날카로운 눈빛이 돌아왔다.

"최근 들어 팔에 화상을 입은 자를 찾도록. 최소한 자기 방이 있는 비 이상을 모시는 시녀들도 조사하고."

진시가 대기하고 있던 부관에게 명령을 내리자 과묵한 가오순은 그 말을 기다리고 있었다는 듯 고개를 숙였다.

"분부대로 하겠습니다."

가오슌이 나가자 이번에는 궁관장이 들어왔다. 항상 자신이 올 때마다 내쫓는 꼴이 되기에 진시는 매번 미안하게 여기고 있었다.

"항상 방을 빌리게 돼서 면목이 없군."

"그, 그런 건 뭐…."

중년의 궁관장은 체면도 잊고 얼굴을 붉혔다.

진시의 얼굴에 또다시 천상의 감로 같은 미소가 떠올랐다.

여자라면 응당 이래야 할 것을.

마음대로 이용하려 해도 도무지 효력이 없다. 자신의 얼굴 생김은 고작 그 정도였단 말인가.

진시는 아주 잠깐 입을 삐죽이더니 다시 원래의 미소를 되찾으며 방을 나섰다.

○ ● ○

비취궁에 돌아오자마자 마오마오를 기다리고 있는 것은 환관이 날라 온 짐짝들의 산이었다. 시녀들이 큰 방에 잔뜩 쌓인 짐짝들의 내용물을 열심히 확인하고 있었다.

황제가 보낸 선물이나 비의 친정에서 보낸 물건인 줄 알았는데 둘 다 아닌 모양이었다. 교쿠요 비의 의복은 대부분 몹시 수수하며 같은 것을 여러 벌 가지고 있다. 시녀들이 자신의 몸에 맞는지 기장을 재고 있는 모습을 보니 새로운 시녀복인 모양이었다.

"자, 이거 입어 봐."

선배 시녀인 잉화가 마오마오에게 새 옷을 건넸다.

소박한 상의와 연한 붉은색 치마. 연노랑색 소맷자락은 평소보다 훨씬 넓게 펼쳐졌다.

비단은 아니지만 꽤 괜찮은 면으로 된 옷이었다.

"이게 뭐예요?"

시녀에게 어울리는 수수한 색깔이었으나 실용적인 만듦새는 아니었다. 게다가 마오마오는 이렇게 가슴팍이 넓게 벌어진 옷을 입어 본 적이 없었기에 저도 모르게 싫은 표정이 나왔다.

"뭐냐니, 원유회 때 입을 옷이잖아."

"원유회?"

선배 시녀들의 호의 덕분에 할 일이 없는 마오마오는 매일 독시식과 약 만들기를 할 때를 제외하면 항상 밖을 돌아다니며 약초를 채집하거나, 샤오란과 수다를 떨거나, 의국에서 차를 마시며 지내고 있었다. 따라서 상류 계급에 대한 화제를 들을 일은 거의 없었다.

솔직히 이렇게 편하게 일하며 지내도 되는 건지 의아할 정도였다.

마오마오가 고개를 갸웃거리자 잉화가 어이없다는 표정으로 가르쳐 주었다.

한 해에 두 번, 궁정 정원에서 원유회가 열린다는 것.

정비가 없는 황제는 정1품 비를 데리고 간다는 것. 비의 시중을 드는 시녀들도 따라간다는 것.

후궁 내에서 교쿠요 비는 '귀비貴妃', 리화 비는 '현비賢妃'라는 직함을 가지고 있다.

그 외에도 '덕비德妃'와 '숙비淑妃'까지 합쳐서 총 네 명의 부인, 그들이 정1품이다.

본래 겨울 원유회에는 덕비와 숙비만이 출석한다. 하지만 지난번 원유회 때 출산으로 인해 교쿠요 비와 리화 비가 결석했던 탓에 이번에는 사부인四婦人이 모두 모여 참가하게 되었다.

"전원 참가요?"

"그래. 단단히 각오하고 덤벼야 해."

잉화의 콧김이 거칠어지는 이유가 다 있었다.

그렇지 않아도 후궁 밖에 나갈 기회가 별로 없는 데다 원유회 때는 링리 공주의 첫 소개, 상급 비들끼리의 대면 등 다양한 행사들이 가득하기 때문이었다.

교쿠요 비는 시녀 수가 적기 때문에 마오마오도 그런 곳에 익숙지 못하다는 이유로 불참할 수가 없었다. 그런 공적인 장소일수록 독 시식 담당이 중요시된다는 사실도 잘 알고 있었다.

'피의 비가 내리겠군.'

마오마오의 감은 들어맞았다.

곤란한 일일수록 잘 맞는다.

"가슴에 뭘 좀 채우는 게 좋겠다. 엉덩이 주위도 부피를 좀 늘릴 예정인데 괜찮겠지?"

"잘 부탁드려요."

통통한 육체가 미덕으로 여겨지는 가운데 마오마오의 체형은 너무나 빈약해 보일 수밖에 없었다.

허리에 꽉꽉 띠를 두르고, 치맛자락과 소매 길이를 조절하면서 잉화는 마지막으로 못을 박았다.

"그리고 화장도 해야 해. 가끔은 주근깨를 감추려는 노력이라도 좀 해 보라고."

히죽 웃는 잉화 앞에서 마오마오는 얼어붙은 표정으로 간신히 웃었다.

다시 한번 홍냥에게서 원유회에 대해 이야기를 들은 마오마오는 벌써부터 지긋지긋해졌다.

홍냥은 작년 봄 원유회에 출석했으며,

"올해는 없어서 안심하고 있었는데 말이야."

하고 깊은 한숨을 내쉬었다.

뭐가 제일 싫으냐고 물었더니 뭘 하는 건 아니라고 한다. 그냥 가만히 서 있기만 하면 된다고 말이다.

비들은 어디까지나 손님의 입장이며 그저 황제를 따라왔을 뿐이다. 그것은 시녀들도 마찬가지다.

무술 시범과 춤, 시가 읊기, 얼후*연주 등의 공연을 보고 식사를 한 뒤 적당히 인사하러 온 관료들에게 미소를 흩뿌리기만 하면 된다.

칼바람 부는 야외에서.

정원은 황제의 권력에 비례하기라도 하는 듯 쓸데없이 넓다.

잠시 화장실에 다녀오려고 해도 거의 반 시간은 걸린다.

주빈인 황제가 자리에서 일어서지 않으니 비들도 그를 따르는 수밖에 없다.

'철의 방광이 필요해지겠는걸.'

봄 원유회도 힘들 정도니 겨울은 말도 못 할 것이다.

그래서 마오마오는 속옷에 주머니를 여러 개 만들어 속에 따뜻하게 달군 돌을 넣어 가기로 했다. 그리고 생강과 귤껍질을 잘게 썰고, 설탕과 과일즙을 넣고 푹푹 끓여 사탕을 만들었다.

속옷과 사탕을 홍냥에게 보여 주었더니, 눈을 촉촉하게 적시며 전원의 몫을 만들어 달라고 부탁했다.

그래서 추가분을 만들고 있었더니 한가한 환관이 와서는 자

※얼후 : 2개의 현을 가진 중국의 찰현악기(현을 활로 마찰해서 소리를 내는 현악기).

기 것도 만들라고 채근했다.

종자가 옆에서 뭔가 애처로운 눈빛으로 쳐다보는 바람에 할 수 없이 같이 만들어 주었다.

또 밤에 황제가 왔을 때 교쿠요 비가 이야기를 했던 듯, 다음 날 황제의 직속 바느질꾼과 식사 담당자가 찾아오는 바람에 만드는 법을 가르쳐 줘야 했다.

정말 어지간히 힘에 부치는 행사인 모양이다.

하지만 조금이라도 궁리를 해 보면 그나마 좀 나아질 텐데, 여태껏 다들 머리가 돌아가질 않아 고생을 하고 있었던 모양이다. 관례에 익숙해지다 보면 새로운 생각을 전혀 떠올릴 수가 없게 된다.

덕분에 원유회 날까지 마오마오는 전혀 부업을 할 수가 없게 되고 말았다. 또한 가끔 튀어나오는 마오마오의 난폭한 말투를 고치기 위해 홍냥이 교육을 해 주었다. 고마운 친절이지만 솔직히 마오마오로서는 민폐이기도 했다. 다른 세 사람과 다르게 시녀장인 홍냥은 마오마오의 본성을 아주 조금 꿰뚫어 보고 있는 듯했다.

전날 밤에는 시간이 약간 남았기에 가지고 있던 약초로 약을 만들기로 했다. 만일을 대비한 약이었다.

"정말 아름다우세요, 교쿠요 님."

잉화를 비롯한 시녀들의 말은 전혀 빈말이 아니었다.

'역시 총비는 다르구나.'

이국적인 분위기가 느껴지는 비는 붉은 치마와 연홍색 의상을 입고 있었다. 위에 걸치는 커다란 소맷자락이 달린 상의는 치마와 같은 붉은색이었고, 금실 자수가 들어가 있었다. 머리는 크게 두 갈래로 묶어서 둥그렇게 말아 올렸고, 꽃비녀 두 개를 꽂았으며 한가운데에는 관을 썼다. 꽃비녀에 달린 은장식 끝에는 붉은 비단으로 된 술과 비취옥이 매달려 있었다.

상당히 화려하고 아름다운데도 사람이 옷에 압도당한다는 느낌이 전혀 들지 않는 건 입은 사람이 교쿠요 비이기 때문일 것이다.

불타는 듯 새빨간 머리카락을 지닌 교쿠요 비는 이 나라에서 붉은색이 가장 잘 어울리는 사람이라고들 한다. 또한 붉은색 가운데 비취 빛깔의 눈동자가 반짝이는 모습에서 신비로운 분위기가 뿜어져 나왔다. 이국의 피를 짙게 물려받은 교쿠요 비이기 때문에 더욱 그러할 것이다.

마오마오를 비롯한 시녀들의 치마가 연홍색인 것도 교쿠요 비를 따르는 자라는 의미다. 주인과 동색 계열의 옷을 입고, 또한 그중에서 옅은 색을 취함으로써 주인을 돋보이게 한다.

시녀들은 모두 같은 옷을 입고 머리를 묶었다.

교쿠요 비는 마침 잘되었다며 자신의 화장대에서 장신구 상자를 꺼냈다.

안에는 비취가 달린 목걸이와 귀걸이, 비녀가 들어 있었다.

"내 시녀들에게 이상한 벌레가 꼬이지 않도록 표시를 해 둬야지."

그리고 시녀들의 머리와 귀, 목에 장신구들을 하나씩 달아 주었다.

마오마오는 비취옥이 달린 목걸이를 받았다.

"감사합….'"

'헉!'

감사의 인사를 채 끝내기도 전에 등 뒤에서 누군가가 마오마오를 도망 못 치게 붙들었다.

잉화가 마오마오의 두 겨드랑이 밑으로 팔을 집어넣어 결박하고 있었다.

"자아, 그럼 어서 화장을 하자."

솔을 든 홍냥이 히죽히죽 웃고 있었다. 평소보다 행동거지가 살짝 들떠 보이는 건 기분 탓일까. 다른 두 시녀들도 각자 연지와 붓을 들고 있었다.

그리고 보니 최근 들어 선배 시녀들이 자신에게 화장을 시키겠다고 벼르고 있었다는 사실을 깜박 잊고 있었다.

"우후후, 예뻐져서 돌아오렴."

공범자는 여기에도 있었던 모양이다. 교쿠요 비도 방울 소리

처럼 아름다운 소리를 내며 웃었다.

　동요를 감추지 못하는 마오마오를 네 명의 시녀들이 사정없이 끌고 갔다.

　"우선 얼굴을 씻기고 향유를 발라야지."

　젖은 천으로 얼굴이 벅벅 닦이는 것이 느껴졌다.

　"""어어?"""

　그때 잉화를 비롯한 시녀들이 합창하듯 내뱉은 얼빠진 소리가 방 안에 울려 퍼졌다.

　'앗, 아아….'

　마오마오는 지친 표정으로 천장을 올려다보았다.

　얼굴과 그것을 닦은 천을 번갈아 쳐다보며 시녀들은 입만 떡 벌리고 있었다.

　'들켜 버렸네.'

　마오마오는 멋쩍은 기분으로 눈을 감았다.

　여기서 한마디 덧붙여 둔다.

　마오마오가 화장을 싫어했던 이유는 화장이 싫어서도 아니고, 서툴러서도 아니다.

　오히려 잘하느냐 못하느냐로 따지면 잘하는 편이다.

　그렇다면 이유가 무엇인가. 그것은 평소 얼굴이 이미 화장을 한 얼굴이기 때문이었다.

　젖은 천에는 옅은 갈색의 얼룩이 묻어 있었다.

모두가 민낯이라고 생각했던 그것은 사실 화장을 마친 후의
얼굴이었다는 이야기다.

약사_의 혼잣말

16화 ⋮ 원유회 1

원유회 시작까지 한 시간 가량 남았을 무렵 교쿠요 비와 시녀들은 정원에 있는 정자에서 시간이 되기를 기다리고 있었다.

연못에서는 색색의 잉어들이 뛰어오르고, 붉게 물든 단풍나무가 얼마 남지 않은 나뭇잎들을 흩뿌리고 있었다.

"네 덕분에 살았구나."

햇볕은 넉넉히 비쳐 들고 있었지만 바람은 차고 건조했다. 평소였다면 다들 벌벌 떨고 있었겠지만 달군 돌을 옷 속에 담아 온 덕분에 다들 그렇게까지 추워하진 않았다.

걱정했던 링리 공주도 요람 속에서 웅크리고 가만히 있었다. 요람 속에도 마찬가지로 달군 돌을 넣어 두었기 때문이다.

"공주님 것은 가끔 꺼내서 돌을 감싼 천을 한 번씩 갈아 주세요. 화상을 입을 위험이 있으니까요. 그리고 사탕을 너무 많이 먹으면 입 안이 얼얼해지니까 조심하셔야 합니다."

마오마오는 예비용 돌을 바구니 속에 넣어 가지고 왔다. 공주의 기저귀와 갈아입을 옷 역시 그 속에 들어 있었다. 돌을 달굴 화로는 이미 환관에게 부탁해서 연회장 뒤쪽에 준비시켜 놓았다.

"알았다. 그나저나…."

교쿠요 비가 장난스러운 표정으로 후후후 웃었다. 다른 시녀들도 모두 쓴웃음을 지었다.

"너는 내 시녀란다."

교쿠요 비는 비취 목걸이를 가리키며 말했다.

"그렇사옵니다."

마오마오는 그 말을 그냥 있는 그대로 받아들이기로 했다.

○ ● ○

가오슌은 덕비의 비위를 맞추고 있는 제 주인을 바라보았다.

천녀의 미소와 천상의 감로 같은 분위기를 지닌 진시는 아직 어리지만 미녀라 칭송받는 덕비보다도 요염했다.

평소의 간소한 관복에 자수가 몇 군데 들어갔을 뿐이고 머리에는 그저 은비녀 하나만 꽂았을 뿐인데도 현란하고 화려한 옷을 입은 비의 미모가 흐려질 정도였다.

이쯤 되면 얄미워 보여야 하겠지만, 존재감이 흐릿해진 비 본인이 눈을 촉촉이 적시며 황홀한 표정을 짓고 있으니 별문제는 없을 모양이었다.

제 주인은 정말이지 죄 많은 사람이라고 가오슌은 생각했다.

세 비들을 모두 만나고 온 진시는 마지막으로 교쿠요 비에게 향하기로 했다.

진시는 교쿠요 비 일행이 연못 건너편의 정자에 있는 모습을 발견했다.

사부인을 평등하게 대해야 하는 입장이었으나, 최근 들어서는 자꾸만 교쿠요 비의 편을 드는 일이 많아졌다.

뭐, 황제의 총비이기 때문에 그렇게까지 문제시되지는 않았으나 사실 이유가 다른 곳에 또 있다는 사실은 명백했다.

예전부터 장난감 하나를 찾아내면 끝까지 가지고 노는 버릇을 고치지 못한 모양이다. 가오슌은 참 난감한 일이라며 고개를 절레절레 저었다.

진시는 교쿠요 비에게 인사를 건네고, 붉은 옷이 참 잘 어울린다며 칭찬했다.

실제로 잘 어울려서 아름다워 보인다고 가오슌도 생각했다. 이국적인 신비로움과 타고난 요염함이 주변 분위기까지 물들이는 듯했다.

아마 후궁 내에서 화려함으로 진시에게 지지 않는 사람은 교쿠요 비 하나뿐일 것이다.

그렇다고 주위 궁녀들이 모두 아름답지 않다는 말은 아니다. 하나같이 각자의 매력을 충분히 내뿜고 있었다.

진시의 대단한 점은 그 매력들을 명확히 말로 표현할 줄 안다는 부분이었다.

누구나가 자기 스스로의 마음에 드는 점을 칭찬받고 싶어 한다. 그 점을 진시는 정확히 파악하곤 했다.

진시는 거짓말을 하지 않는다.

다만 진실을 말하지 않을 뿐이다.

아무렇지 않은 척하고는 있지만 왼쪽 입꼬리가 살짝 올라가 있었다. 오랜 세월 주인을 모신 종자의 눈에는 잘 보였다. 장난감을 눈앞에 둔 어린아이 같은 표정이었다. 정말이지 난감한 일이다.

공주의 얼굴을 들여다보려는 척하면서 진시는 몸집 작은 시녀에게 다가갔다.

그러나.

거기에는 무표정하며 어딘가 모르게 진시를 깔보는 듯한, 너무나도 오만불손한 표정을 짓고 있는 낯선 시녀가 있었다.

○●○

"평안하셨는지요, 진시 님."

또 왔냐, 이 한가한 놈, 이라는 생각을 겉으로 드러내지 않기 위해 마오마오는 최선을 다했다.

가오순이 지켜보고 있기 때문에 웬만하면 조용히 끝내고 싶었다.

"화장을 했나?"

진시가 멍하니 물었다.

"아뇨, 안 했는데요."

입술과 눈매에 붉은 연지를 칠했을 뿐, 나머지는 맨얼굴이었다. 이 정도는 화장을 했다고도 볼 수 없다.

코 주위에 희미하게 점이 드문드문 남아 있긴 했지만 크게 눈에 띄진 않는다.

"주근깨가 다 사라졌는데?"

"네, 지웠으니까요."

남아 있는 것은 예전에 스스로 침을 가지고 찔러서 만든 문신이었다. 깊이 찌르지 않고 옅은 색의 염료로 물들였기 때문에 1년 정도가 지나면 사라진다.

아무리 사라지는 자국이라고는 해도 죄인에게 내리는 형벌을 스스로의 몸에 새기는 일에 대해 아버지는 난색을 표했었다.

"화장을 해서 지웠다는 말인가?"

진시는 마오마오에게 다시 한번 물었다. 눈살을 찌푸리고 눈을 가늘게 뜬 진시는 마오마오를 물끄러미 쳐다보고 있었다.

"화장을 지웠으니까 사라진 거죠."

'아, 그냥 대충 그렇다고 말할걸.'

마오마오는 대답을 실수했다는 사실을 뒤늦게 깨달았으나 이미 늦었다. 설명하기도 귀찮다.

"네 말은 이상한데. 모순되어 있는 말이 아니냐."

"아뇨, 그렇지 않습니다."

화장이란 예뻐지기 위해서만 하는 것은 아니다. 기혼 여성이 일부러 추해 보이기 위해 화장을 하는 경우도 있다.

마오마오는 마른 점토와 염료를 녹여 만든 액체를 매일 코 주위에 바르고 있었다. 문신으로 새긴 주근깨를 그것으로 흐릿하게 가리면 적절하게 기미 같아 보인다. 설마 그런 짓을 하고 있을 거라고는 생각하지 않았기에 아무도 알아차리지 못한 일이었다.

기미와 주근깨가 있는 특징 없는 얼굴의 여자.

그래서 마오마오는 추녀라고 불렸다.

반대로 말하면 기미와 주근깨가 없으면 단순히 특징이 없는, 다시 말해 평균적인 생김새가 된다는 말이다.

그런 얼굴은 아주 약간의 연지를 바르기만 해도 분위기가 바뀌기 때문에, 평소의 마오마오와는 전혀 다른 얼굴이 만들어졌다.

마오마오의 설명에 진시는 하나도 이해가 안 된다는 듯 머리를 부둥켜안았다.

"왜 그런 화장을 하는 거지? 무슨 의미라도 있는 건가?"

"네, 뒷골목으로 끌려 들어가지 않기 위해서입니다."

유곽에도 여자에 굶주린 놈들은 있다. 그놈들은 대부분 돈이 없고 폭력적이며 개중에는 성병이 있는 자들도 있었다. 창관 한구석, 길에 면한 곳에 있는 약방이기 때문에 특수한 취향의 기녀들이 대기하는 곳으로 착각당하는 일도 있었다. 세상에 호색한은 너무도 많다.

당연히 마오마오로서는 무조건 사양하고 싶은 심정이었다.

키도 작고 비쩍 말랐으며 얼굴에 주근깨까지 있는 어린 계집애라면 그런 자들의 눈에 들 일은 별로 없다.

멍한 표정의 진시가 어째서인지 조심스럽게 물었다.

"끌려 들어간 적이 있나?"

"미수였지만요."

무슨 말인지 알아들었기 때문에 마오마오는 실눈으로 상대를 쏘아보았다.

"대신 납치를 당해서 여기까지 끌려오게 됐죠."

비아냥거리는 말 한마디 정도는 덧붙여 뒀다.

후궁으로 팔아넘길 여자는 얼굴이 예쁘장한 편이 낫다. 그때 마오마오는 우연히 화장을 깜박 잊고 약초를 캐러 갔었다. 옆어진 주근깨에 색을 더할 염료를 구하기 위해. 그때의 얼굴은 그래도 후궁에 넘겨도 될 정도의 기준점은 아슬아슬하게 넘은 모양이었다.

진시는 또다시 머리를 부둥켜안았다.

"미안하다. 그 점에선 관리가 소홀했군."

이런 형태로 후궁의 궁녀들을 모으고 있었다니, 관리자로서는 결코 원하던 바가 아니었을 것이다. 항상 반짝반짝 빛나던 진시가 이때만큼은 아주 약간 풀이 죽은 표정을 짓고 있었다.

"뭐, 납치해서 팔려 온 자나 입을 줄이기 위해 팔려 온 자나 구분은 안 될 테니 별로 신경은 안 씁니다."

전자는 범죄이고 후자는 합법적인 범위에 해당하지만, 만일 납치당한 경우라도 산 사람 본인이 그 사실을 몰랐다고 말하면 처벌이 내려지지도 않는다.

그런 법의 맹점을 이용하여 궁에 여자를 보내는 자는 많다. 최대한 많이 보내다 보면 그중에서 누가 황제의 마음에 들지 모르는 일이다. 그리고 급료의 일부는 저절로 납치범들의 주머니로 들어오게 된다.

현재 마오마오가 후궁에서 그런 화장을 하고 다녔던 건, 글을 읽고 쓸 줄 안다는 사실을 감췄던 것과 같은 이유에서였다. 이제 와서는 아무래도 상관없어지긴 했지만, 느닷없이 민낯을 내보일 시기를 좀처럼 잡지 못했기에 그냥 계속 그러고 다녔을 뿐이다.

"화가 나지는 않는 건가?"

진시가 고개를 갸웃거렸다.

"물론 말할 필요도 없지요. 하지만 진시 님 탓은 아니니까요."

마오마오는 위정자에게 완벽을 추구하는 일은 무의미하다는 사실을 알고 있었다. 아무리 치수를 하려 노력해도 수해를 완전히 방지할 수는 없는 것과 같다.

"그래, 미안하다."

가식 없는 목소리가 들렸다.

'웬일로 솔직하네.'

마오마오가 올려다보려 하자 머리카락 속에 무언가가 푹 꽂혔다.

"아픈데요."

마오마오는 불만스러운 표정으로 진시를 쳐다보았다. 내 머리에 무슨 짓을 했냐는 듯 노려보는 눈빛이었다.

"그런가, 그건 주마."

거기에는 평소의 다디단 미소가 아니라, 어딘가 모르게 수심과 멋쩍음이 뒤섞인 표정이 있었다.

마오마오가 머리를 만져 보니, 아무 장식도 하지 않았던 머리에서 차가운 금속의 촉감이 느껴졌다.

"그럼 나중에 연회장에서 보자."

진시는 뒤돌아 선 채 손을 흔들며 정자를 떠났다.

머리에 꽂혀 있던 것은 남자용 은비녀였다. 방금 전까지 진시가 꽂고 있었던 것인 듯했다. 수수한 만듦새인 듯 보였지만 세세한 조각이 꽉 차게 새겨져 있었다. 팔면 제법 값이 나갈 듯했다.

"와, 좋겠다."

잉화가 부러운 듯 쳐다보는 모습을 보고 그냥 줘 버릴까 생각했지만 다른 두 시녀도 똑같은 표정으로 쳐다보고 있었기에 마오마오는 고민에 빠졌다.

홍냥은 쓴웃음을 지으며 비녀를 뽑아 내밀려는 마오마오의 손을 붙잡고 고개를 가로저었다. 누군가에게서 받은 물건을 그렇게 쉽게 남에게 줘서는 안 된다는 뜻인 모양이었다.

"세상에, 벌써 약속을 어겼네."

교쿠요 비가 토라진 표정으로 쳐다보고 있었다.

비는 마오마오가 들고 있던 비녀를 받아 들고는 묶은 머리에 다시 곱게 꽂아 주었다.

"나만의 시녀가 아니게 되어 버렸잖니."

좋은 일인지 나쁜 일인지 알 수 없지만 마오마오는 궁중, 특히 상류 계급의 이야기에 어둡다.

그래서 그것이 무슨 의미인지 알지 못했다.

1 7 화 ⁝ 원유회 2

원유회는 중앙 정원에 설치된 연회석에서 열렸다. 커다란 정자에 붉은 양탄자를 깔고, 긴 탁자가 두 줄로 늘어서 있으며 그 너머에 상석이 설치되어 있었다.

주상은 상석에 앉고 양옆으로 황태후와 황제의 남동생, 동쪽에 귀비와 덕비, 서쪽에 현비와 숙비가 앉는 형태다. 동궁이 없는 지금 현 황제의 동복 남동생이 제1계승권자 자리에 있기 때문이다.

마오마오의 눈에는 아무리 봐도 일부러 싸움을 조장하는 배치로밖에 보이지 않았다. 그야말로 사부인의 적개심을 부채질하는 모습이었다.

황제의 남동생은 틀림없이 황태후의 아들이지만 햇빛을 보지 못하는 삶을 살고 있는 듯했다. 겉으로는 이렇게 상석에 자리가 설치되어 있지만 그곳은 공석이다. 황제의 남동생은 병약하기 때문에 거의 자기 방 밖으로 나오지도 않고, 집무도 보지 않는다.

일각에서는 나이 차이가 많이 나는 동생을 황제가 너무 오냐오냐 키우고 있다든가, 유폐를 시켰다든가, 황태후가 너무 귀여워한 나머지 밖에 내보내질 않는다든가 하는 추측이 무성히 나돌고 있었다.

뭐, 마오마오하고는 아무 상관도 없는 일이다.

요리는 늦은 오후에나 나오기 시작한다. 지금은 모두가 곡예와 연무를 관람하고 있었다.

교쿠요 비 옆에는 시녀장인 홍냥 혼자만이 붙어 있고, 무슨 볼일이 없는 이상 다른 시녀들은 막 뒤에서 지시를 기다리고 있었다.

공주는 황태후가 어르고 있었다. 황태후가 풍기는 기품, 그리고 시들 줄 모르는 미모는 사부인에게 둘러싸여 앉아 있어도 결코 처지지 않았다. 자리 배치만 봐서는 그야말로 황제의 정비로 착각할 정도로 젊고 아름다웠다.

황태후는 실제 연령으로도 상당히 젊었다. 잉화에게서 그 이야기를 듣고 황태후가 현 황제를 낳은 연령을 역산해 본 마오마오는 선대 황제를 차가운 눈초리로 쳐다보고 싶은 기분이 들었다. 세상에는 어린 소녀를 좋아하는 특수 취향이 있지만 그것이 당대의 권력자일 경우 도대체 어떻게 반응해야 할지 모르겠다. 어쨌거나 황태후는 최선을 다해 황제를 낳았으니 그것만으로도 너무나 대단한 일이라고 마오마오는 생각했다.

그런 생각을 하다 보니 갑자기 차가운 바람이 불어와, 마오마오는 몸을 파르르 떨었다.

'차라리 천막이라도 좀 준비해 주지.'

막이라고는 해도 그냥 눈가림용에 불과하기 때문에 바람을 막는 기능은 없었다.

주머니 속에 달군 돌을 가지고 있는 교쿠요 비 측의 시녀들이 춥게 느낄 정도니 다른 비의 시녀들은 더욱 추워 견딜 수 없을 것이다.

예상대로 대기하고 있는 다른 시녀들은 계속 덜덜 떨고 있었고, 개중에는 다리를 오그리고 있는 자도 있었다. 지금 빨리 측간에 다녀오면 문제없겠지만 다른 비의 시녀들이 보고 있는 앞에서는 가고 싶어도 못 가는 상황일 것이다.

난감하게도 사부인의 시녀들은 주인들의 대리전쟁을 치르고 싶어 하는 듯했다.

그것을 달래야 할 시녀장들이 각자 비의 곁에 가 있으니 말릴 사람도 없다.

지금 현재 대결 구도는 '교쿠요 비군 대 리화 비군', '숙비군 대 덕비군'이었다.

참고로 교쿠요 비 진영은 총 네 명이므로 상대 진영의 절반도 되지 않는다. 다소 불리하게 느껴지는 상황이긴 하지만 잉화가 일당백을 하고 있었다.

"뭐? 너무 수수하다고? 어쩜 그렇게 멍청하니? 시녀라는 건 주인을 돋보이게 하는 존재야. 쓸데없이 꾸밀 필요가 있어?"

보아하니 의상 때문에 싸움이 벌어진 모양이었다. 상대편 시녀들의 의상은 리화 비를 모신다는 의미에서 푸른색을 기조로 하고 있었다. 하늘하늘한 장식천이 달려 있고 장신구도 많이 붙어 있어, 교쿠요 비 측보다 훨씬 화려했다.

"무슨 소리야? 생김새가 못나면 주인이 고생하는 법이야. 역시 그 못생긴 애를 고용한 이유가 다 있었구나."

수정궁 시녀들이 키득키득 웃었다.

'오, 코앞에서 욕을 먹고 있는 상황이었네.'

마오마오는 마치 남의 일처럼 생각했다. 말할 것까지도 없이 못생긴 애란 자신을 뜻한다. 자신이 이 후궁 안에서는 못난이 축에 들어간다는 사실은 잘 알고 있었다.

지금 저렇게 잘난 척 가슴을 펴고 떠들어 대는 궁녀는 예전에 마오마오에게 자주 반발하곤 하던 사람이었다. 성격이 드세긴 하지만 뒷심은 없는지 툭하면 "아버님한테 이를 거야!" 하고 내뱉곤 했다. 마오마오는 그 입을 다물게 하기 위해 궁녀가 혼자 있을 때 벽으로 밀어붙여서는 다리 사이에 자기 무릎을 쑤셔 넣고 목덜미를 손가락으로 어루만지며 "그럼 일러바치지 못할 몸으로 만들어 주지." 하고 대꾸했다. 그랬더니 그 뒤로는 절대 가까이 다가오지 않았다.

'기녀식 농담은 안 통하나 보네.'

여하간 세상 물정 모르는 아가씨에게 할 말은 아니었다. 이후 그 궁녀는 무슨 짓을 당할지 무섭다는 듯 마오마오를 볼 때마다 움찔거리며 멀리 피해 가곤 했다. 그런 농담 한마디 한마디를 전부 진심으로 받아들이는 걸 보면 귀한 집에서 곱게 자란 아가씨이긴 한 모양이다.

"여기 없는 걸 보니 걘 두고 온 모양이네. 그런 추녀를 데리고 왔다가는 창피를 당할 게 뻔하니 말이야. 옥 장신구 하나 못 받았나 보지?"

궁녀는 마오마오가 코앞에 있다는 사실을 전혀 알아차리지 못하고 있었다.

'진짜 너무하네. 두 달이나 같이 지내 놓고서.'

잉화가 폭발해서 덤벼들려는 것을 다른 두 시녀가 말리고 있는 모습을 보니 슬슬 조용히 시키는 게 좋겠다는 생각이 들었다.

마오마오는 교쿠요 비 측의 세 시녀 뒤로 가서 손바닥으로 코를 가리고 파란 옷을 입은 시녀들을 바라보았다.

의아한 표정으로 눈을 가늘게 뜬 시녀 한 명이 무언가를 깨달은 듯 얼굴이 파래져서는 옆에 있던 시녀에게 귓속말을 했다.

코를 가림으로써 주근깨가 없어도 그것이 마오마오라는 사실을 알아본 모양이었다.

마치 말 전달 놀이처럼 그 소식이 맨 마지막의 기세등등하던 시녀에게 전해지자 시녀는 상대를 압도하기 위해 앞으로 치켜들었던 손가락을 덜덜 떨고 입을 뻐끔거렸다.

그리고 마오마오와 눈이 마주쳤다.

'겨우 알아봤나 보네.'

마오마오는 자기 나름대로는 환한 미소지만, 시녀들이 보기에는 마치 먹잇감을 사냥하는 늑대 같은 웃음을 지었다.

"아, 아아, 아아…."

시녀는 한심하게도 입조차 제대로 돌아가지 않는 모양이었다.

"뭐야, 왜 그래?"

뒤에서 마오마오가 히죽히죽 웃고 있다는 사실을 모르는 잉화는 갑자기 연약한 동물처럼 벌벌 떨기 시작한 적대자들을 의아한 표정으로 쳐다보았다.

"아, 아아, 오, 오늘은 이 정도로만 해 두겠어. 가, 감사하도록 해."

시녀는 영문 모를 소리를 내뱉더니 막의 한 귀퉁이로 가 버렸다. 다른 곳에도 자리가 비어 있었는데 굳이 마오마오에게서 제일 먼 장소를 고른 모양이었다.

멍하니 그 모습을 쳐다보는 교쿠요 비 측의 세 시녀들과,

'아무리 그래도 너무 상처 받는걸.'

하고 생각에 잠긴 마오마오.

정신을 차린 잉화는 마오마오와 시선이 마주치자,

"어휴, 예전부터 난 쟤네가 진짜 싫었어. 미안해, 기분 상했지? 사실은 이렇게 귀여운데."

미안한 표정으로 말했다.

"별로 그런 거 신경 안 써요. 그나저나 돌 갈지 않아도 괜찮으세요?"

마오마오는 전혀 아무렇지도 않으니 문제없다. 그런데도 잉화는 미간을 좁히며 동정하는 시선으로 마오마오를 바라보았다.

"응, 아직 따뜻해서 괜찮아. 그런데 왜들 갑자기 저렇게 덜덜 떤 걸까?"

다른 두 시녀들도 모두 고개를 갸웃거렸다. 비취궁의 세 시녀들은 모두 근면성실하고 마음씨가 고운 아가씨들이기 때문인지 어딘가 모르게 꿈결에 취해 있는 느낌이고, 그래서 얼빠진 구석도 있다. 마오마오는 그런 세 시녀들이 싫진 않았다. 조금 귀찮은 일이 많긴 하지만.

"글쎄요, 갑자기 뒷간에 다녀오고 싶어졌나 보죠."

마오마오는 뻔뻔하게 말했다.

참고로 현재의 마오마오는 부모에게 버림받고 궁으로 팔려와서 언제 죽을지 모르는 독 시식 역할을 맡게 되었다는 설정에 더해, 수정궁에서 두 달 동안이나 처절한 괴롭힘을 당했으며 자신의 얼굴을 일부러 더럽혀야 할 정도로 심각한 남성 불신에 빠진 소녀라는 이야기까지 보태졌다.

난감하게도 잉화를 비롯한 세 시녀들의 망상력은 제 나이 평균보다 더했다.

진시가 마오마오에게 툭하면 시비를 거는 것도, 천녀처럼 아름답고 높은 분이 불쌍한 소녀를 가엾이 여겨 신경 써 주고 있다는 구도에 딱 맞는다는 게 골치 아픈 노릇이다.

뭘 어떻게 보면 그렇게 보이는지 알 수가 없었다.

귀찮아서 굳이 정정하지는 않았지만.

한편 또 하나의 대리전쟁은 아직까지 이어지고 있었다.

인원은 7 대 7.

하얀 의상을 입은 시녀들과 검은 의상을 입은 시녀들이었다.

전자는 덕비, 후자는 숙비 측 진영이다.

"저기도 사이가 나쁘네."

잉화가 그쪽을 물끄러미 바라보며 말했다. 교쿠요 비의 시녀들은 화로에 손을 들이대고 몸을 데우고 있었다. 마오마오가 몰래 가져온 밤을 함께 구워서 나눠 먹고 있었지만 수정궁 사람들은 이쪽으로 가까이 다가오려 하지도 않았고, 다른 사람들도 모두 비슷한 눈치였기에 이들을 말리는 사람도 없었다.

"나이는 각각 14세와 35세. 같은 비라도 부모 자식 정도로 나이 차이가 벌어져 있으니 성격이 안 맞는 것도 당연하지."

"젊은 덕비와 고참 숙비. 그렇게 말이야. 사정도 참 여러 가지라니까."

서글서글한 시녀 구이위엔貴園이 말했다.

"그러게, 원래는 시어머니와 며느리 사이잖아."

장신의 시녀 아이란愛藍도 고개를 끄덕였다. 잉화에 비하면 이 두 사람은 얌전하긴 했지만 그래도 제 나이에 걸맞게 수다스러웠다.

"시어머니와 며느리라고요?"

후궁과는 어울리지 않는 그 단어에 마오마오는 고개를 갸웃거렸다.

"그래, 좀 복잡한 얘기이긴 한데."

두 사람은 선제의 비와 동궁비 관계였다고 한다.

선제가 승하했을 때 비는 상복을 입고 출가했다.

하지만 그것은 겉으로 댈 핑계였을 뿐이고, 속세를 한 차례 버림으로써 선제를 모셨던 일을 없었던 것으로 한 뒤 이번에는 선제의 아들에게 시집을 갔다고 한다. 부모가 권력자였기 때문에 가능한, 황당무계한 일이다.

'선제 시대는 5년 전인데.'

그때 덕비는 고작 9세. 아무리 정략결혼이라 해도 왠지 인간으로서 울컥하는 이야기였다. 황태후는 더 어린 나이에 입궁했다는 사실을 생각하면 울컥을 넘어 구역질이 날 것 같았다.

마오마오는 지금 황제의 취향을 떠올리고는 저도 모르게 안심했다. 탐스러운 과일을 다소 지나치게 좋아하는 분이긴 하지만 선제의 성적 취향을 닮진 않았으니 그것만으로도 정말 다행스러운 일이다.

'아무리 호색한이라고 해도 그 나이의 비는 너무하지.'

아름다운 수염의 소유자인 황제를 떠올리며 혼자 생각에 잠겨 있는데 문득 마오마오의 귀로 충격적인 사실이 들려왔다.

"말도 안 되지, 아홉 살짜리 시어머니라니."

아이란의 입에서 귀를 의심할 만한 말이 터져 나온 것이다.

　덕비 리슈里樹의 첫인상은 '분위기 파악 못 하는 애'였다.

　연회의 제1부가 끝나고 휴식 시간이 되자 마오마오와 구이위엔은 공주에게로 향했다. 구이위엔이 차가워진 돌을 새것으로 바꿔 넣는 동안 마오마오는 갓난아기의 상태를 확인했다.

　'건강에 별문제는 없어 보이네.'

　까르르 웃고 있는, 사과 같은 뺨을 지닌 링리 공주는 처음 만났을 때보다 훨씬 표정이 풍부해졌고 아버지인 황제와 할머니인 황태후에게서도 몹시 귀여움을 받고 있었다.

　'그래도 이렇게 야외에 오래 있게 하는 건 좋지 않은데.'

　이러다 감기라도 걸리면 자신의 목이 날아갈지도 모르는 일이니 정말이지 부조리하기 짝이 없는 현실이다.

　그래서 일부러 장인을 시켜 뚜껑 달린 요람을 만들게 한 덕분에, 요람은 마치 새 둥지 같은 모양이었다.

'뭐, 귀여우니까 됐어.'

아이들을 썩 좋아하지 않는 마오마오의 눈에도 귀엽고 예뻐 보일 정도니 갓난아기란 정말이지 무시무시한 생물이다.

슬슬 기어 다닐 수 있게 된 공주가 요람 밖으로 나가고 싶어 하는 것을 잘 달래서 다시 요람 속에 넣고 훙냥에게 건네려 하자 뒤에서 거친 콧김이 들려왔다.

호화롭고 화려한 진분홍색의 커다란 소매 달린 옷을 입은 소녀가 이쪽을 보고 있었다. 그 뒤에는 시녀 여럿이 서 있었다.

얼굴은 사랑스럽게 생겼지만 입술을 삐죽 내밀고 자신이 불쾌한 기분이라는 사실을 강조하려 하는 모양이었다. 인사도 하지 않고 아이 돌보는 데에만 열중하는 게 마음에 들지 않는 걸까.

'이게 어린 시어머니라고?'

훙냥과 구이위엔이 깊이 고개를 숙였기에 마오마오도 그것을 따랐다.

리슈 비는 여전히 불쾌한 표정 그대로 시녀들을 데리고 어디론가 가 버렸다.

"저분이 덕비님이신가요?"

"그래, 맞아. 뭐, 대충 보면 알겠지만."

"파악이 잘 안 되는가 보네요."

물론 분위기 말이다.

사부인쯤 되면 각자 스스로의 상징을 갖게 된다.

교쿠요 비라 하면 진홍과 비취를 상징으로 삼고, 리화 비는 군청과 수정, 숙비는 아마 시녀들의 옷 색깔을 보아하니 검은 색인 모양이었다. 석류궁에 살고 있으니 보석은 석류석이라고 생각하면 되겠지.

'오행에서 따온 거니까 흰색이 타당하겠지만….'

리슈 비는 진분홍색 옷을 입고 있었다. 따지자면 교쿠요 비의 붉은 옷과 겹친다고 봐야 한다. 연회석 자리 순서를 보면 교쿠요 비와 리슈 비가 나란히 앉아 있어, 한눈에 보기에 색이 잘 구별되지 않았다.

'그러고 보니….'

멀찍이서 들려오던 궁녀들끼리의 싸움 소리 속에 그런 화제가 들렸던 것 같기도 했다. 입장 파악을 못 하고 그런 색깔의 옷을 입고 왔다는 사실을 책망하는 목소리가 있었다.

"뭐랄까, 아직 어린 거지."

홍냥이 깊은 한숨을 내쉬며 그 한마디로 모든 것을 정리했다.

마오마오는 미지근해진 돌을 미리 준비해 왔던 화로 속에 넣었다.

다른 시녀들이 그 모습을 멀리서 지켜보고 있었기에, 교쿠요 비의 허락을 받아 몇 개 정도는 나누어 주기로 했다.

비단과 보석에 익숙한 시녀들이 고작 달군 돌 하나 가지고 그토록 기뻐하는 모습이 왠지 우스꽝스럽기도 했다.

안타깝게도 수정궁 시녀들은 마오마오가 가까이 다가가자 마차 자석이 반발하듯 일정 거리를 두고 멀어졌기 때문에 미처 건네질 못했다. 그렇게 벌벌 떨고 있을 거면 그냥 받아 두면 좋을 것을.

"아무리 그래도 너무 물러터진 거 아냐?"

잉화가 어이없는 표정으로 말하자,

"듣고 보니 그런 것 같기도 하네요."

마오마오는 솔직하게 대답했다

'그러고 보니….'

휴식 시간이 된 후 유난히 막 뒤쪽에 사람이 많다.

시녀뿐만 아니라 무관과 문관들까지도 이쪽으로 꾸역꾸역 밀려들었다.

다들 한 손에 장식품을 들고 있었다.

궁녀와 1 대 1로 마주하고 있는 사람도 있는가 하면, 다대일로 둘러싸여 있는 사람도 있었다.

구이위엔과 아이란도 모르는 무관과 대화를 나누고 있었다.

"저렇게 해서 화원에 숨어 있는 훌륭한 인재들을 데려가는 거야."

잉화가 설명해 주었다. 잉화는 어째서인지 득의양양한 표정으로 거친 콧김을 내뿜고 있었다. 도대체 무엇 때문에 저렇게 흥분한 걸까.

"그렇군요."

"그 표시로 자기가 갖고 있는 장식품을 주는 거지."

"그런가요?"

"뭐, 다른 의미도 있긴 하지만."

"아, 네에."

평소와 다르게 별 흥미 없는 듯 대꾸하는 마오마오를 보고 잉화는 팔짱을 끼고 입술을 삐죽거렸다.

"다른 의미도 있다니까!"

"그런가요."

그 의미를 캐물으려 하지도 않는다.

"그럼 그 비녀 나 줘."

그러자 잉화는 조금 전 진시에게서 받았던 것을 가리켰다.

"네. 하지만 다른 두 사람하고 가위바위보해서 가져가세요."

화로 속 돌을 뒤적거리며 마오마오는 대답했다. 괜히 싸움이라도 났다가는 곤란하다. 게다가 멋대로 줘 버렸다는 사실을 홍냥에게 들키기라도 하면 뒤통수를 찰싹 얻어맞을 것이다. 시녀장은 툭하면 후려갈기곤 하니 말이다.

2년의 봉공 기간이 끝나면 유곽으로 돌아갈 작정인 마오마오에게는 출세도, 모시는 주인을 바꾸는 것도 아무 상관없는 일이다.

그보다,

'그런 인간한테 부려 먹히느니 수정궁에서 말단 하녀로 일하는 게 낫지.'

라는 생각이 든 마오마오는 매미 허물이라도 보는 듯한 눈빛을 띠었다.

그때,

"아가씨, 이거 받아."

남자의 낮은 목소리가 들렸다. 눈앞에는 비녀가 내밀어져 있었다. 작은 분홍색 산호 장식이 달려 있는 물건이었다.

마오마오가 고개를 들자 날카로운 생김새를 지닌 거한이 미소를 지으며 서 있었다.

아직 젊고 수염도 없다. 잘생긴 축에 들어가는 얼굴이었지만 쓸데없이 달콤한 미소에 내성이 강한 마오마오는 아무런 감회도 느끼지 못한 채 그저 마주 보기만 할 뿐이었다.

무관은 생각했던 반응과 달랐던 눈치였지만 그래도 내민 손을 거두지는 않았다. 엉거주춤한 자세로 뒤꿈치를 들고 서 있었던 탓에 발이 덜덜 떨렸다.

남자를 궁지에 몰아넣은 게 자신이라는 사실을 드디어 마오마오도 깨달은 모양이었다.

"감사합니다."

마오마오가 비녀를 받아 들자 남자는 주인에게 칭찬받은 강아지 같은 표정을 지었다.

똥개 같은 느낌도 든다고 마오마오는 생각했다.

"그럼 안녀엉~ 잘 부탁해~ 난 리하쿠李白라고 해."

'아마 두 번 다시 만날 일 없겠지만.'

손을 흔들며 가는 대형견의 허리춤에는 십수 개의 비녀가 꽂혀 있었다.

받지 못한 시녀들이 창피하지 않도록 모든 사람들에게 나눠 주고 다니는 중이었을까. 사려 깊은 사람인 모양이다.

'그럼 미안한 짓을 했네.'

마오마오가 분홍색 산호 장식이 달린 비녀를 내려다보고 있는데,

"받았어?"

세 시녀들이 다가왔다. 각자의 허리춤에는 전리품들이 꽂혀 있었다.

"참가상인가요?"

마오마오는 감정 없는 목소리로 대꾸했다. 아무도 상대해 주지 않은 시녀들에게 주는 물건인 모양이었다.

그러자 뒤에서,

"그것 하나뿐이라면 너무 서운하지 않겠니?"

귀에 익은 고귀한 목소리가 들려왔다.

뒤를 돌아보니 풍만한 가슴, 즉 리화 비가 서 있었다.

'살이 좀 찌셨네.'

그래도 예전의 육체에는 아직 미치지 못한다. 그러나 얼굴에 드리워진 수심이 의외로 비의 미모를 더욱 돋보이게 해 주고 있었다. 비는 짙은 감색 치맛자락과 하늘색 상의, 파란 어깨천을 걸치고 있었다.

'조금 추울 것 같은데.'

교쿠요 비의 시녀인 이상 리화 비를 신경 쓸 수는 없다.

수정궁을 나온 후로 마오마오가 리화 비의 소식을 들은 것은 오로지 진시를 통해서였다.

만일 궁을 찾아간다 해도 시녀들에게서 문전박대를 당할 게 뻔했다.

"오랜만에 뵙습니다."

마오마오는 홍냥에게서 교육받은 대로 인사를 했다.

"그래, 오랜만이네."

고개를 드니 리화 비가 마오마오의 머리를 어루만지고 있었다.

진시 때와 마찬가지로 무언가가 또 머리에 꽂혔다.

이번에는 아프지 않다. 살짝 부풀려 묶어 올린 머리에 무언가가 살짝 걸릴 정도로만 꽂혀 있었다.

"그럼 잘 있으렴."

리화 비는 경악을 감추지 못하는 자신의 시녀들을 달래며 우아하게 사라져 갔다.

비취궁 시녀들은 모두 넋이 나간 표정이었다.

"어휴, 이거 교쿠요 님께서 단순히 토라지시는 걸로는 끝나지 않을걸."

잉화가 어이없다는 표정으로 비녀의 장식 부분을 손가락으로 튕겼다.

마오마오의 머리에는 홍수정 구슬 장식 세 개가 연결돼 흔들리고 있었다.

오후가 되자 마오마오는 홍냥과 교대하여 교쿠요 비 뒤에 붙어 있었다. 식사 시간이었다.

잉화의 조언을 듣고 마오마오는 일단 머리에 꽂혀 있던 세 개의 비녀를 전부 뽑아 허리띠에 꽂아 두기로 했다. 교쿠요 비가 준 것은 목걸이뿐이기 때문에 비녀 한 개 정도는 꽂아 두어도 괜찮겠지만, 그러면 꽂지 않은 다른 비녀들과 우열이 가려진다고 했다. 항상 주위의 입장을 고려하며 행동해야 하니 시녀란 참 골치 아픈 입장이다.

새삼 상석에서 연회석을 내려다보니 상당한 장관이었다.

서측에 무관들이 늘어서고 동측에 문관들이 늘어서 있다. 긴 탁자에 앉을 수 있는 것은 그들 중 2할 정도뿐이고, 나머지는 흐트러짐 없이 서 있었다. 이 자세로 몇 시간이나 서 있어야 하니 막 뒤에 있는 시녀들보다 훨씬 고행일 것이다.

가오슌도 무관 쪽 자리에 앉아 있었다. 생각보다 높은 분이라는 사실은 알았지만, 환관이 위화감 없이 거기에 서 있다는 사실도 꽤 놀라웠다.

방금 전의 그 거한도 앉아 있었다. 가오슌보다 말석에 가깝긴 하지만 나이를 생각하면 제법 출셋길을 걷고 있는 중인지도 모른다.

반대로 진시는 어디 갔는지 보이지 않았다. 그렇게 반짝반짝하는 사람이니 금방 눈에 띌 줄 알았는데.

찾을 필요는 없으므로 그냥 본업에 충실하기로 했다.

맨 처음 식전주가 날라져 왔다. 유리병에 담긴 술을 은잔에 조금씩 따라 주었다.

마오마오는 천천히 잔을 흔든 뒤 접촉 부분이 탁해지지 않는지 확인했다.

비소가 들어 있으면 색이 검게 물든다.

천천히 잔을 돌려 냄새를 맡은 뒤 입에 머금었다. 독이 없다는 사실은 알았지만 완전히 삼키지 않으면 독 시식으로 인정받지 못한다. 마오마오는 목젖을 위아래로 움직여 꿀꺽 삼킨 뒤 맹물로 입을 헹궜다.

'음?'

아무래도 주목받고 있었던 모양이다.

다른 독 시식 담당들은 아직 잔에 입을 대지 않았다.

그들은 마오마오에게 아무 일 없다는 사실을 확인하고 나서야 조심스럽게 잔을 기울였다.

'뭐, 당연한 일이긴 해.'

누구나 죽는 것은 두렵다.

누군가가 먼저 하고 있다면, 그 모습을 다 지켜본 뒤 하는 편이 안전하다.

'연회석에서 독을 쓴다면 보통 즉효성 독을 쓰겠지.'

이 중에서 독을 즐겨 먹는 사람은 마오마오 하나뿐이다. 세상에는 가끔 그런 희한한 인간이 존재한다.

'기왕이면 복어가 좋은데. 내장을 푹 끓인 국물로….'

그 혀끝이 저릿한 감각은 정말이지 최고다. 그것을 느끼기 위해 몇 번이나 구토를 하고 위세척을 했는지 모른다. 보통 독은 몸에 익숙해지게 만들기 위해 섭취하곤 하지만, 복어만큼은 기호품에 가깝다. 참고로 아무리 몸에 익숙해지게 만들려 해도 절대 익숙해지는 독이 아니라는 사실은 잘 알고 있다.

그런 생각을 하다 보니 전채 요리를 가져온 시녀와 눈이 마주쳤다. 마오마오의 입꼬리가 올라갔다. 기분 나쁘게 히죽히죽 웃었던 모양인지, 시녀는 움찔하며 몸을 뒤로 빼고 있었다.

마오마오는 뺨을 찰싹찰싹 두드리며 평소의 무표정을 되찾았다.

그리고 받아 든 전채 그릇에 든 요리는 황제가 좋아하는 음식이어서 야식에도 가끔 나오곤 했던 것이 들어 있었다.

식사는 후궁 측에서 준비했는지, 평소와 같은 음식들이었다.

다른 독 시식 담당들이 자신을 물끄러미 쳐다보고 있었기에 마오마오는 재빨리 젓가락을 집어 들었다.

생선과 채소가 들어간 초절임이었다.

황제는 호색한 아저씨이긴 하지만 식생활에서는 제법 건강을 추구하는 경향이 있다고, 마오마오는 독 시식 담당으로서 생각했다.

'음식이 잘못 나왔나?'

마오마오는 초절임에 들어간 재료가 평소와 다르다는 사실을 알아차렸다. 평소에는 청어가 들어가는데, 오늘은 해파리인지 뭔지가 대신 들어갔다.

황제가 좋아하는 음식의 조리법을 착각했을 리가 없다. 착각이 있었다면 다른 비에게 나갈 용도로 만든 음식이 이쪽으로 잘못 나왔을 가능성뿐이다.

후궁의 상식尚食*은 유능하기 때문에 같은 차림이라도 황제에게 낼 음식과 비에게 낼 음식은 잘 분류해 놓는다. 교쿠요 비는 수유 중이기 때문에 젖이 잘 나오는 음식으로 내가고 있다.

※상식 : 궁관(宮官)의 하나로 반찬의 품종을 갖추어서 공급하는 일의 총책임을 맡은 관직.

독 시식이 끝나고 모든 사람들이 전채를 먹고 있는 모습을 지켜보니, 정말로 음식이 잘못 나간 모양이었다. 분위기 파악 못하는 리슈 비가 창백한 얼굴을 하고 있었다.

'싫어하는 음식이라도 있는 모양이네.'

황제가 좋아하는 음식이 나왔는데 음식을 남길 수는 없다.

리슈 비는 꾹 참고 음식을 먹고 있었다. 청어 살을 집어 드는 젓가락이 덜덜 떨렸다.

뒤를 돌아보니 독 시식 담당 시녀가 눈을 감고 입술을 떨고 있었다. 마오마오는 그 입술이 희미하게 호선을 그리는 모습을 보고 말았다.

웃고 있었다.

'별로 보고 싶지 않은 걸 봐 버렸군.'

마오마오는 시선을 돌려 다음 요리를 받아 들었다.

평범한 연회였다면 참 좋았을 텐데.

리하쿠는 윗자리에서 아래를 내려다보는 고귀한 분들을 보며 자신은 절대 이해할 수 없는 부분이라고 생각했다.

도대체 뭐가 그렇게 좋아서 이 추운 날씨에 칼바람이 숭숭 부는 야외에서 연회 따위를 하겠다고 생각했단 말인가.

아니, 그냥 평범한 연회라면 차라리 낫다. 고서에 나와 있는 것처럼, 복숭아밭에서 마음 맞는 사람들끼리 술잔을 기울이고 고기를 뜯어먹는 연회라면 무척이나 즐거웠으리라.

하지만 고귀한 분들과 함께 있으면 항상 독이 따라오게 마련이다.

아무리 고급 식자재를 사용하고, 비전의 기술을 최대한 발휘하여 만든 음식도 독 시식이 끝나고 나면 다 식어서 맛이 반감된다.

독 시식 담당들을 책망할 생각은 없지만 매번 겁먹은 얼굴로 새파랗게 질려서는 수저를 입으로 옮기는 모습을 보면 위장도 쪼그라들 수밖에 없었다.

오늘 또한 마찬가지로 쓸데없이 긴 시간을 낭비할 거라고 생각했었다.

그런데 보아하니 왠지 그렇지도 않을 것 같은 느낌이다.

평소에는 독 시식 담당들이 서로 얼굴을 마주 보며 수저를 먼저 집어 들 순서를 정하곤 한다.

하지만 오늘은 유난히 기운찬 독 시식 담당이 하나 있었다.

귀비의 독 시식 담당이라는 그 몸집 작은 시녀는 주위에는 시선도 주지 않고 은잔을 흔들며 식전주를 입에 머금었다.

그리고 천천히 삼키더니 아무 일 없었다는 것처럼 입을 헹궜다.

어디서 본 적 있다 했더니 좀 전에 비녀를 건넨 이들 중 하나였다. 별로 눈에 띄는 용모도 아니고, 단정하긴 하지만 큰 특징은 없다. 워낙 미인이 많은 후궁 궁녀들 중에서는 파묻히기 쉬운 타입이다.

하지만 그 무표정 속 어딘가에 타인을 압도하는 눈빛을 지닌 소녀였다.

붙임성 없는 아가씨라고 생각했는데, 표정은 의외로 풍부했다.

무표정한가 싶더니 갑자기 히죽히죽 웃었다가, 다시 원래 표정으로 돌아갔다가, 이번에는 불쾌한 표정을 짓는다.

그러더니 아무 일 아니라는 듯 당연하게 독 시식을 하는 모습이 굉장히 우스웠다.

다음에는 어떤 표정을 지을까. 시간 때우기로 딱 좋다.

탕이 나오자 소녀가 수저를 담갔다. 눈으로 훑어본 뒤, 혀 위에 천천히 수저를 올렸다.

소녀의 눈이 한순간 살짝 커졌다. 그러더니 갑자기 황홀하게 녹아내리는 듯한 미소를 지었다.

얼굴이 발그레하게 물들고 눈이 촉촉하게 젖어 든다. 입술이 호선을 그리고 살짝 벌어진 입 속으로 하얀 이와 요염한 혀가 엿보였다.

이러니 여자란 무서운 존재다.

입술에 닿았던 수저를 혀로 핥는 모습은 마치 농익은 과일 같은 최고급 기녀의 미소처럼 보였다.

얼마나 맛있는 요리이기에.

평범한 소녀를 저토록 요염하게 만드는 무언가가 들어 있는 걸까. 궁정 요리사의 솜씨가 그토록 놀라운 걸까.

리하쿠가 마른침을 꿀꺽 삼키며 지켜보는 가운데 소녀는 믿을 수 없는 행동을 했다.

품에서 수건을 꺼내더니 입에 대서는 먹었던 것들을 다 뱉어내는 게 아닌가.

"이거, 독이에요."

무표정으로 돌아온 시녀가 사무적으로 말하고는 막 뒤쪽으로 사라져 버렸다.

연회석은 웅성거림과 함께 끝을 맺었다.

약사의 혼잣말

19화 : 연회의 끝

"거참, 활기찬 독 시식 담당이 다 있군."

마오마오가 입을 헹구고 멍하니 있는데 한가한 환관이 신출 귀몰하게 나타났다.

연회석에서 제법 떨어져 있는 장소까지 와 있는데도 용케 찾아내서 쫓아오다니 대단한 일이다. 방금 전, 초절임 다음에 나왔던 요리에 독이 들어 있었다. 마오마오는 그것을 뱉어 낸 뒤 연회석을 벗어났다.

'시녀가 그런 행동을 했으니 야단을 맞겠지.'

사실은 더 조용히 끝내려 했지만 그럴 수도 없었다. 오랜만에 먹은 독이 너무나 부드럽고 맛있었기 때문이다. 그냥 삼켜 버리고 싶을 정도로. 하지만 독 시식 담당이 독을 맛있게 먹어 버리면 제 역할을 다할 수가 없다. 마오마오는 고육지책으로 그 자리를 벗어나는 걸 선택했다.

"평안하셨습니까, 진시 님."

평소와 마찬가지로 무표정하게 인사하려 했으나 독의 여운이 아직 남아 있었기에 얼굴에서 웃음기를 지우기가 힘들었다.

진시에게 웃으면서 마주 인사를 하게 되어 버린 꼴이었기에 약간 짜증이 났다.

"이상하게 기분이 좋아 보이는군."

진시가 느닷없이 팔을 움켜쥐었다. 이쪽은 반대로 굉장히 불쾌한 표정이었다.

"왜 그러시죠?"

"의무실로 가야지. 독을 먹고 그렇게 팔팔하게 돌아다닌다는 건 말도 안 돼."

실제로 마오마오는 몹시 건강하다. 그 정도는 삼키지만 않으면 아무 문제도 없다.

그나저나 뱉어 내지 않고 그대로 삼켰다면 어떻게 되었을까.

호기심이 온몸을 맴돌았다.

지금쯤 온몸이 마비되었을지도 모른다.

'뱉지 말걸 그랬다.'

혹시 남은 탕을 먹을 수는 없을까.

마오마오는 진시에게 물어보았다.

"너 진짜 바보 아니냐?"

진시가 어이없다는 말투로 대꾸했다.

"향학열이 강하다고 해 주세요."

뭐, 보통 그런 향학열은 아무도 원치 않겠지만.

그나저나 평소에는 쓸데없이 반짝반짝 빛을 내며 돌아다니던 진시가 오늘은 좀 다른 느낌이 들었다.

머리에는 새로운 비녀가 꽂혀 있었다. 옷은 방금 전과 크게 다를 바 없이 고급스러운 옷인데.

아니, 앞섶이 약간 흐트러져 있다. 흐트러질 만한 일이 있었다는 뜻일까. 그렇군, 그랬던 거였어. 이 수치도 모르는 자 같으니. 아무리 춥다고 해도 그렇지, 눈살이 찌푸려질 만한 일로 몸을 데우고 왔음이 틀림없다.

감로 같던 목소리도 살짝 쉬고, 온화하고 부드럽던 미소도 사라지고 없었다.

'반짝반짝 빛나는 정도를 조절하는 게 가능한가 보네?'

아니면 정사 직후라 많이 지친 걸까? 연회석에 없었던 건 궁녀나 문관이나 무관이나 환관을 어디론가 끌고 들어갔거나, 아니면 상대에게 끌려 들어갔기 때문인 모양이었다.

그런 걸로 해 두자.

아무튼 정말이지 기운도 좋다.

'그래도 차라리 지금이 낫네.'

여전히 아름답긴 하지만 그래도 이 정도라면 제 나이 또래의 청년으로 보인다. 아니, 제 또래보다 훨씬 앳되어 보인다.

다음부터 자신을 찾아올 때는 눈살 찌푸려질 만한 운동을 하고 난 후에 오게 해 달라고 가오슌에게 부탁해 볼까.

들어줄지 어떨지는 모르겠지만.

"네가 너무 활기차게 뛰쳐나가기에, 정말 독이 맞느냐고 먹어 본 사람이 있었단 말이다."

"누군데요, 그 바보는?"

독에도 여러 종류가 있다. 먹고 나서 시간이 좀 지나야만 독의 효과가 나타나는 경우도 있다.

"대신 하나가 마비됐다. 그쪽도 지금 그것 때문에 난리야."

그렇군, 이래서야 국가의 미래가 걱정스러울 지경이다.

"그렇다면 마침 기회가 되었으니 이것을 사용해 보셨다면 좋았을 것을."

마오마오는 품에서 부스럭부스럭 천 주머니를 꺼냈다. 속에 들어 있는 것을 다 게울 수 있는 구토약이었다. 어젯밤 열심히 만든 약이다.

"위장이 홀딱 뒤집어질 정도로 잘 토하게 만들었는데 말입니다."

"아니, 그것도 독 아니냐?"

진시가 어처구니없다는 말투로 대꾸했다.

"이쪽에도 의관이 있어. 거기다 맡겨 두면 되는 일이지."

마오마오는 문득 무언가를 떠올리고 걸음을 멈췄다.

"왜 그러지?"

"부탁드릴 것이 있습니다. 좀 모셔 와 주셨으면 하는 분이 있는데요."

마오마오는 무슨 일이 있어도 확실히 알아내고 싶은 게 있었다. 그 때문에 어떤 인물이 필요했다.

"도대체 누구를?"

진시가 미간을 좁히고 고개를 갸웃거리며 물었다.

"덕비, 리슈 님을 불러 주실 수 있으신가요?"

마오마오가 또렷한 말투로 말했다.

불려 온 리슈 비는 진시를 보더니 봄 햇살처럼 환한 미소를, 마오마오를 보고는 얜 또 뭐야, 라는 듯 떨떠름한 표정을 지었다. 마음이 불편한지 오른손으로 왼손을 문지르고 있었다.

어려도 여자는 여자다.

의무실로 가려 했지만 멍청한 높으신 분 때문에 사람들이 와글와글 북적거리고 있었기에, 할 수 없이 지금은 사용하지 않는 집무실을 쓰기로 했다. 건물들을 이렇게 나란히 두고 보니 후궁과 그 이외의 곳은 구조 자체가 꽤 다르다. 간소하고 투박한 커다란 방을 보고 리슈 비는 다소 토라진 얼굴을 했다.

시녀들이 줄줄이 따라오려 했지만 가오슌에게 부탁하여 한 명만 오게 했다.

마오마오는 끓여서 식힌 물과 함께 해독제를 삼켰다. 굳이 먹지 않아도 상관은 없었지만 만일을 대비하여 먹으라는 소리도 있었고, 또 타인이 조합한 약에도 관심이 있었기에 그냥 먹었다. 해독제라고는 해도 위장 속에 들어 있는 것들을 전부 토해 내게 만드는 약일 뿐이었기에 마오마오는 기분 좋게 열심히 토했다. 토하면서 만족스러운 표정을 짓는 마오마오를, 진시는 의아한 표정으로 빤히 쳐다보고 있었다. 젊은 처녀가 토하는 모습을 저렇게 뚫어져라 보다니 정말이지 무례한 녀석이다.

돌팔이 의사와는 다르게 이곳의 의관은 실력이 좋았다.

산뜻해진 표정으로 마오마오가 리슈 비에게 고개를 꾸벅 숙였다. 비는 의심스런 눈으로 마오마오를 쳐다보고 있었다.

"실례하겠습니다."

마오마오는 리슈 비에게 다가갔다.

"?!"

그리고 비의 왼손을 잡고 긴 소매를 걷어 올렸다. 희고 우아한 팔이 드러났다.

"그럼 그렇지…."

예상대로의 모습이 그곳에 나타났다.

원래 매끄러워야 할 피부에 붉은 두드러기가 돋아 있었다.

"어패류 중에 드시지 못하는 음식이 있었던 겁니다."

마오마오의 말에 리슈 비는 숙인 고개를 들지 못했다.

"어떻게 된 일이지?"

진시가 팔짱을 끼고 물었다.

어느샌가 다시 천녀처럼 우아한 분위기를 되찾은 상태였다. 하지만 평소 같은 미소는 없었다.

"사람에 따라서는 먹지 못하는 음식이 있는 경우가 있습니다. 어패류 외에도 달걀, 밀가루, 유제품 등이 있지요. 저 역시 메밀국수를 먹지 못합니다."

진시와 가오슌은 명백히 경악한 표정을 지었다. 두 사람의 얼굴에는 '독은 아무렇지도 않게 먹는 주제에'라고 쓰여 있었다.

'신경 끄시지.'

먹어 보려고 노력은 했지만 기관지가 좁아져 호흡 곤란이 일어나는 바람에 그럴 수가 없었다. 애초에 먹고 배 속에서 흡수되면 두드러기가 생기기 때문에 양 조절도 어렵고 잘 낫지도 않는다. 그래서 먹어서 익숙해지려 노력하는 일은 포기했다.

조만간 다시 한번 도전해 보고 싶긴 하지만 돌팔이 의관밖에 없는 후궁 안에서 시험해 볼 수는 없는 일이었다.

"그걸 어떻게 알았어?"

비가 망설이며 물었다.

"그 전에 배는 괜찮으십니까? 구토나 경련이 일어난 것으로는 보이지 않는데요."

혹시 필요하시다면 설사약을 배합해 드리겠다는 마오마오의 말에 리슈 비는 고개를 도리도리 가로저었다.

흠모하는 천상인 앞에서 그런 말은 도저히 할 수 없을 것이다. 마오마오는 작게나마 아까 일의 앙갚음을 한 셈이었다.

"그렇다면 자리에 앉아 주십시오."

생김새와 다르게 바지런한 성격의 가오슌이 의자를 끌어다 갖다주었다. 마오마오는 거기에 리슈 비를 앉혔다.

"교쿠요 님의 식사와 뒤바뀌었기 때문입니다. 교쿠요 님은 딱히 가리시는 음식이 없기 때문에 거의 주상과 똑같은 음식을 잡숫고 계시지요."

반찬은 두 가지가 달랐다.

"못 드시는 음식은 전복과 고등어지요?"

비가 고개를 끄덕였다.

뒤에서 시녀가 동요하는 모습을 마오마오는 놓치지 않았다.

"이것은 못 먹는 음식이 있는 사람밖에 모르는 일이지만, 단순히 식성의 호불호 문제가 아닙니다. 이번에는 그래도 두드러기 정도로 끝났지만 때로 호흡 곤란이나 심부전이 일어나기도 합니다. 말하자면, 알면서 먹였다는 건 음식에 독을 탄 것이나 마찬가지라는 뜻이지요."

독이라는 말에 주위가 과도하게 반응했다.

"리슈 님께서는 연회 자리의 분위기 때문에 차마 말씀을 못 하셨겠지만, 이것은 대단히 위험한 행위입니다."

마오마오는 비와 시녀 사이로 애매하게 시선을 던지며 말했다.

"결코 잊지 말아 주소서."

누구에게라고 할 것 없이 건네는 충고였다.

그리고 잠시 뜸을 들였다가,

"상식의 상차림 담당자에게도 전해 주십시오."

하고 진시를 향해 말했으나 비와 시녀는 그 말이 머릿속에 들어오지 않는 모양이었다.

마오마오는 리슈 비의 시녀에게 위험성을 자세히 설명하고, 만일의 경우를 대비한 대처 방법을 글로 써서 건넸다.

시녀는 창백해진 얼굴로 덜덜 떨며 고개를 끄덕였다.

'협박은 이쯤 해 두면 되겠지.'

데려온 시녀는 독 시식 담당이었다.

웃고 있던 바로 그 여자였다.

리슈 비가 방을 나간 뒤 마오마오는 등 뒤로 끈적끈적한 공기와 자신의 어깨에 닿은 손의 존재를 알아차렸다.

마오마오는 말라 죽은 지렁이보다도 못한 것을 보는 듯 싸늘한 시선을 던졌다.

"천한 것에게서 그 손길은 거두어 주셨으면 합니다."

자꾸 귀찮게 건드리지 말라는 말을 최대한 완곡하게 전하고 있었다.

"나한테 그런 소리를 하는 건 너뿐이다."

"그럼 모든 이가 사려 깊게 행동하고 있는 모양입니다."

마오마오는 성큼성큼 걸어 진시의 옆에서 멀어졌다.

너무 달아 속이 뒤집어질 것 같은 목소리 때문에 한숨을 푹푹 쉬며 청량제가 되어 줄 가오슌을 찾았으나, 주인에게 충실한 종자는 '제발 부탁이니 견뎌 다오'라는 눈빛으로 마오마오에게 애원하고 있었다.

"그럼 교쿠요 님께 보고 드리러 이만 가 보겠습니다."

"왜 독 시식 담당을 일부러 동석시켰지?"

진시가 느닷없이 핵심을 찔렀다. 이러니까 다루기 어렵다는 거다.

"무슨 말씀이신지 잘 이해가 되지 않습니다."

마오마오는 무표정하게 대답했다.

"그럼 상차림 담당자가 착각했다는 말인가?"

"그것도 잘 모르겠습니다."

마오마오는 끝까지 시치미를 뗄 생각이었다.

"최소한 이것만은 대답해 다오. 목숨을 위협당한 게 덕비가 맞다는 뜻이지?"

"다른 접시에 독이 들어 있지 않다면 그렇겠죠."

그런 말이 된다.

진시가 생각에 잠기는 것을 보고 방을 나선 마오마오는 벽에
기대서서 깊은 한숨을 내쉬었다.

20화 : 손가락

비취궁으로 돌아오자마자 마오마오는 극진한 대접을 받게 되었다.

본인이 늘 쓰던 좁은 방이 아니라 다른 빈방의 침대에 고급 이불이 깔려 있었고, 어어 하는 사이 시녀들이 마오마오의 옷을 갈아입히고 그 속으로 쑤셔 넣었다.

비싼 목화솜으로 만들어진 이불이었다. 평소 마오마오가 잠드는, 거적을 겹겹이 쌓아 만든 침대와는 하늘과 땅 차이다.

"약도 먹었고, 몸에는 아무 이상 없어요."

약이라고 해 봤자 구토제이긴 하지만 그것까지 말할 필요는 없을 것이다.

"무슨 소리야? 네가 나간 뒤 대신이 그 음식을 먹고 얼마나 난리가 났는지 알아? 토해 냈다고 무사하다는 보장은 없어."

잉화가 걱정스러운 표정으로 마오마오의 이마에 젖은 천을 올렸다.

'그 대신 누군지 정말 멍청하네.'

초기 대응으로 잘 토해 내게 했어야 할 텐데.

궁금하긴 했지만 어차피 여기서 지금 당장 나갈 수도 없는 모양이니, 마오마오는 얌전히 눈을 감기로 했다.

쓸데없이 긴 하루였다.

피로가 제법 쌓여 있었는지 마오마오가 눈을 뜬 것은 이른 오후가 다 되어서였다.

시녀로서 이 시간의 기상은 곤란하다.

일어나서 옷을 갈아입은 마오마오는 홍냥을 찾기로 했다.

'그 전에….'

자기 방으로 돌아간 마오마오는 늘 사용하는 백분을 찾았다. 백분이라고는 해도 다른 사람들이 사용하는 새하얀 가루가 아니라, 주근깨를 만드는 데 이용하는 물건이었다.

잘 닦은 동판 거울을 바라보며 손끝으로 문신 주위를 톡톡 두드렸다. 그리고 콧잔등 위를 특히 더 진하게 발랐다.

'이제 와서 맨얼굴로 다니기도 좀….'

만나는 사람마다 매번 설명하기도 번거롭다.

반대로 화장을 해서 주근깨를 감춘 걸로 해 버릴까 생각하기도 했지만, 그것도 창피한 일이다. 아마 그 이야기가 나올 때마다 드디어 여자의 길에 눈을 떴느냐는 반응이 돌아올 테니 말이다.

배가 고파진 마오마오는 남은 간식이었던 월병 한 개를 먹었다. 가능하면 몸을 씻고 싶었지만 그 정도의 여유는 없었다. 마오마오는 다른 사람들이 있는 곳으로 성큼성큼 걸어갔다.

홍냥은 교쿠요 비와 함께 공주를 돌보고 있었다.

엉금엉금 열심히 기어 다니는 공주에게서 도저히 눈을 뗄 수가 없는 듯했다. 홍냥은 공주가 바닥의 깔개 밖으로 나가지 못하도록 들어서 옮기거나, 붙잡고 일어나는 연습을 하느라 의자가 쓰러지지 않도록 잡아 주는 데 바빴다. 상당한 말괄량이였다.

"늦잠을 자서 죄송합니다."

마오마오가 깊이 고개를 숙였다.

"오늘은 그냥 쉬어도 되는데."

교쿠요 비가 난처한 표정으로 이마에 손을 짚고 고개를 갸웃했다.

"그럴 수는 없습니다. 무슨 일이든 말씀만 하세요."

말은 그렇게 하지만 어차피 항상 제멋대로 나돌아 다니는 존재인 터라 자신이 없어도 큰 문제는 없을 것이다.

"주근깨…."

교쿠요 비가 웬만하면 건드리지 말아 줬으면 하는 화제를 굳이 꺼냈다.

"없으면 마음이 불편해서요. 그냥 이대로 다니면 안 될까요?"

"그것도 그러네."

비는 뜻밖에도 쉽게 물러났다.

마오마오가 의아한 표정으로 비를 바라보았다.

"그 시녀는 대체 정체가 뭐냐고 다들 나를 얼마나 들볶어 댔는지 몰라. 엄청 힘들었다고."

"송구합니다."

갑자기 독이라는 소리를 내뱉더니 연회장을 뛰쳐나가 버린 시녀를 좋게 생각하는 사람은 없을 것이다. 마오마오는 내심 처벌을 받는 게 아닐까 조마조마한 기분이었으나 딱히 책망당할 기색은 없었기에 마음이 놓였다.

"그 얼굴이라면 바로 누구인지 알아보진 못할 테니 차라리 잘됐지."

그래도 마오마오 나름대로는 조용히 움직였다고 생각했는데 사실은 그렇지 않았던 모양이었다.

도대체 뭐가 문제였을까.

"그리고 아침부터 가오슌이 와 있는데 어떻게 하겠니? 한가해 보이기에 밖에서 풀 좀 뽑아 달라고 했는데."

'풀 뽑기….'

부탁하는 사람도 부탁하는 사람이지만 그걸 또 시킨다고 하는 사람도 하는 사람이다. 아니면 자발적으로 시작한 걸까?

상당히 지위가 높은 사람이었던 것 같지만, 그래도 결국 성실한 남자다. 아마 다른 시녀들의 마음도 송두리째 빼앗아가 버렸을 것이다. 특히 어느덧 서른 줄에 접어든 훙냥은 눈을 반짝이고 있는 것 같기도 했다. 훙냥은 너무 유능한 탓에 남자와는 거리가 먼 삶을 살고 있는 모양이었다. 얼굴은 아름답지만 애당초 성격이 그렇다.

"거실을 좀 써도 될까요?"

"그래, 알았어. 바로 불러 오마."

교쿠요 비는 훙냥에게서 공주를 받아 안았다.

훙냥은 가오슌을 부르러 방을 나갔다.

마오마오가 가려 했지만, 교쿠요 비가 손짓으로 막는 바람에 그냥 바로 거실로 이동하기로 했다.

"진시 님께서 이것을 전해 드리라 하셨습니다."

얼굴을 마주하자마자 인사도 대충 한 가오슌이 천으로 싼 무언가를 탁자 위에 내려놓았다.

풀어 보니 그것은 은그릇에 담긴 탕이었다.

마오마오가 시식했던 것이 아니라, 원래 교쿠요 비 몫으로 나갔을 음식이다.

어제는 거절했지만, 결국은 이렇게 가져다주었다. 성실한 행동이라는 인상이 느껴졌지만, 동시에 무언가를 조사하라는 지시도 담겨 있을 거라는 생각에 마오마오는 그릇을 받아 들었다.

"드시면 안 됩니다."

가오슌이 차분한 표정으로 마오마오를 바라보며 말했다.

"안 먹을 거예요."

'은은 부식이 심하니까.'

산화되면 맛이 없다.

먹지 않는 이유가 다른 곳에 있다는 사실을 가오슌은 모를 것이다. 하지만 가오슌은 의심스럽다는 표정으로 이쪽을 쳐다보고 있었다.

마오마오는 그릇을 직접 만지지 않도록 조심하며 눈을 가늘게 뜨고 빤히 내려다보았다.

그릇의 내용물이 아니라 그릇 그 자체를.

"뭔가 알아내신 게 있습니까?"

가오슌이 함께 내려다보았다.

"이걸 맨손으로 만진 적이 있나요?"

"아뇨. 독인지 아닌지 내용물을 숟가락으로 떠 보기만 했을 뿐입니다."

독을 직접 건드리는 게 싫었는지, 손으로 건드리지 않고 천으로 쌌다고 했다.

그 말을 들은 마오마오는 즐거운 듯 입술을 뒤틀며 웃었다.

"그렇군요. 잠시만 기다려 주십시오."

마오마오는 거실을 나서서 부엌으로 향했다. 그리고 그 안에서 부스럭부스럭 무언가를 꺼냈다.

다음으로는 방금 전까지 자신이 잠들어 있던 침실로 가서, 고개를 숙이고 고급 요의 꿰맨 자국을 풀어 속에 채운 것을 꺼낸 뒤 다시 거실로 돌아왔다.

마오마오가 가져온 것은 하얀 가루와 부드러워 보이는 솜이었다.

마오마오는 솜을 뭉쳐 가루를 묻힌 뒤 그것으로 은그릇을 톡톡 두드렸다.

가오순이 고개를 갸웃거리며 그릇을 쳐다보았다.

"이게 뭐죠?"

은그릇에 가루 자국이 남았다.

"사람 손이 닿은 흔적입니다."

손가락 끝에서는 기름이 나오기 쉽기 때문에 금속을 만지면 흔적이 남기 마련이다. 부식되기 쉬운 은식기라면 더더욱 그렇다.

옛날에 아버지가 마오마오의 장난을 방지하기 위해 건드리면 안 되는 접시에 염료를 묻혀 놓은 일이 있었다.

그것을 참고하여, 생각나는 대로 해 봤더니 뜻밖에도 일이 잘 풀렸다. 가루 입자가 더 고왔다면 더 또렷하게 보였으리라.

"은식기는 사용 전에 반드시 천으로 깨끗이 닦습니다. 얼룩이 있으면 의미가 없으니까요."

식기에는 손가락 자국이 몇 개 묻어 있었다.

손가락의 크기와 위치를 통해 어떻게 들고 왔는지를 추측할 수 있을 듯했다.

'아무리 그래도 모양까지는 읽어 내기 어렵겠지만.'

"그릇을 만진 사람은….'

마오마오는 말하다 말고 움찔했다.

그것을 놓칠 가오슌이 아니었다.

"왜 그러시죠?"

"아뇨…."

가오슌에게 어설프게 뭔가를 숨기려 해 봤자 소용이 없다. 어제 열심히 시치미를 뗐던 게 다 수포로 돌아가겠지만 어쩔 수 없는 일이다. 마오마오는 작게 한숨을 내쉬었다.

"아마 총 네 명이 이 접시를 만졌을 겁니다."

마오마오는 손가락 끝이 닿지 않도록 조심하며 하얀 무늬를 가리켰다.

"은접시를 천으로 닦은 사람은 손가락이 닿지 않았을 테니 탕을 떠서 담은 사람, 상을 차린 사람, 그리고 덕비님의 독 시식 담당과 또 한 명의 누군가. 그들의 손가락 흔적으로 여겨집니다."

가오슌이 날카로운 얼굴을 들고 마오마오를 쳐다보았다.

"독 시식 담당이 왜죠?"

웬만하면 조용히 끝내고 싶다.

하지만 그것은 이 과묵한 사내의 재량에 달렸다.

"별것 아닙니다. 독 시식 담당이 일부러 바꿔치기를 한 거죠."

덕비가 먹지 못하는 음식이 무엇인지 아는 상태에서 일부러 음식을 바꿔치기했다. 명확한 악의를 갖고.

마오마오는 접시를 내려놓았다.

얼굴에는 쓴웃음이 떠올라 있었다.

"괴롭히려고요."

"괴롭히려고요…?"

가오슌은 믿을 수 없다는 표정을 지었다.

그도 그럴 것이, 시녀가 상급 비에게 그런 짓을 한다는 건 말도 안 된다. 있을 수 없는 일이다.

"믿지 못하시나 보군요."

가오슌이 이유를 알려 하지 않는다면 마오마오도 굳이 말할 생각은 없었다.

억측으로 무슨 말을 하는 건 썩 좋아하지 않는다.

하지만 시녀가 왜 식기를 만졌는지를 설명하려면 그것을 말할 필요가 있었다.

마오마오는 어설프게 둘러대느니 그냥 솔직하게 자기 의견을 털어놓기로 했다.

"여쭤어 봐도 되겠습니까?"

가오슌이 팔짱을 끼고 마오마오를 쳐다보았다.

"알겠습니다. 이것은 어디까지나 제 억측이라는 사실을 전제로 말씀드리는 점입니다."

"괜찮으니, 말씀해 주십시오."

우선 리슈 비의 특수한 입장에 대해 설명해야 한다.

리슈 비는 어린 나이에 선제의 비가 되었고, 또 얼마 가지 않아 금세 출가하는 신세가 되었다.

여자들은 보통 아내로서 남편에게 헌신해야 한다고 교육받는다. 높은 집안 출신일수록 그 교육은 더욱 두드러진다.

아무리 정략결혼이라고는 하나 리슈 비가 죽은 남편의 아들에게 시집간 일은 그야말로 부덕의 소치라고 여기는 사람들도 많다.

"리슈 비전하의 원유회 의상을 보셨나요?"

자신의 입장을 제대로 알지 못하는, 화려한 진분홍색 옷이었다.

"……."

가오슌이 아무 말도 하지 않는 걸 보니 그 주위에서도 평판이 나빴던 모양이다.

"분위기 파악을 못 하고 있었죠."

하지만 리슈 비의 시녀들은 모두 흰색에 준하는 옷을 입고 있었다.

"원래대로라면 시녀들이 비에게 멀쩡한 옷을 권하거나, 또는 비의 옷에 맞춰서 그에 준하는 옷을 입어야 합니다. 하지만 그것은 마치 리슈 비전하를 광대로 삼은 것으로밖에 보이지 않았습니다."

시녀는 주인을 돋보이게 하는 존재여야 한다. 그것은 홍냥이 다른 시녀들에게 계속 교육했던 내용이었다. 그리고 원유회 때 잉화가 했던 말을 봐도 여실히 알 수 있다. 주인을 돋보이게 하기 위해 수수한 옷을 입어야 한다는 그 말 말이다.

그렇게 생각하면 리슈 비의 의상 때문에 시녀들끼리 말다툼을 하고 있었던 일도 다른 시각에서 볼 수 있었다.

'한심한 리슈 비의 시녀들을 숙비의 시녀들이 야단치고 꾸중하고 있었던 거야.'

어린 리슈 비는 잘 어울린다는 시녀들의 부추김에 넘어가 그 옷을 입었음이 분명하다.

아무런 의심도 없이.

후궁 안은 주위가 온통 적이고 믿을 수 있는 건 자신의 시녀들뿐인데. 그 점을 악용하여 창피를 당하게 했다면.

"그뿐만 아니라 식사를 바꿔치기해서 리슈 비전하를 곤란하게 만들려 했던 거로군요?"

가오슌이 확인하듯 물었다.

"네. 결과적으로는 목숨을 건졌지만요."

독에도 여러 종류가 있다. 강력하지만 시간이 어느 정도 지나야만 효과를 발휘하는 독도 있다.

즉, 바꿔치기가 이루어지지 않았다면 독 시식 담당이 무사하다고 판단되어, 음식은 리슈 비의 입에 들어갔을 것이다.

"음습한 방법이죠."

'억측은 이 정도로만 해 두고….'

마오마오는 다시 그릇을 집어 들고 손가락으로 가리켰다.

"이건 아마 독을 넣은 자의 손가락 자국일 겁니다. 테두리를 잡고 독을 넣었겠죠."

홍냥은 그릇 테두리를 잡으면 안 된다고 가르쳤다. 높으신 분의 입술이 닿을 곳을 손가락으로 더럽혀서는 안 되기 때문이다.

"제 견해는 이상입니다."

가오슌이 턱을 문지르며 은식기를 내려다보았다.

"한 가지 여쭈어 봐도 될까요?"

"뭐죠?"

마오마오는 은그릇을 다시 천으로 싸서 가오슌에게 건넸다.

"왜 그 시녀를 감싸려 했던 겁니까?"

의아한 표정의 마오마오에게 가오슌은 "그냥 흥미 본위의 질문입니다."라고 덧붙였다.

"비에 비하면 시녀 따위는 파리 목숨에 불과하죠."

하물며 독 시식 담당 따위야.

가오슌은 무슨 말인지 이해했다는 듯 가볍게 고개를 끄덕였다.

"진시 님께는 제가 잘 설명드리겠습니다."

"감사합니다."

가오슌이 방을 나가는 것을 지켜본 뒤 마오마오는 의자에 털썩 주저앉았다.

"그러게. 감사 인사를 해야겠네."

'일부러 바꿔 줬으니 말이야.'

역시 그냥 먹어 버릴 걸 그랬나, 하고 생각하면서.

"…이상입니다."

일에서 손을 뗄 수가 없는 진시 대신 비취궁에 갔던 가오슌은 자신이 들은 사실들을 보고했다.

"그랬군."

진시는 머리를 쓸어 올렸다.

책상에는 서류들이 겹겹이 쌓여 있었고 진시의 손에는 도장이 들려 있었다. 휑하니 넓기만 할 뿐 아무것도 없는 집무실에는 자신과 가오슌뿐이다.

"언제 들어도 너는 말을 참 재미있게 잘한단 말이야."

"그렇습니까?"

날카로운 생김새의 종자는 쌀쌀맞게 대꾸했다.

"어떻게 생각해도 내부범인데."

"정황으로 미루어 볼 때 그리 판단됩니다."

가오슌이 미간에 주름을 잡으며 말했다. 쉽게도 말한다.

골치가 아팠다.

생각하는 일을 포기하고 싶었다.

그도 그럴 게 어제부터 한숨도 눈을 붙이지 못했으니 말이다.

옷도 못 갈아입었다.

짜증이 나서 발을 동동 구르고 싶은 기분이었다.

"본모습이 튀어나오려 합니다."

진시의 얼굴에 평소의 달콤한 미소는 흔적도 없었다. 그저 제 나이에 걸맞게 부루퉁한 표정을 짓고 있을 뿐이었다.

가오슌의 눈에는 그것이 뚜렷하게 보이는 모양이었다.

"아무도 없으니까 상관없잖아?"

진시는 눈매 사나운 종자의 눈치를 살피며 물었다.

"제가 있습니다."

"너는 덤이고."

"안 됩니다."

진시는 농담을 하려 했으나 벽창호처럼 성실한 이 남자에게는 통하지 않는다.

226

태어날 때부터 보살핌을 받아 왔으니 어쩔 수가 없다.

"비녀도 그냥 꽂아 놓고 계셨군요."

가오슌이 머리를 가리켰다.

"아, 깜박했네."

평소와는 크게 다른 말투가 튀어나왔다.

"숨겨져 있었으니 알아챈 자는 없을 것입니다."

진시가 깊이 꽂혀 있던 비녀를 뽑자 정교하게 새겨져 있는 입체 세공 하나가 드러났다.

사슴인지 말인지 모를 전설상의 동물 기린이었다. 기린은 성스러운 동물들 중에서도 우두머리라 일컬어지기 때문에, 그것을 몸에 지니고 다니는 자는 그만큼 지위가 높은 존재라는 증거가 된다.

"보관 부탁해."

진시는 비녀를 대충 떠맡겼다.

"조심해서 다뤄 주십시오. 중요한 물건이니까요."

"알아."

"아뇨, 모르십니다."

잔소리를 끝낸 뒤 16년째 자신을 돌봐 주고 있는 부관은 집무실을 나갔다.

진시는 어린애 같은 표정 그대로 책상에 엎어졌다.

일은 아직도 잔뜩 남아 있었다.

빨리 한가한 시간을 만들어야 한다.

"일해야지."

진시는 크게 기지개를 켠 뒤 붓을 집어 들었다.

한가한 사람이 되기 위해서는 일을 끝내야만 한다.

21화 ⁝ 리하쿠

아무래도 지난번 독살 소동은 꽤 큰일이었던 모양이다.

샤오란은 마오마오를 잡아먹을 듯한 기세로 캐물어 댔다.

빨래터 뒤쪽은 하녀들이 수다를 떠는 장소였다. 두 사람은 거기서 나무 상자 위에 앉아 경단처럼 꼬치에 꿰고 설탕을 발라 굳힌 산사나무 열매를 먹었다. 새빨간 산사나무 열매로 만든 과일사탕은 샤오란이 무척이나 좋아하는 간식이었다.

'설마 내가 그 당사자라고는 생각 못 하겠지.'

샤오란이 과일사탕을 한입 가득 베어 물며 다리를 흔드는 모습은 제 나이보다도 훨씬 어려 보였다.

샤오란 또한 팔려 온 몸이긴 하지만, 가난한 농가의 딸이었기 때문에 오히려 지금 생활이 더 마음에 드는 모양이었다. 이 명랑한 수다쟁이 소녀에게는 부모의 손에 팔려 온 일보다는 삼시 세끼 굶지 않는 일이 더 중요한 듯했다.

"마오마오 너희 쪽 시녀 아냐? 독 먹었다는 애."

"그건 그런데."

거짓말은 아니다. 진실을 말하지 않았을 뿐.

"잘은 모르겠지만 다들 도대체 정체가 뭐냐고 수군거리던데. 괜찮긴 한 거야?"

"그런 것 같아."

뭐가 괜찮냐고 묻는 건지 모르겠지만 일단 긍정해 뒀다.

왠지 굉장히 불편한 기분이 들어 마오마오가 계속 모른 척하자 샤오란은 할 수 없다는 듯 입술을 삐죽였다.

샤오란은 열매가 한 알 남은 과일 꼬치를 휘휘 흔들어 댔다. 마치 적혈산호가 꽂힌 옥비녀 같았다.

"그럼 있지, 마오마오도 비녀 받았어?"

"받긴 받았어."

의리로 준 것까지 합쳐서 총 네 개. 교쿠요 비가 준 목걸이도 넣어서.

"그렇구나. 그럼 이제 여기서 나갈 수 있겠네."

샤오란이 해맑게 웃었다.

'응?'

마오마오는 방금 도저히 그냥 들어 넘길 수 없는 말을 들은 기분이었다.

"지금 뭐라고 했어?"

"어? 여기서 나갈 수 있는 거 아냐?"

그러고 보니 잉화가 끈질기게 뭐라고 했던 것 같다.

그것을 그냥 흘려들은 건 자신이었다.

마오마오는 실수했다는 생각에 머리를 부둥켜안았다. 그리고
고개를 절레절레 흔들며 자기혐오에 빠졌다.

"왜 그래?"

마오마오는 의아한 표정을 짓는 샤오란을 돌아보았다.

"그거, 자세히 좀 알려 줘."

드물게도 의욕적으로 묻는 마오마오를 보고 샤오란이 가슴을
폈다.

"응, 알았어."

수다스러운 소녀는 비녀 사용법에 대해 가르쳐 주었다.

○ ● ○

리하쿠가 불려 나온 것은 수련이 끝난 뒤의 일이었다.

리하쿠는 땀을 닦고 날이 무딘 검을 부하에게 건넸다. 수련장
은 온통 땀 냄새와 열기로 가득했다.

나긋나긋한 환관 하나가 리하쿠에게 목간과 여자용 비녀를
건넸다. 분홍색 산호 장식이 달린 그것은 자신이 이전에 시녀들
에게 나눠 주고 다녔던 것들 중 하나가 분명했다.

의리로 주는 거라는 사실을 알고 있을 테니 진심으로 덤비는 사람은 없을 거라고 생각했지만, 어쩐지 그렇지 않은 사람이 있는 모양이었다.

창피당하게 하고 싶진 않지만 진심으로 생각하는 것도 곤란하다.

그래도 미인이라면 아까운 일이다.

리하쿠는 부드럽게 거절할 말을 생각하면서 목간을 보았다.

'비취궁 마오마오'.

목간에는 그렇게 적혀 있었다.

비취궁 궁녀들 중에는 딱 한 사람에게밖에 건네지 않았다.

그 무뚝뚝한 시녀 하나.

거참 이를 어쩌면 좋지, 하고 턱을 문지르며 리하쿠는 옷을 갈아입었다.

후궁 안은 원래 금남의 구역이다.

딱히 중요한 것을 잘라 내 버리지 않은 리하쿠에게는 당연히 금단의 정원이었다. 앞으로 들어갈 일도 없을 테고, 그럴 일이 생겨도 난감할 뿐이다.

그런 무시무시한 공간이지만 특별한 허가가 있으면 안에 있는 궁녀를 불러낼 수 있다.

그 여러 가지 수단들 중 하나가 바로 이 비녀였다.

중앙문 옆의 대기소에 자리를 차지하고 앉은 리하쿠는 불러낸 사람을 기다렸다.

그리 넓지 않은 방 안에는 책상과 의자가 두 사람분 있었고, 양쪽 문 앞에는 환관이 한 명씩 서 있었다.

후궁 측 문에서 비쩍 마르고 몸집이 작은 궁녀 하나가 모습을 드러냈다.

콧잔등 주위에 주근깨가 뒤덮여 있었다. 아름다운 여성들이 많은 후궁에서는 드물게도 수수한 생김새였다.

"넌 누구지?"

"그런 말 자주 듣습니다."

궁녀는 무뚝뚝한 표정으로 담담하게 대꾸하며 손바닥으로 코 주위를 가렸다. 전에 본 적 있는 얼굴이 나타났다. 자신을 불러낸 사람 본인이었다.

"화장하면 사람이 달라진다는 소리 듣지 않아?"

"그런 말 자주 듣습니다."

소녀는 불쾌한 기색도 없이 리하쿠의 말을 그저 사실로서 받아들였다.

리하쿠는 바로 알 수 있었다. 이 소녀가 바로 그때 그 독 시식 담당 시녀였다는 것을.

하지만 이 주근깨투성이의 얼굴은 도저히 그때 그 요염한 기녀의 미소와 연결시킬 수가 없었다.

정말이지 신기한 일이다.

"그나저나 나를 불러내다니, 이게 무슨 뜻인지 알고 한 일인가?"

리하쿠는 팔짱을 끼고 다리도 꼬았다.

덩치 큰 무관이 위압적으로 앉아 있는데도 몸집 작은 소녀는 끄떡도 하지 않고 대꾸했다.

"집에 돌아가고 싶어서요."

아무런 감정도 깃들어 있지 않은 말투였다.

리하쿠는 머리를 벅벅 긁었다.

"그래서 나한테 도와 달라고?"

"네. 신분 보증을 받으면 일시적 귀가도 가능하다고 들었습니다."

말도 안 되는 소리를 늘어놓는 소녀였다.

진정한 의미를 알고 있긴 한 건지 묻고 싶어질 정도였다.

아무래도 이 마오마오라는 소녀는 자신을 귀가 도구로 이용할 모양이었다. 무관을 붙잡고 할 짓은 아니다.

대담하다고 해야 할까, 목숨 아까운 줄 모른다고 해야 할까.

리하쿠는 턱을 괴고 코웃음을 쳤다.

누가 자신을 보고 태도가 불량하다 한들 고칠 생각은 없다.

"그러니까 나보고 지금 아가씨한테 이용당해 달라 이 말인가?"

리하쿠는 호인 같은 생김새이긴 하지만, 노려보면 제법 사나운 얼굴이 된다.

게으름피우는 부하를 야단치면 상관없는 사람까지 사죄를 할 정도다.

그런데도 마오마오는 눈썹 하나 까딱하지 않았다. 아무런 감정도 없이 그저 자신을 바라보기만 할 뿐이다.

"아뇨, 그에 상응하는 보답은 충분히 해 드릴 수 있습니다."

마오마오는 책상 위에 여러 개의 목간을 올려놓았다.

초대장 같았다.

"메이메이梅梅, 바이링白鈴, 죠카女華."

여자 이름이었다. 리하쿠도 들은 기억이 있었다. 아니, 리하쿠 외의 다른 많은 남자들도 알고 있는 이름일 것이다.

"녹청관으로 꽃구경을 다녀오시는 건 어떨지요."

녹청관이란 하룻밤에 1년 벌 은을 다 써 버린다는 고급 기루의 이름이다. 방금 전의 그 이름들은 녹청관의 세 아가씨들이라 불리는 가장 유명한 기녀들이었다.

"걱정이 되신다면, 이것을 보여 주면 바로 알 겁니다."

소녀는 입술을 살짝 비틀며 웃었다.

"농담이지?"

"확인해 보시지요."

도무지 믿을 수 없는 일이었다.

고작 시녀 따위가 고급 관료도 쉽게 손을 대지 못하는 기루에 연줄이 있다니.

도대체 어떻게 된 일일까.

리하쿠가 영문을 모르겠다며 머리를 벅벅 긁자 소녀는 문득 한숨을 내쉬며 일어섰다.

"왜 그러지?"

"믿지 못하시는 것 같아서요. 공연히 폐를 끼쳤군요."

마오마오는 문득 가슴팍에서 무언가를 꺼냈다. 홍수정과 은으로 된 두 개의 비녀였다. 달리 부탁할 곳이 있다는 뜻일까.

"죄송했습니다. 저는 그럼 다른 곳을 알아보겠습니다."

"아니, 잠깐만."

리하쿠는 마오마오가 가져가려 하는 목간을 손으로 막았다.

표정 없는 마오마오의 눈이 리하쿠를 쳐다보고 있었다.

"어떻게 하시겠습니까?"

상대를 압도하는 날카로운 눈빛. 소녀는 그것을 가지고 있었다.

리하쿠는 자신이 졌다는 사실을 깨달았다.

○ ● ○

"잘된 일 아닌가요, 교쿠요 님?"

홍냥은 문 틈새로 마오마오를 보고 있었다. 마오마오는 평소보다 혈색도 좋고, 굉장히 활기차게 짐을 싸는 중이었다.

그런데도 불구하고 본인은 평소와 다를 바 없는 모습이라고 생각하고 있는 모양이니 신기한 일이다.

"뭐, 고작 사흘뿐이니까."

"그건 그렇지만요."

홍냥은 자신을 붙잡고 일어서려 하는 공주를 안아 올렸다.

"아마 절대 모를 거예요."

"그래. 절대 모를 거야."

다른 시녀들도 마오마오에게 '축하한다'고 말하고 있지만 본인은 모르는 모양이다. 선물을 사 오겠다며 태평한 대답을 하고 있었다.

교쿠요 비는 창가에 서서 밖을 내다보았다.

"정말. 불쌍한 건 그 아이인데 말이야."

교쿠요 비는 한숨을 내쉬었지만, 거기에는 장난스러운 미소가 떠올라 있었다. 교쿠요 비가 "참 재미있네." 하고 혼잣말을 하는 것을 홍냥은 결코 놓치지 않았다.

또 한바탕 난리가 벌어질 것 같아 두려웠다.

일을 깨끗이 정리하고 나서 한가한 사람이 된 진시가 비취궁을 방문한 것은 마오마오가 출발한 다음 날의 일이었다.

2 2 화 ⦂ 고향 방문

그토록 가고 싶다 가고 싶다 노래를 불렀던 유곽은 사실 그렇게까지 먼 곳은 아니다.

후궁 하나만 가지고도 충분히 마을 하나를 꾸릴 수 있는 크기이긴 하지만, 왕도는 그 전체를 감싸고 있다.

유곽은 궁정 반대편에 있으며 높은 담장과 깊은 해자를 건너면 걸어서도 갈 수 있는 거리다.

'마차로 가는 건 너무 사치인데.'

옆에 앉은 거한 리하쿠는 말고삐를 쥔 채 콧노래를 부르고 있었다.

녹청관에 목간을 건네주고 이야기가 사실이라는 것을 알았기 때문이었다. 그토록 보고 싶던 기녀를 만날 수 있게 되었으니 신이 나는 것도 당연할 것이다.

기녀는 기녀라도 그 안에는 다양한 종류가 있다.

몸을 파는 자가 있는가 하면 기예를 파는 자도 있다.

유명하고 인기가 많은 기녀일수록 손님을 많이 받지 않는다. 그래야 희소가치가 올라가기 때문이다.

차 한 잔을 같이 마시려 해도 엄청난 양의 은을 지불해야 한다. 하룻밤을 함께 보내려면 더 말할 필요도 없다.

그렇게 떠받들려지는 존재는 그야말로 일종의 우상이라 할 수 있고, 시정 사람들도 은근히 흠모하곤 했다.

마을 처녀들 중에서도 그런 기녀들을 동경하다 못해 유곽의 문을 두드리는 자도 있다. 그런 유명한 기녀가 될 수 있는 건 고작 한 줌밖에 안 되는데 말이다.

녹청관은 왕도의 유곽 중에서도 제법 오래된 축에 들어가며, 중급에서 최상급에 걸친 기녀들을 취급하고 있다.

그 최상급 중에 마오마오가 언니라고 부르며 따르는 자들이 있었다.

덜컹덜컹 흔들리는 마차 속에서 마오마오는 그리운 풍경을 내다보았다.

그토록 먹고 싶었던 꼬치구이를 파는 가게에서 맛있는 냄새가 풍겨 온 거리를 가득 채우고 있었다.

수로를 따라 난 버드나무가 바람에 흔들리고 땔감 장수들이 소리 높여 외치는 목소리가 들려왔다.

한 손에 바람개비를 든 아이들이 이리저리 뛰어다니고 있었다.

호화로운 문 안으로 들어가자 찬란하고 눈부신 세계가 펼쳐
졌다.

아직 대낮이기 때문에 거리에 사람은 별로 없지만, 한가한 유
녀들이 2층 난간에서 손을 흔들고 있었다.

다른 곳보다 유난히 커다란 어느 누각의 대문 앞에 마차가 멈
춰 섰다.

마오마오는 가벼운 발걸음으로 마차에서 내려 입구에 선 노
파에게로 뛰어갔다.

"오랜만이야, 할멈."

곰방대를 물고 있던 비쩍 마른 노파에게 마오마오가 말했다.
먼 옛날 진주 같은 눈물을 흘렸다던 유녀는 이제 눈물도 다 말
라붙은 고목 같은 존재가 되어 있었다. 낙적 이야기도 거절하
고, 기간이 다 끝나도 계속 기루에 남아 지금은 모든 이가 두려
워하는 기녀 관리 할멈이 되어 있으니 시간이란 잔혹한 존재다.

"뭐가 오랜만이냐, 이 멍청한 계집애 같으니."

마오마오의 명치를 충격이 강타했다. 위액이 역류하고 입 안
에 시큼한 맛이 느껴지는 것도 그리운 느낌이라는 생각이 드니
신기한 일이다.

예전에 치사량을 넘는 독을 먹었다가 이걸로 몇 번이나 토해
냈는지 모른다.

기본적으로 사람 좋은 리하쿠는 영문을 모르겠다는 표정으로

마오마오의 등을 쓸어내려 주었다.

이 할멈은 대체 뭐냐고 얼굴에 쓰여 있었다.

마오마오는 발로 흙을 쓸어 와 더러워진 땅바닥을 덮었다.

옆에 있던 리하쿠가 걱정스러운 표정으로 마오마오를 보고 있었다.

"흐응, 이게 그 귀한 손님이란 게냐?"

할멈은 가격을 평가하기라도 하듯 리하쿠를 쳐다보았다.

마차는 가게의 남종에게 맡겼다.

"체격이 좋구먼. 생김새도 남자답게 잘생겼어. 이야기를 듣자 하니 제법 출셋길도 번듯하다지 않나."

"할멈, 그거 본인 앞에서 할 말은 아닌 것 같아."

할멈은 천연덕스러운 표정으로 문 앞을 청소하던 견습 유녀를 불렀다.

"바이링을 불러오너라. 오늘은 그 애가 찻잎을 갈고 있을 게야."

찻잎을 간다는 말은 한가하다는 뜻이다. 손님이 오지 않는 유녀들은 찻잎을 맷돌로 가는 일을 한다는 데서 유래한 말이다.

"바이링…."

리하쿠가 마른침을 꿀꺽 삼켰다. 바이링은 무용이 특기라고 알려져 있는 유명한 기녀다.

리하쿠의 명예를 위해 말해 두자면 그것은 단순히 몸 파는 여

242

자에 대한 정욕이 아니라, 흠모하는 의미에서 우러난 기대였다.

구름 위의 존재 같던 우상을 눈앞에서 만나, 함께 차를 마셨다는 일 자체가 명예가 될 수 있으니 말이다.

'바이링 언니라면, 어쩌면… 잘될지도 모르겠네.'

리하쿠가 바이링의 취향에 맞기만 한다면 충분히 좋은 대접을 받을 수 있을 것이다.

"리하쿠 님."

마오마오는 옆에서 얼이 빠져 있는 거한을 쿡 찔렀다.

"상완이두근에는 자신이 있으신가요?"

"잘 모르겠지만 몸은 열심히 단련했는데."

"그렇군요. 그럼 잘해 보세요."

고개를 갸웃거리는 거한을 여동이 와서 데려갔다.

마오마오로서는 여기까지 자신을 데려와 줬다는 사실을 감사하게 여기고 있었다. 그러니 그에 걸맞은 답례를 하고 싶은 마음이다.

하룻밤의 꿈을 꿀 수 있다면 평생의 추억이 될 것이다.

"마오마오."

시든 나무 같은 목소리의 주인이 무시무시한 미소를 보내고 있었다.

"열 달이나 소식도 없이 사라지다니."

"할 수 없잖아. 후궁에서 일하고 있었단 말이야."

목간으로 서찰을 띄워, 대략적인 설명은 이미 끝내 놓은 후였다.

"웬만한 놈이었으면 한눈에 보고 거절했을 것을 이렇게까지 신경 써 줬는데 말이지."

"알았다니까."

마오마오는 품에서 주머니 하나를 꺼냈다.

지금까지 후궁에서 일해서 받은 급료의 절반이었다. 특별히 가불받아 가지고 왔다.

"이것 가지고는 모자란데."

할멈이 주머니 속을 들여다보며 말했다.

"설마 바이링 언니를 불러 줄 줄은 생각도 못 했거든."

상급 기녀라면 하룻밤 좋은 꿈을 꾸고도 남을 것이다. 리하쿠도 세 아가씨들 중 하나를 직접 만난 것만으로도 충분히 만족했을 텐데 말이다.

"차 한 잔 정도라면 아슬아슬하게 치를 수 있지 않겠어?"

"멍청한 것. 바이링이 그 싸움깨나 하게 생긴 팔뚝을 보고 아무 짓도 안 할 것 같아?"

'그건 그래.'

최상급의 기녀는 몸을 팔지 않는다고 하지만, 그렇다고 사랑까지 안 하는 건 아니다.

뭐, 그런 얘기다.

"그건 불가항력…."

"그럴 리가 있나. 다 계산에 넣어 둘 거야."

"그런 돈을 어떻게 내?"

'나머지를 다 부어도 모자랄 것 같은데, 아무리 생각해도.'

마오마오는 생각에 잠겼다. 할멈은 말도 안 되는 트집을 잡고 있었다. 늘 있는 일이지만.

"무얼. 최악의 경우 몸으로 내면 될 일이지. 궁에서 창기 집으로 옮기는 것뿐이지 큰 차이는 없을 게야. 너같이 흠 많은 물건을 좋아하는 호사가들도 있으니까."

요 몇 년 동안 할멈은 유난히 마오마오에게 기녀가 되기를 권하고 있었다. 평생을 유곽에서 살아온 이 할멈은 기녀라는 것이 그리 불행한 직업이라고 생각하지 않는다.

"궁에서 나오려면 아직 1년 남았는데."

"그럼 귀한 손님들을 잔뜩 물어 와야지. 영감탱이 말고 아까 그놈처럼 오랫동안 적절히 짜낼 수 있는 걸로."

'끄응…. 결국은 쥐어짜이게 되는구나.'

욕심 많은 할멈의 머릿속에는 온통 계산뿐이다.

팔려 가는 일은 이제 지긋지긋했기 때문에 마오마오는 앞으로 희생자들을 적절히 골라서 열심히 보내야 할 모양이었다.

'그런데 환관도 손님이 되려나?'

진시의 얼굴이 떠올랐으나 아무리 생각해도 그건 곤란했다.

기녀들이 전부 진심으로 사랑에 빠지는 바람에 가게가 무너질 게 뻔하기 때문이다.

그렇다고 가오순이나 돌팔이 의사를 보내기엔 좀 미안하다. 할멈의 마수에 빠져 쪽쪽 빨리게 만들고 싶진 않았다.

만남의 장이 없으니 몹시 불편한 일이었다.

"마오마오, 아버지가 집에 계실 테니까 어서 가 보거라."

"응, 알았어."

깊이 생각해 봤자 지금은 해결책도 없다.

마오마오는 녹청관 옆길로 빠져나갔다.

골목 하나를 넘어간 순간 유곽은 금세 썰렁해져 버린다.

바닥을 파서 만든 오두막들이 늘어서고, 깨진 밥그릇에 동전이 차기를 기다리는 걸인들과 매독 자국이 보이는 창기들도 있다.

그중 허름한 오두막 하나가 마오마오의 집이었다.

토방 두 칸밖에 없는 좁은 집에서 멍석 쪼가리 위에 앉아 몸을 웅크리고 막자사발로 무언가를 빻고 있는 사람이 있었다.

얼굴에는 깊은 주름이 있고 전체적으로 둥그런 체형이어서 마치 노파 같은 인상이 드는 남자였다.

"다녀왔어, 아버지."

"그래, 늦었구나."

아버지는 평소와 다름없는 인사를 건넸다. 그리고 마치 아무 일 없었다는 듯 비틀대는 걸음걸이로 차 준비를 했다.

마오마오는 아버지가 낡아빠진 찻잔에 타 준 차를 마셨다. 여러 번 우려 맛이 다 빠진 차도 따스했기에 한숨 돌리기엔 딱 좋았다.

마오마오가 띄엄띄엄 지금까지 있었던 일들을 이야기하자 아버지는 그저 맞장구만 치며 가만히 들었다.

부녀는 약초와 감자로 양을 불린 죽으로 저녁을 먹은 뒤 바로 잠자리에 들었다. 목욕은 내일 녹청관에 가서 할 생각이었다.

마오마오는 토방에 거적만 덜렁 깐, 간소한 잠자리에 몸을 웅크리고 누웠다.

아버지는 마오마오의 몸에 옷을 여러 겹 겹쳐서 덮어 준 뒤 아궁이의 불을 꺼뜨리지 않도록 조심하며 다시 막자사발로 무언가를 열심히 갈았다.

"후궁이라…. 이것도 무슨 숙명인가 보다."

아버지의 목소리가 잠기운 너머로 사라져 갔다.

약사의 혼잣말

'그러고 보니….'

닭 우는 소리와 함께 눈을 뜬 마오마오는 느릿느릿한 걸음걸이로 오막살이 밖으로 나갔다. 집 뒤쪽에는 작은 닭장과 농기구, 그리고 나무 상자 등이 놓여 있었다. 쟁기가 없는 걸 보니 아버지는 이미 밭에 나간 모양이었다. 유곽을 나가면 바로 숲 옆에 아버지가 일궈 놓은 밭이 있다.

'다리도 불편하면서.'

어느덧 나이도 꽤 들었으니 이제 밭일은 그만했으면 좋겠지만, 아버지는 통 그만두려 하질 않는다. 자신의 손으로 튼튼하게 키운 약초를 써서 약을 만드는 일을 좋아하기 때문이다. 그렇기에 이 집 주위에도 기묘한 풀들이 잔뜩 돋아 있었다.

마오마오는 약초를 조금 뜯어 얼마나 자랐는지 확인하고 나서 얌전히 놓여 있는 나무 상자를 내려다보았다. 붓글씨로 '건드리지 마'라고 주의 사항이 적혀 있는 그것을 보니 저도 모르게 마른침이 꿀꺽 넘어갔다.

심장이 쿵쿵 뛰는 것을 느끼며 마오마오는 슬며시 뚜껑을 열고 안을 확인해 보았다. 마오마오의 기억이 옳다면 틀림없이 술을 담그는 재료가 들어 있을 것이다. 아주 기운이 좋았기에 붙잡느라 꽤 고생했던 것을 기억하고 있다.

"……."

그리고 마오마오는 아무것도 못 본 걸로 하기로 했다. '건드리지 마'라는 주의 사항 그대로 아무도 건드리지 않았던 모양이다.

뭐든 긍정적으로 생각해 보자. 어차피 한 마리밖에 없었다. 그래서 다행인 것 아닌가. 여러 마리를 넣어 뒀다가는 서로 잡아먹은 끝에 고독蠱毒이 되었을지도 모른다.

'아니, 그것도 의외로 꽤….'

그런 생각을 하고 있는데 요란하게 문을 두들기는 소리가 났다. 마오마오는 머리를 벅벅 긁으며 출입문 밖으로 나가 보았다.

"그러다 부서져."

잘 여닫히지 않는 문을 두들겨 대던 여동은 다급한 표정을 짓고 있었다. 녹청관의 하녀가 아니었다. 가끔 마오마오네 약방에 약을 사러 오는 다른 창관 아이다.

"무슨 일이야? 아버지는 밖에 나가고 없는데."

마오마오가 하품을 하며 말하자 여동은 마오마오의 손을 잡고 이쪽으로 오라며 끌어당겼다.

　끌려간 곳은 녹청관에서 조금 거리가 있는 어느 중견 창관이었다. 규모는 그리 크지 않지만 물건의 품질도 썩 나쁘진 않다. 마오마오는 이곳의 기녀들 중 몇 명에게는 괜찮은 후원자가 붙어 있었다는 사실을 기억하고 있었다.

　그런데 그 창관의 여동 아이는 도대체 마오마오에게 무엇을 보여 주려는 것일까.

　마오마오는 까치집이 된 머리를 하나로 묶고 구겨진 옷매무새를 고쳤다. 잠옷으로 갈아입지도 못하고 그냥 잠들었던 게 잘한 건지 잘못한 건지 모르겠다. 나중에 녹청관 목욕탕에 가서 씻으려고 했는데.

　"언니, 약사 데려왔어!"

　아이는 마오마오를 끌고 창관 뒷문으로 들어가 어느 방으로 향했다. 거기에는 화장을 하지 않은, 나른한 표정의 여자들이 불안한 듯 무언가를 둘러싸고 있었다. 그 안을 들여다보니 남녀 한 쌍이 요 위에 누운 채 입에서 침을 질질 흘리고 있었다. 이불 위에 무언가를 토한 흔적도 있었다.

　가까이에 담뱃대가 떨어져 있고, 담뱃잎도 흩어져 있었다. 그 외에도 보릿짚 몇 개가 굴러다니고, 깨진 유리잔도 보였다. 내용물이 흘러넘쳐서 요에 얼룩이 져 있었다. 독특한 냄새가 주위를 가득 메웠다. 술병 두 개가 자빠져서 술이 넘쳤다. 서로 다른 두 가지 색깔의 얼룩이 이불에 기묘한 그림 같은 자국을 남기고 있었다.

마오마오는 그 모습을 보자마자 잠에 취했던 머리가 갑자기 확 맑아지는 것을 느꼈다. 그리고 남자와 여자 모두의 눈꺼풀을 올려 본 뒤 맥을 짚고 입 안으로 손가락을 집어넣었다. 이미 누군가가 처치를 한 듯 기녀 중 한 명의 손가락이 토사물로 얼룩져 있었다.

마오마오는 숨을 쉬지 않는 남자의 명치를 꽉 눌러 배 속에 든 것을 토하게 했다. 입에서 침이 주르륵 흐름과 동시에 마오마오는 옷잇을 끌어당겨 그 입 안을 닦았다. 그리고 이번에는 자세를 바꿔, 남자의 입에 숨을 불어 넣었다.

그 모습을 본 기녀 하나가 마오마오의 흉내를 내어 쓰러진 여자의 명치를 꾹 눌렀다. 여자는 남자와 다르게 아직 숨이 붙어 있었으므로 금세 위에 든 것을 토했다. 그러자 기녀가 물을 먹이려 했으나,

"물은 안 돼! 숯, 숯을 가져와!"

마오마오가 고함을 지르는 통에 기녀는 깜짝 놀라 물 잔을 엎지르고는 재빨리 복도로 뛰쳐나갔다.

토하게 하고, 숨을 불어 넣고, 가슴을 꾹꾹 누르기를 몇 번이나 거듭했을까. 이윽고 입 안에서 위액이 쿨럭 솟구침과 동시에

남자에게 겨우 숨이 돌아왔다.

마오마오는 잔뜩 지친 채 기녀들이 내준 물로 입을 헹군 뒤 창밖으로 퉤 뱉었다.

'아침부터 이게 무슨 일이람.'

아침밥도 못 먹은 마오마오는 집에 가서 한숨 더 자고 싶은 것을 꾹 참고 고개를 흔든 뒤 하녀를 불렀다.

"우리 아버지 좀 데려와 줘. 아마 남쪽 외벽 옆에 있는 밭에 있을 텐데, 이걸 갖다주면 금방 알 거야."

마오마오는 목간을 받아다가 거기에 시원시원하게 글자를 써서 소녀에게 건넸다. 소녀는 복잡한 표정을 지으면서 그것을 받아 들고 밖으로 나갔다.

마오마오는 다시 물을 입에 머금고 꿀꺽 삼킨 뒤, 기녀들이 갖다준 숯을 작게 부수기 시작했다.

'참 귀찮은 일을 저질렀네.'

마오마오는 떨어진 담뱃잎을 노려보며 큰 한숨을 내쉬었다.

그로부터 반 시간 후, 여동에게 이끌려 다리가 불편한 노인이 창관에 도착했다. 시간이 상당히 오래 걸렸다고 생각하면서 마오마오는 꼼꼼하게 부순 숯을 아버지에게 보였다. 아버지는 말린 약초 여러 가지를 꺼내 그것을 숯가루와 섞어 남녀에게 먹였다.

"처치는 그럭저럭 했구나."

아버지는 그렇게 말하며 바닥에 떨어져 있던 보릿짚을 주워 들고 그 끝을 자세히 관찰했다.

"그냥 그럭저럭이야?"

마오마오는 만만찮은 아버지가 일하는 모습을 지켜보았다. 아버지는 바닥에 떨어진 유리 조각과 담뱃잎을 주워 들고, 맨 처음 토해 낸 토사물을 관찰했다.

'……'

마오마오가 주위를 관찰하는 습관이 있는 건 아버지의 이 습관이 옮았기 때문이라고 봐도 좋다. 약방에서의 스승이기도 한 양아버지는 하나의 정보에서 두세 가지 사실을 알아낼 수 있는 인간이다.

"이게 무슨 독이라고 생각했지?"

아버지의 그 말투에는 마오마오를 공부시키려 하는 의도가 담겨 있었다.

마오마오는 떨어진 담뱃잎을 주워서 아버지에게 보였다. 아버지가 정답이라는 듯 웃음을 짓자, 얼굴에 새겨진 주름이 한층 더 깊어졌다.

"물을 먹이지 않았나 보구나?"

"먹이면 역효과잖아."

마오마오의 말에 아버지는 고개를 끄덕이는 것 같기도 하고 가로젓는 것 같기도 한, 애매한 고갯짓을 했다.

"상황에 따라 다르지. 위액이 독의 흡수를 억제하는 경우도 있으니까. 그럴 경우에는 물을 먹이면 역효과가 나거든. 하지만 처음부터 물에 녹여서 먹이는 독도 있으니까 그럴 때는 물을 먹여서 희석시키는 게 좋을 때도 있단다."

아버지는 마치 어린아이를 가르치는 듯 하나하나 알려 주었다. 마오마오가 스스로를 아직 약사로서 한 사람 몫을 할 정도가 아니라고 생각하는 건 아버지가 있기 때문이다. 돌팔이 의관이 겉보기보다 훨씬 더 돌팔이로 보이는 것도 마오마오가 아버지라는 존재를 쭉 지켜봤기 때문인지도 모른다.

마오마오는 토사물 속에 담뱃잎이 섞여 있지 않은 것을 보고 아버지가 말하는 방법이 옳을 수도 있겠다고 생각했다. 알아차리지 못할 것도 없었는데 자신은 그것을 그만 못 보고 지나치고 말았다. 아직 머리가 잠에서 덜 깬 모양이다.

마오마오가 그런 방법도 있다는 사실을 머릿속에 잘 넣어 두고 있는데 여동이 "이쪽으로 오세요." 하고 마오마오의 옷자락을 잡아끌었다. 어째서인지 아이의 표정이 다소 뾰로통해 보이는데 기분 탓일까.

마오마오는 시키는 대로 차가 준비되어 있는 방으로 이동했다.

"아침부터 미안하게 됐구먼."

이미 오랜 옛날 현역에서 은퇴했을 것으로 보이는 여자가 킨토키金時*를 자르면서 말했다. 이 창관을 관리하는 할멈은 구두쇠 같은 녹청관 할멈과 다르게, 손님용 다과를 약사에게까지 나눠 주는 걸 보니 상당히 인심이 후한 모양이었다.

"일이니까요."

돈을 받을 수만 있다면 마오마오는 그걸로 족하다. 옆에 앉아 있는 태평한 아버지는 그 사실을 금세 잊어버리기 때문에 마오마오가 야무지게 기억해야 한다.

여자는 눈을 가늘게 뜬 채 옆방을 보았다. 그곳에는 기녀가, 그리고 거기서 조금 떨어진 방에는 손님인 남자가 잠들어 있다. 여자의 표정은 상당히 어두웠다.

'동반 자살인가?'

유곽에서는 드문 일도 아니다. 기녀를 기적에서 빼낼 능력이 되지 못하는 남자와 기녀 기간이 아직 한참이나 남은 여자가 만나면 결국 그런 생각만 하기 마련이다. 다음 생에 다시 만나자며 달콤한 말을 나누곤 하지만, 그런 게 있으리라는 보장도 없다.

마오마오는 여자가 내민 킨토키를 깨물며 생각했다. 차는 미

※킨토키 : 고구마나 팥으로 만든 양갱.

지근하고, 옆에는 보릿짚이 놓여 있었다.

'그러고 보니 방에도 이게 떨어져 있었는데.'

보릿짚은 속이 뻥 뚫려 있다. 이걸 빨대 대신으로 사용해서 차를 마시라는 뜻인 모양이었다. 이 창관에서는 잔에 입술연지가 묻는 것을 싫어하여, 보릿짚으로 차를 마시는 습관이 있다고 했다.

그나저나 남녀 사이란 정말이지 번거롭기 그지없다.

남자의 차림새는 상당히 고급스러웠다. 난봉꾼 같아 보이지만 고가의 솜을 넉넉히 쓴 안감이 들어가 있는 옷을 입고 있었다. 생김새도 곱상하니 물정 모르는 처녀라면 홀랑 넘어가 버릴 게 뻔했다.

편견을 가지고 생각하지 말라고 아버지는 늘 야단을 치지만, 이 남자가 앞날이 없는 기녀와의 미래에 상심하여 함께 음독자살을 할 부류의 인간으로는 보이지 않았다.

'죽을 지경까지 내몰려 있는 것 같지도 않은데.'

한 번 궁금해지면 끝까지 조사하지 않고는 견디지 못하는 게 마오마오의 성격이다.

마오마오는 아버지가 여자에게서 돈을 받아 드는 모습을 확인한 뒤 "용태 좀 보고 올게." 하고 방을 나섰다.

기녀와 달리 남자의 상태는 위중했다. 위아래로 뻥 뚫린 공간

건너편에 있는 남자의 방으로 향하자 방문이 살짝 열려 있었다. 그 틈새로 묘한 것이 보였다.

단도를 치켜든 여동의 모습이었다. 아까 불쾌한 표정을 지었 던 그 소녀였다.

"뭐 하는 거야?!"

마오마오는 방에 뛰어들어 소녀에게서 단도를 빼앗았다.

"방해하지 마! 이딴 자식은 죽는 게 나아!"

소녀는 단도를 돌려 달라며 마오마오에게 덤벼들었다. 마오 마오는 몸집이 작기 때문에 아무리 어린애라도 필사적으로 덤 벼들면 힘으로 밀릴지도 모른다. 할 수 없이 마오마오는 머리 로 박치기를 하고, 상대가 움츠러들자 세차게 따귀를 때렸다. 소녀는 튕겨 나간 반동으로 바닥에 쓰러져서는 콧물을 줄줄 흘 리며 엉엉 울었다.

거참 귀찮아 죽겠네, 하고 생각하고 있는데 난리가 난 것을 알아차린 다른 기녀가 방으로 들어왔다.

"너, 너희 대체 뭐 하는 거야?!"

기녀는 순간적으로 무슨 일이 일어났는지 알아차린 모양이었 다. 마오마오는 어어 하는 사이에 다른 방으로 끌려가고 말았다.

이 동반 자살 소동을 일으킨 남자는 원래 문제가 많은 손님이 었다. 곱상한 얼굴을 가진 거상의 셋째 아들로, 달콤한 말로 기녀를 꼬드기며 낙적 이야기를 어렴풋이 내비치다가는 질리면 버리기를 반복했다고 한다. 그리고 버림받은 기녀 중에는 세상을 비관하며 자살한 이도 있었다는 모양이었다. 원한을 산 일이 한두 번이 아니기에 길바닥에서 분노한 여자의 칼에 찔릴 뻔하거나 독살을 당할 뻔한 적도 있었다고 했다. 부친은 사랑하는 첩이 낳은 아들이었기에 셋째를 몹시 아꼈고, 툭하면 돈으로 문제를 해결하려 하니 점점 기고만장해질 뿐이었다. 최근 들어서는 아버지에게 부탁하여 창관에 오는 길까지 호위를 붙이기도 했다.

"이 아이의 언니가 다른 가게에서 일하고 있었거든."

사정을 아는 기녀가 엉엉 우는 소녀의 머리를 쓰다듬으며 말해 주었다. 버림받은 기녀는 동생인 소녀에게 낙적이 결정되었다며 기뻐하는 편지를 보냈다고 했다. 그런 가운데 언니가 자살했다는 소식을 들은 아이는 도대체 어떤 기분이었을까.

"이번에 같이 독을 먹은 애도 얘를 굉장히 예뻐했었어."

기녀는 미안한 표정으로 마오마오의 눈치를 보며 말했다.

'그냥 눈감아 주라는 소린가?'

이렇게 신변 이야기를 쭉 하는 걸 보니 마오마오의 동정을 사서 입을 막으려는 꿍꿍이인 모양이다. 다행히 아버지가 있는 방까지 난리가 났다는 사실이 전해지지는 않은 듯했으니, 마오마오만 입을 다물면 소녀는 처벌을 받진 않을 것이다.

'귀찮아 죽겠네.'

그런 손님 따위는 출입 금지를 시켜 버리면 되는 것 아닌가 생각했지만, 오히려 남자를 끌어들인 게 기녀 쪽이라고 했다. 그런 끝에 심지어 동반 자살 소동까지 일으켰다니, 창관 입장에서는 대단히 골치 아픈 이야기인 셈이다. 이상하게 창관 측에서 유별나게 마오마오 부녀에게 감사하는 눈치다 했더니 아무리 눈엣가시 같은 손님이라고는 해도 거상의 아들이 자기네 가게에서 죽는 일을 면할 수 있게 되어서 그런 모양이었다.

그리고 반대로 이 소녀는 그 일을 부조리하다고 느꼈던가 보다.

'어쩐지.'

마오마오는 생각했다. 오늘은 우연히 자신이 집에 돌아와 있었지만, 요 몇 개월 동안 마오마오는 유곽에 없었다. 항상 약방에 약을 사러 오는 이 소녀라면 아버지가 없는 시간대를 잘 알고 있을 것이다. 게다가 보통 그런 상황이 벌어지면 약사가 아니라 의사를 부르러 가기 마련이다.

가게를 비운 약사를 일부러 부르러 온 걸 보니 이 여동은 아직 어리지만 참 무섭다고 마오마오는 생각했다. 아버지를 불러오는 데 시간이 오래 걸린 이유도 그것이었을지도 모른다. 그만큼 그 손님이 미웠던 모양이다.

마오마오는 "알겠습니다." 하고 짧게 대답하고는 아버지가 있는 방으로 돌아갔다.

"네가 모처럼 돌아왔는데 이게 무슨 일이니."

아버지는 태평하게 말했다.

결국 아침부터 시간을 꽤나 날리고 말았다. 마오마오는 아버지와 함께 둘이 살던 초라한 오두막으로 돌아왔다.

마오마오는 아버지에게서 돈주머니를 빼앗아 내용물을 확인해 보고는 다시 아버지에게 돌려주었다. 예상대로 입막음 값까지 합쳐 상당한 액수의 돈이 들어 있었다. 손님의 용태는 안정되었지만 아무리 그래도 앞으로는 출입 금지가 될 것이다. 그 창관뿐만 아니라 유곽 전체에 말이다. 유곽 내의 정보망은 아주 탄탄하다.

마오마오는 삐걱거리는 의자에 앉아 다리를 아무렇게나 뻗었다. 결국 목욕은 하지도 못했다. 땀이 많이 나는 계절이 아닌 게 다행이긴 했지만 여기저기 뛰어다니는 바람에 온몸이 땀범벅이 되어 끈적끈적하고 불쾌했다.

불쾌한 건 동반 자살 사건 역시 마찬가지다. 자꾸만 뭔가가 마음에 걸린다. 아직 어린 견습 소녀에게까지 미움받은 남자. 사람들의 이야기로 미루어 볼 때 상당히 뻔뻔한 성격이었던 것으로 보이는데, 설마 그런 남자가 고작 연애 소동 때문에 기녀와 동반 자살을 할 생각을 할까?

'그렇다면 기녀가 독을 먹었나?'

동반 자살이 아니라 그것을 가장한 살인일 수도 있다는 생각이 들었지만, 마오마오는 금세 그 생각을 부정했다. 독살을 당할 뻔한 경험이 있는 그 남자가, 기녀가 내준 음식을 그리 쉽게 집어 먹었을 리가 없다.

아버지는 약연*으로 약초를 빻으며, 팔짱을 끼고 끙끙 고민하는 마오마오를 바라보고 있었다.

"…억측만 가지고 함부로 말해서는 안 된다."

아버지가 나지막이 말했다.

그런 말을 하는 걸 보니 아버지는 이미 사건의 진상을 꿰뚫고 있는 모양이었다. 마오마오는 분한 표정으로 아버지를 쳐다보다가 탁자 위로 상체를 엎드렸다.

마오마오는 현장에 무엇이 있었는지 하나하나 떠올려 보려 했다. 뭔가 놓친 것은 없는지 기억을 되살렸다.

쓰러진 남녀, 흩어진 담뱃잎, 유리잔….

그러고 보니 그 자리에 유리잔은 하나밖에 없었다. 마오마오가 잘못 본 게 아니라면 그랬을 것이다. 그리고 근처에 떨어져 있었던 보릿짚. 종류가 다른 두 가지 술.

"……."

마오마오는 부스스 자리에서 일어나 물동이 앞에 섰다. 그리

※약연 : 둥근 바퀴 모양을 양손으로 잡고 굴려 약재를 가루로 만드는 기구.

고 국자로 물을 떴다가 다시 물동이에 부었다.

아버지는 마오마오가 그 동작을 반복하는 모습을 보고 한숨을 내쉬더니 다 **빻은** 가루를 그릇에 채웠다. 그리고 일어나서 다리를 질질 끌며 마오마오 앞으로 다가왔다.

"이미 다 끝난 일이야."

아버지는 마오마오의 머리를 쓰다듬었다.

"나도 알아."

마오마오는 국자를 물동이 속에 도로 집어넣고 초라한 오두막을 나섰다.

'동반 자살이 아니라 살인이야.'

심지어 살인을 시도한 건 기녀일 거라고 마오마오는 생각했다.

세 치 혀를 놀려 여러 여자들을 가지고 놀다가 버리곤 하던 거상의 아들. 그 남자와 현재 정을 통하고 있는 기녀.

사람들은 이번 일 또한 방탕한 아들이 기녀를 낙적시켜 주려다가 벌어진 일이라고 생각할 것이다. 마오마오의 의견과 다르게 많은 사람들은 연애로 사람의 생각이 바뀔 수 있다고 여기는 모양이었다. 그런 소문을 퍼뜨리다 보면 언젠가는 진실로 받아들여지게 된다.

그렇다면 대체 그 신중한 남자에게 어떻게 독을 먹였을까.

간단한 일이다. 자기가 먼저 먹는 모습을 보이면 된다.

마오마오가 평소 하는 것처럼 우선 기녀가 먼저 술을 마신다. 남자는 기녀가 마시고도 별일 없는 모습을 확인한 뒤 같은 것을 마신다. 잔이 하나뿐이었던 것은 그 때문이었으리라.

하지만 그러면 기녀가 먼저 쓰러지는 바람에 남자가 술을 마시지 않을 가능성이 있다. 마오마오가 원유회 때 먹었던 것처럼 효과가 늦게 나타나는 종류의 독이었을까? 이번 독은 아마도 담배였을 것이다. 그것은 입에 넣으면 강렬한 자극이 느껴지므로 금방 뱉어 내기 마련이다.

기녀가 뛰어난 배우여서 들키지 않고 독을 먹일 수 있다면 가장 좋겠지만, 실제로는 도구를 사용했을 것이다.

기녀는 보릿짚을 빨대 삼아 술을 마셨다. 평소 쓰는 물건이니 딱히 의심을 사진 않았을 것이다. 남자는 의문을 품지 않았다.

보릿짚을 사용하여 어떻게 독을 회피했는고 하니, 술을 이용했을 것이다. 술은 두 종류 있었다. 색이 다른 두 종류의 술과 투명한 유리잔.

물과 기름 정도까지는 아니더라도, 같은 술이라도 내용물이 다르면 농도도 다르다. 무거운 술 위에 가벼운 술을 살살 따르면 두 개의 층이 생긴다. 유리잔에 위아래로 색이 다른 술이 따라져 있으면 보기도 예쁘다. 손님을 즐겁게 해 주기 위한 잔재주로 사용했다면 딱히 의심스러워하지도 않았을 것이다. 기녀는 보릿짚 빨대로 아래쪽 술만을 마셨다. 그리고 남자는 보릿짚을 사용하지 않고 위쪽 술부터 마셨다.

기녀는 남자가 쓰러진 것을 확인하고 나서 스스로 위쪽 술을 마셨다. 죽지 않을 정도로만.

주위에 담배가 흩어져 있었던 것도 술의 냄새를 얼버무리기 위해서, 즉 아무도 자기들이 그것을 먹었다고 생각하지 못하게 만들기 위해서였다. 자신이 죽어 버리면 아무 의미도 없으니, 남자만 죽고 자신은 살아남을 작정으로 새벽녘에 거사를 치렀을 것이다.

그리고 때마침 그것을 발견해 준 사람이 있었다.

마오마오는 방금 전의 창관에 다시 한번 찾아갔다. 건물 뒤쪽으로 돌아가서 쓰러진 기녀가 누워 있던 방 쪽으로 향했다.

거기에는 난간에 팔을 걸치고 나른한 듯 하늘을 올려다보고 있는 기녀의 모습이 있었다. 아까 그 기녀가 눈을 뜬 모양이었다. 기녀는 동요를 흥얼거리며 덧없는 미소를 지었다. 허망한 듯하면서도 만만찮은 배짱이 느껴지는 미소라고 마오마오는 생각했다.

"언니, 뭐 해?"

아까의 그 여동으로 여겨지는 어린 소녀가 난간에 기대어 서 있는 기녀를 보고 큰 소리를 질렀다. 그러고는 안으로 끌고 들어간 뒤 창을 잠갔다.

남자를 죽이려 했던 소녀는 자신이 잘 따르는 언니가 쓰러져 죽을 뻔했는데도 어딘가 모르게 행동이 이상했다. 때를 놓쳐 남자가 죽음을 맞이하도록 일부러 의사가 아니라 약방을 찾아왔고, 아버지를 부르러 가는 데에도 일부러 시간을 지체했다. 그때 언니가 걱정되지는 않았을까. 친한 사람이 또 죽을 거라고는 생각하지 않았던 걸까.

　마치 죽지 않는다는 걸 알면서 행동한 것 같다면, 마오마오의 생각이 너무 지나친 걸까.

　그리고 그 소녀에게 유난히 동정적인 태도를 보이던 기녀와 후하게 보수를 쳐 준 할멈.

　수상쩍게 여기기 시작하면 아무리 의심해도 끝이 없다.

　'억측만으로 말하면 안 돼.'

　마오마오는 닫힌 창에서 천천히 하늘 쪽으로 시선을 돌렸다.

　후궁에 있을 때는 계속 그리워하던 유곽이었지만, 본질은 크게 다를 바 없다. 후궁이나 유곽이나 화원이며 새장이라는 사실은 똑같다. 다들 갇힌 공간 속의 독으로 가득한 공기에 물든 채 살아가고 있다.

　기녀도 주위의 독을 먹고 자기 스스로 달콤한 독으로 변해 버렸다.

　거상의 방탕한 아들이 죽지 않고 살아남았으니 그 기녀는 앞으로 어떻게 될지 모르는 일이다. 아들이 자신을 독살하려 했다고 주장할지도 모른다. 아니면 창관 측에서 선수를 쳐서 상품에 흠집을 냈다며 협박할 수도 있다.

'어느 쪽이든 뭐 상관없어.'

마오마오하고는 관계없는 일이다. 그런 것들을 일일이 다 마음 쓰다가는 이 거리에서 살아갈 수가 없다.

마오마오는 나른한 듯 목 뒤를 긁고서 녹청관으로 향하기로 했다. 아무래도 목욕탕을 좀 빌려야겠다고 생각하며, 터덜터덜 걷기 시작했다.

약사의 혼잣말

2 4 화 : 오해

사흘간의 귀향은 눈 깜짝할 사이 끝났다.

그립던 사람들을 만나니 그냥 이대로 이곳에 있고 싶은 마음이 굴뚝같았지만, 후궁 일을 내팽개칠 수는 없었다. 또 신분 보증인인 리하쿠에게 폐를 끼치게 되니 어쨌든 돌아가야만 했다.

무엇보다 그랬다가는 어떤 가학 취향이 있는 인간을 마오마오의 첫 상대로 보낼까 궁리하고 있는 할멈의 등을 떠밀게 되는 꼴이 된다.

'좋은 꿈을 꾼 모양이네.'

유난히 빤질빤질한 얼굴을 한 바이링 언니, 그리고 눈매가 축 처지고 마치 꿀에 절인 살구처럼 변해 버린 리하쿠를 본 마오마오는 보수를 지나치게 많이 지불했다고 후회했다.

덕분에 다음으로 팔려 갈 곳이 결정되었다.

한차례 천상의 감로를 알아 버린 리하쿠에게 지상의 그것은 이제 결코 입에 맞지 않게 될 것이다. 그 부분은 다소 불쌍하게 느껴졌다. 앞으로 할멈은 죽이지도 살리지도 않으면서 리하쿠를 쥐어짜게 될 것이다.

마오마오가 거기까지 책임질 이유는 없다.

그런 연유로 마오마오는 선물을 들고 비취궁으로 돌아가게 되었으나, 자신을 기다리고 있었던 것은 험악한 분위기를 풍기는 천녀 같은 청년이었다.

보드라운 미소 너머로 고독蠱毒처럼 섬뜩한 분위기가 풍겼다.

이유는 모르겠지만 유난히 이쪽을 날카롭게 노려보고 있다.

성격이야 어찌 됐건 미인은 미인이다 보니 노려보는 얼굴에도 박력이 있었다.

마오마오는 귀찮은 기분에 가능한 한 그쪽과 얽히지 않으려 꾸벅 고개만 숙인 뒤 자기 방으로 물러가려 했다. 그러나 금세 어깨를 움켜잡혔다. 손톱이 살에 파고들 기세였다.

"응접실에서 기다리고 있겠다."

귓가에 꿀 같은 목소리가 들렸다. 꿀은 꿀이지만 투구꽃 꿀이라, 독이 들어 있다.

그 뒤에서는 가오슌이 눈짓으로 포기하라는 뜻을 전했다.

교쿠요 비는 난처한 표정을 지으면서도 눈을 반짝이고 있었다.

어째서인지 마오마오를 책망하는 듯한 표정의 홍냥도 있었다.

세 시녀들은 걱정보다 호기심이 앞서는 모양이었다. 나중에 미주알고주알 캐물을 눈치였다.

'도대체 뭐가 어떻게 된 거람?'

마오마오는 짐을 내려놓고 시녀복으로 갈아입은 뒤 응접실로 향했다.

"무슨 볼일이신지요?"

방에는 진시 하나뿐이었다. 진시는 간소한 관복을 우아하게 차려입고 의자에 앉아 다리를 꼰 채 탁자에 턱을 괴고 앉아 있었다. 어째서인지 평소보다 태도가 불량해 보였다. 기분 탓일 까. 기분 탓이라고 하고 싶다. 기분 탓인 걸로 하자.

청량제가 되어 줄 가오슌도 없었다. 교쿠요 비도 보이지 않는다.

다시 말해 마오마오로서는 가시방석이나 다름없었다.

"고향에 다녀온 모양이더군."

"네."

"어땠지?"

"다들 건강하게 잘 지내고 있었습니다."

"그랬군."

"네."

"……."

"……."

역시 대화가 이어지지 않는다.

"리하쿠라는 남자는 어떤 인간이지?"

"그게, 신원 보증인입니다."

'이름을 어떻게 알고 있는 거지?'

앞으로의 단골손님이다. 소중한 돈줄이며 실로 중요한 인간
이다.

"무슨 뜻인지 알고는 있는 거야? 그 의미를?"

진시가 약간 짜증 섞인 목소리로 물었다. 평소의 달콤한 목소
리는 사라지고 없었다.

"네. 신원이 확실한 고관이어야만 보증을 서 주실 수 있다고
들었습니다."

진시는 어째서인지 몹시 지친 표정을 지었다. 당연한 소리는
하지 말라는 뜻인 걸까.

"비녀를 받았나?"

"여러 개를 나눠 주고 돌아다니시기에 의리로 받았습니다."

리하쿠는 저래 봬도 상당히 인심이 후한 사람이었다. 생김새
는 간소하지만 만듦새가 아주 야무지고 튼튼한 비녀였다. 고급
스러운 물건이니 나중에 돈이 떨어지면 내다 팔 생각이었다.

"즉, 나는 의리로 받은 물건에 졌다는 소리야?"

'응?'

처음 듣는 어린애 같은 볼멘소리에 마오마오는 고개를 갸웃거렸다. 역시 평소와 뭔가 좀 다른 느낌이 들었다.

"내가 준 것도 있을 텐데, 나한테는 그런 말 한마디도 안 했는데?"

진시는 뾰로통한 표정을 짓고 있었다. 천녀의 미소는 어디로 갔는지, 마오마오와 비슷하거나 오히려 더 어려 보이는 얼굴이 거기에 있었다.

마오마오는 표정 하나만으로 이렇게까지 사람이 바뀔 수 있다는 사실에 감탄했다.

보아하니 리하쿠에게는 의지하고 자신에게는 말을 걸지 않은 것 때문에 심기가 불편한 모양이었다. 신기한 일이다. 귀찮은 문제에는 얽히지 않는 게 훨씬 편할 텐데. 한가한 사람이라 그런 걸까, 아니면 귀찮은 일이라도 좋으니 자신에게 의지해 주길 원하는 걸까.

"죄송합니다. 진시 님께서 만족하실 만한 대가를 제가 치를 수가 없을 것 같아서요."

'환관을 기루로 데려가는 건 너무 실례되는 일일 테니까.'

함께 차를 마시거나 시가를 읊기만 하는 장소라면 몰라도, 그곳은 아무래도 색이 얽힐 수밖에 없는 곳이다. 남자가 아니게 된 인간을 데려가는 건 아무래도 망설여졌다.

무엇보다 진시쯤 되는 사람이면 어지간한 기녀는 유혹하기는 커녕 오히려 자기가 푹 빠져 버릴 것이다. 소개했다가는 마오마오가 할멈에게 눈물 쏙 빠지게 야단을 맞을 게 뻔했다.

"대가란 건 또 뭐야? 리하쿠한테 뭘 지불했다고?"

뭔가 의아해하는 표정이었다.

불쾌함에 더해 불안한 표정이 섞여 있었다.

"네, 하룻밤 꿈을 보여 드렸습니다."

'아마 한동안은 정신 못 차리겠지.'

늠름한 무인도 바이링 언니 앞에서는 새끼 고양이가 되어 버린다. 그 새끼 고양이는 앞으로 꾸준히 금화를 물어다 나르게 될 것이다.

진시를 보니 얼굴에서 핏기가 싹 빠져나간 표정을 짓고 있었다. 찻잔을 든 손도 바들바들 떨렸다.

'방이 그렇게 추운가?'

마오마오는 화로에 숯을 더 가져다 넣고 부채질을 해서 불을 돋웠다.

"상당히 만족하신 것 같더군요. 저도 노력한 보람이 있었습니다."

'신규 고객 유치에도 노력해야겠어.'

마오마오가 새로운 결심을 다지며 가슴 앞에서 주먹을 불끈 부르쥐고 있는데 뒤에서 찻잔 깨지는 소리가 났다.

"뭐 하시는 거죠?"

바닥에 도자기 조각이 널려 있었다.

새파란 얼굴로 일어선 진시의 옷자락은 찻물로 얼룩이 진 상태였다.

"아아, 바로 닦을 것을 가져오겠습니다."

마오마오가 문을 열고 나가자 눈앞에서는 교쿠요 비가 배꼽을 잡고 웃고 있었다.

가오슌은 몹시 지친 표정이었다.

그리고 어이가 없어서 뭐라고 할 말도 없다는 듯한 표정의 홍냥이 마오마오를 쳐다보고 있었다. 홍냥은 고개를 갸웃거리는 마오마오에게 다가가 말없이 뒤통수를 찰싹 때렸다. 이 시녀장은 툭하면 손찌검을 하곤 한다.

마오마오는 영문을 모르는 표정으로 뒤통수를 문지르며 일단 걸레를 찾으러 부엌으로 향했다.

○ ● ○

"언제까지 토라져 계실 겁니까?"

참 손이 많이 가는 주인이라고 가오슌은 생각했다.

집무실로 돌아온 진시는 책상 위에 엎어져 있었다.

가오슌은 깊은 한숨을 내쉬었다.

"일하는 중이라는 사실을 잊지 말아 주십시오."

일거리를 깨끗이 치운 책상 위에는 새로운 서류들이 첩첩이 쌓여 있었다.

"알고 있어."

알긴 뭘.

진시라는 인물은 그런 어린애 같은 대답을 하는 사람이 아니다.

장난감에 그리 깊게 집착하지도 않는다.

그 후 두 사람은 우스워 죽으려고 하는 교쿠요 비에게서 사건의 전말을 들으려고 꽤 고생했다.

마오마오가 신원 보증인에게 준 대가란 유명한 인기 기녀와의 면회였다고 한다. 그 소녀에게 그런 연줄이 있었다니 상상도 하지 못했다.

그나저나 주인은 도대체 어떤 상상을 한 걸까. 아아, 젊다는 건 정말 무섭다. 시들어 가는 30대는 그렇게 생각했다.

진시는 어느 정도 침착함을 되찾긴 했지만 그래도 아직 불만이 남은 모양이었다.

서둘러 일을 끝내 놓고 만나러 갔더니 글쎄 모르는 남자와 함께 고향으로 돌아갔다니, 청천벽력 같은 이야기이긴 하다.

하지만 그렇다고 가오슌도 한없이 어린애 달래기만 하고 있을 만큼 한가하진 않다.

진시는 쌓여 있는 서류에 겨우 도장을 찍어 나가기 시작했다. 내용을 대충 훑어보고는 도장을 찍어도 좋을지 말지 판단한 뒤 책상 옆에 내려놓았다. 서류를 치우기만 하면 금세 부하가 새로이 서류 뭉치를 가지고 온다.

조금 더 머리를 쓰면 좋을 것. 가오쉰은 진시에게 퇴짜를 맞은 서류들을 보며 그렇게 생각했다. 노골적으로 자신의 이익에 이어지는 법안을 통과시키려 하는 관료들이 너무 많다. 그 때문에 아직 젊은 주인의 일이 늘어나는 모습을 보고 있으면 안타깝게 느껴지기도 한다.

어느샌가 해가 지고 가오쉰은 사방등*을 켰다.

"실례합니다."

하관下官이 들어오려는 모습을 보고 가오쉰이 앞으로 나갔다.

"이제 시간이 다 지났는데, 나중에 해 주지 않겠나."

"아뇨, 일이 아닙니다."

하관은 다급히 손을 내저었다.

"그게….."

하관은 눈썹을 축 늘어뜨린 채 긴급한 안건에 대해 전달했다.

※사방등 : 네모반듯한 등. 네 면에 유리를 끼우거나 또는 종이나 헝겊을 바르고, 그 안에 등잔이나 촛불을 켜서 들고 다닐 수 있게 만들었다.

25화 : 술

"그거 큰일이네요."

교쿠요 비는 낯빛을 흐리며 눈앞의 환관에게 말했다. 진시 또한 천상인의 아름다운 얼굴에 수심을 드리우고 있었다.

'높은 분이 돌아가셨구나.'

마오마오는 별다른 감회를 느끼지 못한 채 그냥 서 있었다. 차가운 반응일 수도 있겠지만 얼굴도 이름도 모르는 사람을 동정할 만큼 감수성이 발달하진 않았다. 나이도 쉰을 넘었고, 사인은 지나치게 술을 많이 마셨기 때문이라고 했다. 자업자득일 뿐이다.

그렇게 생각했는데.

마오마오는 독 시식을 마치고도 방을 나갈 수가 없었다. 진시가 홍냥에게 일을 시켰는지 자리를 비우고 없어, 마오마오가 대신 붙어 있어야 하기 때문이었다. 시녀를 동반하지 않은 채 환관과 비가 단둘이 대화를 나눌 수는 없다.

말단인 마오마오가 아니라 시녀장인 홍냥에게 일을 맡겼다는 게 중요한 부분이다.

'무슨 이유가 있는 것 같은데.'

그런 마오마오의 감은 딱 들어맞은 모양이었다.

"정말로 사인이 술이라고 생각하나?"

아름다운 환관의 시선이 교쿠요 비를 지나 그 뒤의 마오마오 에게로 향했다.

술에 의한 사인은 여러 가지다.

술을 좋아하는 마오마오도 지나치게 많이 마시면 독이 된다 는 사실을 알고 있었다. 원래 약도 지나치면 독이 된다.

술은 만성적으로 마시면 내장을 상하게 한다. 한 번에 대량 섭취를 하면 죽음에 이를 수도 있다.

이번 일은 후자의 경우로, 고인은 친한 사람들끼리의 술자리 에서 한꺼번에 너무 많은 술을 마셨다고 한다. 병에 찰랑찰랑 꽉 채워져 있던 술을 한 번에 벌컥벌컥 다 마셔 버렸다는 모양 이다.

"그러면 죽지요."

담담하게 말하는 마오마오는 정문 옆 대기소에 와 있었다. 예 전에 리하쿠를 불러 냈던 그 장소였다. 여전히 아무것도 없는 간소한 방이지만 이번에는 차와 다과가 나오고, 춥지 않도록 화로도 놓여 있었다.

"하지만 평소의 절반 정도밖에 안 됐다더군."

진시가 말했다. 술의 양 이야기였다.

가오슌은 후궁 밖에서 나타난 하녀에게서 무언가를 받아 들었다. 하녀는 아무 말 없이 고개만 숙였다.

"코넨浩然 님이 술을 너무 많이 마셔서 죽었을 거라는 생각은 도저히 안 든단 말이야."

죽은 남자의 이름은 코넨이라고 했다. 술을 병째 들이켜곤 하는 호쾌한 무인이었다고 하는데, 진시와 교쿠요 비의 표정으로 미루어 볼 때 인간성이 나빴던 것 같지는 않다.

가오슌은 하녀에게서 받은 물건을 탁자 위에 올려놓았다. 호리병이었다. 진시는 그 내용물을 작은 잔에 부었다.

"이게 무엇이죠?"

"술자리에서 마셨다던 바로 그 술이다. 같이 마셨던 다른 병에서 따라 왔지. 코넨 님이 드셨던 술은 병이 거꾸로 뒤집히는 바람에 전부 다 쏟아져 버려서."

"그럼 그 병에 독이 들어 있었다면 알아낼 길이 없겠네요."

사인이 술이 아니라면 다음으로 생각할 수 있는 건 독이다.

"그래, 맞다."

진시도 너무 억지스러운 일이라는 사실을 알고는 있을 것이다. 그래도 끝까지 알아내려 하는 걸 보니 그 무인에게 빚이라도 진 걸까.

'평소처럼 쓸데없이 반짝반짝 빛도 안 내고.'

최근의 진시는 예전보다 훨씬 어린애 같아 보였다. 마오마오 입장에서는 차라리 잘난 척 거드름을 피우며 명령을 내리는 편이 훨씬 대하기 쉬웠는데 말이다.

마오마오는 술을 입에 머금고 입술을 날름 핥았다.

'이게 뭐지?'

단맛과 짠맛이 섞인 맛이 났다. 원래 단맛이 나는 술에 소금기가 있는 무언가를 탄 듯했다.

'요리주 같은데.'

"맛이 이상하네요."

마오마오는 자신을 빤히 쳐다보고 있던 진시에게 말했다.

"음, 그건 코넨 님의 취향이야. 단것을 굉장히 좋아하셔서 술도 단것만 드시고, 안주도 단것만 좋아하셨지."

진시가 그리운 표정으로 말했다. 고인은 아무리 질 좋은 훈제 고기나 암염을 갖다줘도 손도 대지 않았다고 했다.

"옛날에는 그렇게 단것을 좋아하지 않으셨는데 이상하게 어느 날 갑자기 단것에 빠지셨더라고. 식사로도 거의 단 음식만 드셨고."

진시가 약간 앳된 미소를 지으며 말했다.

"그러다 당뇨 와요."

마오마오가 정직하게 대꾸했다.

"…추억 이야기에 갑자기 현실을 끌어들이지 말란 말이다."

진시가 떨떠름한 표정으로 답했다.

'단것을 별로 안 좋아하던 사람이 갑자기 단것에….'

마오마오는 잔에 남아 있던 술을 훌쩍 마시고 호리병에서 새 술을 부었다. 그리고 그것을 마시기를 반복했다.

진시와 가오슌이 가만히 쳐다보고 있었지만 신경 쓰지 않았다. 호리병의 내용물이 반으로 줄었을 무렵 마오마오가 입을 열었다.

"연회에 안주로 소금이 나왔나요?"

"나왔지. 암염, 월병, 말린 고기였다더군. 똑같은 것들을 준비해 줄까?"

"아뇨, 그 전에 술을 다 마실 것 같은데요."

안주를 줄 거면 좀 일찍 주지. 짭짤한 훈제 고기가 있었으면 술이 더 잘 들어갔을 텐데 말이다.

"아니, 그런 뜻이 아니고…."

진시는 어처구니없다는 표정이었다.

마오마오는 또 술을 따랐다. 아직도 계속 마실 거냐는 시선이 따라붙었지만 신경 쓰지 않았다. 독 시식 이외에 술을 마실 기회가 좀처럼 없었던 탓이었다.

마오마오는 호리병 속에 든 술을 마지막 한 방울까지 다 마셨다. 푸하, 하고 커다란 숨을 토하고 싶었지만 귀인 앞이기에 꾹 참았다.

"코넨 님께서 드셨다는 병을 좀 볼 수 있을까요?"

"깨진 조각밖에 없는데."

"그거라도 상관없습니다. 그리고 조사해 주셨으면 하는 일이 한 가지 있습니다."

마오마오가 말했다.

다음 날 마오마오는 또다시 진시에게 불려 갔다. 오늘도 어제와 같은 방이었다.

평소였다면 궁관장의 방을 이용했겠지만 요즘 들어 궁관장이 무척 바쁜 모양이었다. 궁녀들이 바삐 드나드는 모습이 보였다. 다른 두 부문 역시 바쁜 듯했다. 연말이 가까워져서일까.

'역시 그랬구나.'

조사해 달라고 부탁한 내용이 적힌 서간에는 마오마오가 예상한 바로 그 일이 적혀 있었다.

마오마오는 서간과 함께 받은, 보자기에 싼 조각을 보았다. 하얀 가루가 묻어 있었다. 마오마오는 깨진 조각을 집어 들고 혀로 날름 핥았다.

"핥아도 되는 건가?"

진시가 손을 뻗었으나 마오마오는 고개를 가로저었다.

"이것에 독은 없습니다. 독이 될 만한 양이 아닙니다."

진시와 가오슌은 마오마오의 의미심장한 말에 고개만 갸웃거렸다.

마오마오는 놓여 있던 화로 쪽으로 다가가 보고서를 감싸고 있던 종이를 태웠다. 그리고 거기에 깨진 술병 조각을 들이대자 불꽃의 색깔이 변했다.

"소금인가?"

가까이 다가가 들여다본 진시가 말했다. 예전에 보여 주었던 불꽃의 색깔을 기억하고 있는 모양이었다.

"그렇습니다. 가루가 남아서 말라붙을 정도로 많이 포함되어 있는 것 같군요."

마오마오가 마신 술에는 소금이 들어 있었다. 원래 들어 있던 것이 아니라 안주로 나온 소금을 술병에 넣은 모양이었다. 연회장에 있던 사람들 대부분이 술꾼이었다면 단맛이 나는 술은 썩 반기지 않았을 것이다.

술잔 테두리에 소금을 발라서 마시는 경우가 일반적인데, 직접 병에 넣은 걸 보니 그만큼 취해 있었거나 아니면 인정사정없는 사람이었던 듯하다.

약간의 소금이라면 문제가 없지만 코넨이 마신 병에는 소금이 너무 많이 들어 있었다.

"소금은 인체에 불가결한 요소지만 지나치면 독이 됩니다."

술과 마찬가지다. 한꺼번에 대량으로 섭취하면 죽음에 이르는 경우도 있다. 마신 술의 양과 그 속에 녹아 있던 소금의 양을 생각하면 그것이 사인이어도 이상하지 않았다.

"아니, 그건 이상한데? 아무리 그래도 그렇게 짠 걸 마시면 스스로 느끼지 않겠어?"

"아뇨, 느끼지 못하셨습니다."

마오마오는 보고서를 내보였다. 거기에는 코넨의 생활 습관에 대해 적혀 있었다.

"진시 님께서도 말씀하셨죠. 어느 날 갑자기 단것을 별로 좋아하지 않던 사람이 단것에 빠지셨다고."

"아, 그랬지. …설마. 아니, 그런 일은…."

진시도 알아차린 듯 눈을 커다랗게 떴다.

"네. 맛을 느끼지 못하시게 된 겁니다. 짠맛만을."

코넨이라는 사내는 관료로서 유능하고 성실했다고 한다. 간단한 보고서만 봐도 금욕적인 성격이라는 사실을 알 수 있었다.

상당히 오래전에 아내와 자식을 돌림병으로 잃은 뒤 오로지 일에만 매진하며 살아왔다고 했다. 술과 단것만이 인생의 낙이었던 듯했다.

"맛을 느끼지 못하게 되는 병이 있습니다. 원인은 편식 또는 심신의 부담이라고 하죠."

성실한 사람일수록 자신의 마음을 억제하게 된다. 마음을 억누르는 부담은 점점 병으로 바뀐다.

"그럼 누가 술병에 소금을 넣은 거지?"

마오마오는 고개를 가로저었다.

"그것을 조사하는 일은 제가 할 일이 아닙니다."

다른 병에 소금이 들어 있던 것, 그리고 코넨이 고지식한 사람이었다는 것만 알면 진시는 얼마든지 범인을 추측할 수 있을 것이다.

융통성 없는 사람을 싫어하는 인간은 많다. 술에 취한 김에 술병에 장난을 쳤을 수도 있다. 그런데 그 장난을 전혀 알아차리지 못하고 계속 술을 마시는 것을 보고, 알아차릴 때까지 계속 소금을 넣어야겠다고 생각했는지도 모른다. 그냥 술에 취해 친 장난이 이런 결과를 불러온 걸 보고 당사자들은 어떻게 생각했을까.

'도망치는 건 비겁하겠지.'

스스로도 알고 있다. 마오마오는 누군가가 처벌받는 일에 자신이 직접 원인을 제공하고 싶지 않은 것이다. 이만큼이나 계기를 만들어 주면 거의 가르쳐 준 거나 다름없는데도.

진시가 가오슌에게 무어라 말하자, 가오슌은 방을 나갔다.

진시는 멍하니 가오슌이 나간 방문을 바라보고 있었다. 잘 보니 진시의 허리에는 작은 흑요석이 달린 검은 술 장식이 붙어 있었다. 관복도 검은색이라 전혀 알아차리지 못했다.

'상복의 표시인가?'

눈에 띄지 않는 곳에 달아 둔 것은 고의적인 일일까.

"미안하다. 덕분에 도움이 많이 됐군."

진시는 천녀 같은 미소를 지으며 마오마오를 바라보았다.

"아닙니다."

마오마오는 진시와 코넨의 관계에 대해 물어보려다 그만두었다.

'괜히 잘못 건드렸다가 이상한 관계였다면 곤란하니까.'

어디서 어떻게 희한한 관계가 튀어나올지 모른다.

대신 무난한 질문을 던졌다.

"그렇게 훌륭한 분이셨나요?"

"그래. 내가 어렸을 때 신세를 많이 졌지."

진시는 그 이상 아무 말도 하지 않고 눈만 가늘게 떴다. 먼 과거를 돌이켜 보는 듯한 그 표정에서는 아주 평범한 청년의 얼굴이 엿보였다. 지나치게 아름다운 평소의 얼굴에서는 느끼지 못했던 인상이었다.

'이 사람도 인간이긴 하구나.'

사람의 배에서 태어났다기보다는 천 년을 살아온 복숭아나무의 정령이라고 하는 편이 훨씬 더 이해가 잘될 정도의 용모였기에, 마오마오는 최근 들어 진시라는 존재가 자꾸만 기묘하게 느껴졌다. 한동안 그렇게 우두커니 서 있다가, 진시가 갑자기 생각난 듯 탁자 밑에서 무언가를 꺼냈다.

"호리병?"

진시가 꺼낸 것은 커다란 호리병이었다. 내용물이 출렁출렁 흔들리는 소리가 났다.

"음, 어제 것과는 다른 것이지만."

진시는 "답례다."라고 말하며 호리병을 마오마오에게 건넸다.

마오마오가 마개를 뽑자 안에서는 술 냄새가 났다.

'오오!'

"들키지 않게 마셔야 한다."

"정말 감사합니다."

마오마오는 평소와 다르게 정중한 감사 인사를 했다.

'그래도 제법 분별력이 있잖아.'

그런 생각을 하고 있는데 갑자기 달콤한 얼굴이 코앞으로 다가왔다.

마오마오는 조건 반사적으로 몸을 뒤로 젖혔다.

역시 평소와 다름없는 모습의 환관이었다.

"…감사하고 있는 얼굴로는 안 보이는데."

"그런가요? 이런 걸 신경 쓰실 겨를이 있으면 일을 성실하게 하시는 편이 좋을 것 같은데요."

그 말에 어째서인지 진시는 움찔 몸을 움츠렸다. 정말로 일을 제쳐 두고 여기 와 있었던 모양이다.

'한가한 사람이라면 상관없지만 일을 농땡이 피우면 안 되지.'

"너무 많이 쌓이기 전에 끝내 두시는 게 좋을 텐데요?"

마오마오는 자신도 거의 일을 안 하는 존재라는 사실은 모른 척하고 말해 봤다.

진시는 한순간 분한 표정을 지었으나 갑자기 무언가를 떠올린 듯 사악한 미소를 지었다.

"난 성실하게 일하고 있어."

"어떤 일 말씀이시죠?"

진시는 기억을 더듬듯 턱에 손을 짚었다.

"어떤 법안 중에 젊은이들이 지나치게 술에 빠지는 것을 방지하기 위해 연령 제한을 둬야 한다는 게 있었지."

"⋯⋯."

마오마오는 입을 떡 벌렸다.

"술은 20살이 될 때까지 금지하자고 말이야."

심술궂은 환관이 히죽 웃으며 마오마오를 쳐다보았다.

"진시 님, 그 법안은 절대 통과되지 않게 막아 주셔야 합니다."

"내가 독단적으로 결정할 일이 아니야."

진시는 우아한 꽃 같은 미소를 지으며 마오마오의 불쾌한 얼굴을 바라보고 있었다.

　마오마오는 입꼬리를 뚱하게 늘어뜨렸다. 그리고 평소와 다름없이 벌렁 드러누운 딱정벌레라도 보는 듯한 시선을 보냈다.

약사의 혼잣말

26화 ⦂ 자살과 타살

가오슌은 옻칠한 상자를 책상 위에 올려놓고 그 속에서 서간을 꺼냈다.

"지난번 보고가 드디어 도착했습니다."

화상을 입은 궁녀를 찾으라는 명령. 그 이후로 두 달이 지났다.

"너무 오래 걸렸는데."

숙이고 있던 고개를 든 진시가 날카로운 시선을 보냈다.

"죄송합니다."

변명은 하지 않는 것이 가오슌의 신조였다.

"도대체 누구지?"

"그게, 생각보다 거물이었습니다."

가오슌은 책상 위에 서간을 펼쳤다.

"석류궁 펑밍風明. 숙비의 시녀장입니다."

진시는 턱을 괸 채 싸늘한 시선을 서간 쪽으로 던졌다.

○ ● ○

"으아아, 아가씨도 좀 같이 가 주면 안 될까?"

평소와 마찬가지로 의관 보조 일이라는 이름의 농땡이를 피우러 왔더니 느닷없이 돌팔이 의사가 그렇게 말했다. 그 옆에는 마침 전령으로 온 환관이 있었다. 돌팔이는 그 환관에게 불려 가게 될 모양이었다.

"도대체 무슨 일인데요?"

마오마오는 귀찮은 일일 것 같다고 생각했다.

돌팔이 의사가 어깨까지 부들부들 떨며 부탁하기에 일단 따라가기로 했다. 끌려간 곳은 북문의 둔소屯所[*] 앞이었다. 환관여럿이 무언가를 둘러싸고 있고, 그 주위에 동심원 모양으로 시녀들이 모여들어 있었다.

"겨울이라 다행이네요."

마오마오는 지극히 냉정한 태도로 눈앞의 광경에 대해 평했다.

창백한 얼굴의 여자 하나가 멍석에 덮여 있었다. 머리카락이 얼굴에 달라붙고 입술이 검푸르게 변한 상태였다. 그 혼은 이제

※둔소 : 병영(兵營)에 딸린 둔전이나 둔답을 경작하기 위하여 군사들이 둔을 치고 있는 곳.

현세에 없다.

익사체치고는 깔끔한 모습이었지만 그래도 봐서 기분 좋은 건 아니다. 추운 계절이라 정말 다행이다.

검시를 해야 할 돌팔이 의사는 소녀처럼 마오마오의 등 뒤에 숨어 있었다.

정말이지 구제 불능 돌팔이다.

시체는 오늘 아침 바깥쪽 해자에 떠올라 있었다고 했다. 모습으로 보건대 후궁 내의 궁녀다. 후궁 안에서 일어난 일을 밖에서 처리할 수도 없었기에, 이렇게 돌팔이 의사를 불러올 수밖에 없었던 것인데.

"아가씨, 대신 좀 봐 주면 안 될까?"

의관은 미꾸라지 수염을 발발 떨면서 자신의 눈치를 봤지만 그런 건 알 바 아니다.

도대체 사람을 뭐라고 생각하는 거야.

"안 돼요. 저는 시체를 건드리면 안 된다는 가르침을 받았다고요."

"그거 의외로군."

어딘가에서 또 무례한 소리가 들려왔다. 익숙한 천상의 목소리였다.

말할 필요까지도 없이 주위 궁녀들이 환성을 질렀다. 지나치게 인위적으로 만들어진 무대극이라도 보는 기분이었다.

"평안하셨습니까, 진시 님."

'시체 앞에서 평안할 리가 있나.'

마오마오는 평소와 마찬가지로 무감동하게 눈앞의 아름다운 청년을 바라보았다. 뒤에는 늘 그렇듯 가오슌이 대기하고 서 있었다. 항상 시선으로 마오마오에게 애원을 보내곤 하는 고생 많은 사람이다.

"그럼 선생, 제대로 좀 봐 줄 수 있겠나."

"…알겠습니다."

돌팔이는 얼굴을 살짝 붉히면서도 역시 내키지 않는다는 표정으로 익사체를 바라보았다.

그리고 조심조심 몸 위에 씌운 멍석을 벗겼다.

뒤에서 궁녀들이 놀라는 소리가 들렸다.

키가 큰 여자로 단단한 나막신을 신고 있었고, 신이 벗겨진 한쪽 발에는 붕대가 감겨 있었다. 손가락 끝이 새빨갛게 물들고 손톱이 처참하게 뭉그러져 있었다.

옷으로 미루어 볼 때 상식에 소속된 자라는 사실을 알 수 있었다.

"봐도 아무렇지 않은 모양이군."

"익숙한 광경입니다."

아름다운 유곽도 한 골목 뒤로 들어가 보면 무법 지대가 펼쳐진다. 젊은 처녀가 강간을 당하고, 윤간을 당하고, 처참한 몰골로 발견되는 일도 드물지 않다.

　유녀들은 일견 우리에 갇혀 자유가 없어 보이지만, 한편으로는 주위의 위험에 노출되지 않도록 보호받고 있다고도 할 수 있다. 기루는 기녀를 상품으로 취급한다. 따라서 가능한 한 오래갈 수 있도록, 흠이 나지 않게 취급해야 한다.

　"나중에 견해를 들어 보도록 하지."

　"알겠습니다."

　자신의 견해가 큰 도움이 되지 않을 거라는 사실은 알고 있었지만 그렇다고 부정적으로 답할 수도 없었다. 그것이 예의다.

　'많이 추웠겠지.'

　마오마오는 돌팔이 의관이 검시를 마치자 조심스럽게 시체에 멍석을 덮어 주었다.

　이제 와서는 아무 의미도 없는 일이지만.

　마오마오가 끌려간 곳은 중앙문 옆 대기소였다. 궁관장 방이 오늘도 몹시 어수선한 탓이었으리라. 이곳으로 온 이유는 비취궁에서 시체 이야기를 하는 것을 피하고 싶었기 때문이었으리라. 갓난아기가 있는 곳에는 어울리지 않는 이야기다.

　'그냥 자기 방을 하나 만들면 안 되나?'

　마오마오는 문 앞에 선 환관들에게 고개를 숙였다.

　"위병의 견해로는 투신자살이라고 하더군."

성벽에 올라 해자에 몸을 던졌을 것이라는 말이었다.

고인은 예상대로 상식 소속의 하녀였다. 바로 어제까지 일하고 있었다고 했다. 그렇다면 어젯밤 몸을 던졌다는 뜻이 된다.

"자살인지 어떤지는 모르겠지만 최소한 혼자는 힘들었을 거라고 생각합니다."

"무슨 말이지?"

우아하게 의자에 앉은 진시가 우아한 목소리로 물었다.

때때로 보이는, 어린애 같은 청년의 모습과는 또 다른 사람 같은 느낌이었다.

"성벽에 사다리가 걸쳐져 있지 않았습니다."

"그야 그렇겠지."

"끝에 갈고리가 달린 밧줄을 이용해서 올라갈 수 있었을까요?"

"그건 불가능하지 않겠어?"

사람을 시험하는 듯한 대꾸였다. 정말이지 대화하기 힘들다.

그렇게 일일이 되묻지 말라고 하고 싶었지만 가오슌이 지켜보고 있었기에 참았다.

"도구를 이용하지 않고 올라가는 방법이 있긴 하지만, 그 궁녀에게는 무리였을 겁니다."

"뭐라고? 무슨 방법이지?"

예전에 후요 공주의 유령 소동이 벌어졌을 때 이후로 마오마오는 공주가 도대체 어떤 방법을 이용해서 외벽에 올라갔을지가 계속 의문이었다. 맨몸으로 기어 올라간다는 건 불가능한 일이다.

한 번 궁금하면 끝까지 알아내야 직성이 풀리는 성격이었기에 마오마오는 계속해서 성벽 근처를 꼼꼼히 조사해 보았다.

마오마오가 발견한 것은 외벽 네 귀퉁이 각각에 설치되어 있는 돌기였다. 벽에서 일부러 벽돌이 튀어나오게 만든 곳이기 때문에 거기에 발을 걸치면 못 올라갈 것도 없다. 무용이 특기인 후요 공주라면 당연히 올라갈 수 있었으리라.

아마 성벽을 만들 때의 기술자들이 이용했던 것으로 추측된다.

"대부분의 여성이라면 힘들 겁니다. 하물며 전족을 한 자라면 더더욱."

여성의 발에는 붕대가 감겨 있었고, 그 발에는 작은 나막신이 신겨져 있었다. 발을 뭉개듯 천으로 감싸서 나막신 속에 구겨 넣는 전족. 발이 작으면 작을수록 아름답다는 기준에 따라 그런 처리가 되어 있다.

여성 모두에게 이루어지는 일은 아니나, 후궁에서는 간혹 보이는 모습이다.

"타살이었다는 말인가?"

"모르겠습니다. 하지만 산 채로 해자 속에 떨어졌다는 것만은 확실합니다."

붉게 물든 손가락은 필시 벽으로 기어 올라오려 발버둥 치다 상처가 난 것일 터였다.

차가운 물속에서 몸부림치는 그 모습은 상상도 하고 싶지 않았다.

"더 자세히 조사할 수는 없나?"

진시는 거절할 수 없는 달콤한 미소를 짓고 있었다. 난감한 노릇이다.

못 하는 건 못 하는 거다.

"저는 시체를 건드려서는 안 된다고, 제게 약을 가르쳐 주신 스승님께 배웠습니다."

"왜지? 싫어해서인가?"

약사라면 응당 환자와 부상자를 만지는 법이니, 죽은 사람과의 접촉도 적지 않겠느냐는 말인 듯했다.

"인간도 약의 재료가 되기 때문입니다."

마오마오는 나지막이 이유를 말했다.

네 호기심이 어디까지 갈지 모르니, 어차피 손을 댈 거라면 맨 마지막에 대는 게 좋겠다고 아버지가 말한 적이 있었다.

한 번 손을 댔다가는 남의 무덤까지 파헤칠지 모른다는 어처구니없는 소리까지 하면서.

그 정도의 상식은 있다고 대꾸하고 싶었지만 어쨌든 아버지의 지시는 잘 지키고 있었다.

뭐, 그런 사정이다.

진시와 가오슌은 넋이 나간 표정으로 서로 얼굴을 마주 보더니 "그렇군." 하고 고개를 마주 끄덕였다. 가오슌은 마치 불쌍한 사람을 보는 듯한 눈으로 이쪽을 쳐다보았다.

정말이지 무례하기 짝이 없는 자들이다. 마오마오는 떨리는 주먹을 부르쥐며 꾹 참았다.

그건 그렇고.

'자살인가, 타살인가.'

마오마오는 스스로 목숨을 끊겠다고 생각해 본 적도 없고, 타인에게 살해당하는 것도 전혀 원치 않는다.

죽음을 맞이한다는 것은 약도 독도 더는 시험해 볼 수 없다는 뜻이다.

자신이 기왕 죽을 거라면 한 번도 시험해 본 적 없는 독을 시험하다가 죽는 게 좋겠다고 마오마오는 생각했다.

'어떤 독이 좋을까?'

그런 생각을 하고 있는데 진시가 물끄러미 이쪽을 쳐다보았다.

"무슨 생각을 하고 있지?"

"그게, 죽을 거라면 어떤 독으로 죽는 게 좋을까 생각하고 있었습니다."

마오마오가 정직하게 대꾸하자 진시는 눈살을 찌푸렸다.

"죽을 생각인가?"

"그런 생각은 손톱만큼도 없습니다."

진시는 무슨 소린지 통 모르겠다는 듯 고개를 절레절레 저었다. 알든 모르든 별로 상관은 없다.

"사람은 언제 죽을지 모르는 법이니까요."

"그건 그렇지."

진시는 쓸쓸한 표정으로 대답했다. 코넨 생각이라도 난 걸까.

"진시 님."

"뭐지?"

진시가 의아한 표정으로 마오마오를 쳐다보았다.

"만약 저를 처형할 일이 생긴다면 독살로 해 주실 수 있으신가요?"

진시는 이마에 손을 짚고 한숨을 내쉬었다.

"왜 이야기가 그렇게 되지?"

"만일 제가 무슨 실수를 저질렀을 경우, 제게 처분을 내리는 분은 진시 님이실 테니까요."

어째서인지 진시가 상당히 불쾌한 표정을 지으며 이쪽을 빤히 쳐다보았다. 그냥 쳐다본다기보다는 째려보는 눈빛에 더 가까웠다. 뒤에서 가오슌이 초조한 표정을 짓고 있었다.

'벌써 실수했나?'

"죄송합니다. 당치도 않은 말씀을 드렸습니다. 교수형이든 참수형이든 아무 불평하지 않겠습니다."

"아니, 그러니까 왜 얘기가 그렇게 되냐고."

진시는 분노를 넘어 어처구니가 없다는 표정이었다.

"제가 평민이기 때문입니다."

평민은 귀인의 말에 거역할 수 없다. 그것은 옳고 그름의 문제가 아니라 그냥 세상의 이치였다. 그것이 뒤집히는 일도 간혹 있긴 하지만 지금 세상에는 혁명을 일으켜도 별로 달가워하는 자가 없을 것이다. 현재의 치세는 그리 나쁜 편은 아니었다.

"사소한 실수로도 쉽게 날아갈 목숨이죠."

"그런 짓은 하지 않아."

진시가 심란한 눈빛으로 이쪽을 보았다.

마오마오는 고개를 가로저었다.

"아뇨, 하고 안 하고의 문제가 아니라 할 수 있느냐 없느냐의 문제입니다."

진시는 마오마오를 처분할 수 있는 권력이 있지만 마오마오에게는 없다. 고작 그 정도의 문제다.

진시의 얼굴은 무표정했다. 화가 난 듯 보이지만 사실은 그렇지 않은 모양이었으나, 무슨 생각을 하고 있는지는 알 수 없었다. 마오마오가 딱히 알 필요는 없는 일이다. 하지만 마오마오의 눈에 진시는 수많은 생각에 골똘히 잠긴 것처럼 보였다.

'괜히 쓸데없는 소리를 한 모양이네.'

진시도 가오슌도 아무 말도 하지 않았기에 이제 용무가 다 끝
난 것으로 여긴 마오마오는 인사를 하고 방에서 물러 나왔다.

그 후 풍문에 의하면 죽은 여인은 지난날 독살 소동 자리에
있었던 자라 했다.

그럴듯한 유서도 발견되었고, 사건은 자살로 막을 내렸다.

약사의 혼잣말

27화 : 꿀 1

다과회에 참석하는 것도 비의 어엿한 소임 중 하나다.

교쿠요 비 또한 매일같이 다과회를 가진다. 비취궁에서 여는 일도 있는가 하면, 다른 비에게 초대받아 가는 일도 있다.

'서로의 동향을 살피는 데에는 아주 중요한 일이지.'

마오마오는 사실 다과회를 그리 좋아하지 않는다.

화제에 오르는 것은 대부분 유행하는 옷이나 화장 이야기다. 별 뜻 없는 대화 속에서 서로 탐색전을 펼치는, 그야말로 후궁의 축약판이라고 할 수 있는 광경이 펼쳐진다.

'온화해 보여도 비는 비야.'

교쿠요 비와 이야기를 나누고 있는 것은 서방 출신의 중급 비였다. 교쿠요 비 또한 서방 출신이기에 고향이 같으니 편하게 이야기꽃을 피우고 있는 모습으로 보인다.

자세한 사정은 모르지만 교쿠요 비가 가장 신경 쓰는 부분은 상대방 측이 자신의 친정과 앞으로 어떤 관계를 맺을 것인가인 듯했다.

명랑한 교쿠요 비와 수다를 나누다 보면 대부분의 비들은 문득 저도 모르게 중요한 정보를 흘리곤 한다.

그것을 글로 정리해 두는 것 또한 교쿠요 비의 일 중 하나였다. 교쿠요 비의 출신지는 기후가 척박한 토지다. 교역의 중계지점에 있기 때문에 사람과 시세의 흐름을 읽는 것이 아주 중요한 일이었다. 비로서의 소임 외에도, 이렇게 정보를 보냄으로써 친정에도 공헌하고 있을 것이다.

'어젯밤은 굉장히 늦게 침소에 드셨는데 졸리진 않으실까?'

황제는 총비인 교쿠요 비의 처소에 사흘이 멀다 하고 드나들었다. 붙잡고 일어서기 시작한 딸을 보기 위해서이기도 했지만, 방문의 이유가 오로지 그것 하나뿐이 아니라는 사실은 말할 필요도 없는 일이었다.

낮의 일도 소홀히 하지 않는 걸 보면 어쨌거나 황제는 다양한 방면에서 정력이 넘치는 모양이었다. 국가 번영이라는 관점에서는 칭찬할 만한 일일 것이다.

다과회가 끝나고, 마오마오는 잉화에게서 다과를 잔뜩 얻었다. 안 먹을 수도 없는 노릇이지만 아무리 그래도 양이 너무 많았기 때문에 마오마오는 평소와 마찬가지로 샤오란을 찾아갔다.

가끔 혀짤배기소리를 내며 수다를 떠는 샤오란은 늘 그렇듯 최근 들은 이야기를 해 주었다.

자살한 하녀의 일, 독살 사건과의 관련, 그리고 어째서인지 숙비에 관한 이야기.

"뭐, 사부인이라고는 해도 나이 차이가 워낙 많이 나니까."

교쿠요 비는 열아홉, 리화 비는 스물셋, 리슈 비는 열넷.

숙비, 즉 아둬阿多 비는 서른다섯, 황제보다 한 살이 많았다.

아이를 낳는 일은 아직 가능하지만 후궁이라는 제도상 이젠 잠자리를 포기할 수밖에 없다.

다시 말해 앞으로 국모가 되는 일은 불가능하다는 뜻이다.

아둬 비의 지위를 낮추고, 새로운 상급 비를 들이라는 이야기도 올라오고 있는 모양이었다.

꽤 오래전부터 그런 이야기가 있는 것 같았지만 황제의 동궁 시절부터 함께했던 비였고, 그래도 한 번은 사내아이의 어머니가 된 적도 있었기 때문에 좀처럼 그럴 수도 없는 눈치였다.

'죽었다는 그 예전 동궁의 모친이구나.'

리화 비도 황제의 아이를 낳지 못하면 마찬가지 신세가 되는 걸까.

뿐만이 아니다. 교쿠요 비 역시 언제까지 총애를 계속 받을지 장담하지 못한다.

아름다운 꽃도 언젠가는 시들고 만다.

후궁의 꽃은 열매를 맺지 못하면 의미가 없다.

익숙해졌다고는 하지만 역시 후궁은 탁한 공기가 가득한 우리의 밑바닥이라고 마오마오는 생각했다.

마오마오는 먹다 흘린 월병 조각을 치맛자락에서 탁탁 털고 하늘을 뒤덮은 묵직한 구름을 올려다보았다.

오늘 다과회의 상대는 다소 특이했다.

바로 리슈 비, 즉 같은 사부인이었다.

같은 계급의 비들끼리 다과회를 갖는 일은 드물다. 특히 상급 비들끼리라면 더욱 그렇다.

앳된 얼굴의 리슈 비는 긴장한 표정으로 시녀 넷을 데리고 왔다. 그때 그 독 시식 담당도 있었다. 마오마오가 걱정했던 만큼 큰 벌을 받진 않은 모양이었다.

밖은 춥기 때문에 안에서 차를 마시기로 했다.

환관을 시켜 응접실에 시녀용 긴 의자도 준비시켰다.

원탁은 나전 세공이 되어 있는 물건이었다. 장막도 자수가 되어 있는 새 장막으로 바꿔 달았다.

솔직히 황제가 찾아올 때도 이렇게까지 신경을 쓰진 않지만, 역시 동성끼리 있으면 어느 정도 대비를 할 수밖에 없는 것이 여자라는 생물일까.

화장도 평소보다 훨씬 공을 들였고, 마오마오도 늘 하고 다니는 주근깨 화장을 금지당했다. 시녀들은 마오마오의 눈꼬리에 마치 상대를 위협하는 듯한 붉은 선까지 칠했다. 이성에게는 너무 요란해 보일지 몰라도, 지금은 누가 더 화려하게 치장하느냐에 승부가 걸려 있는 상황이었다.

아무래도 나이가 더 많은 교쿠요 비가 주도권을 잡아 이야기를 이끌어 나갔다. 리슈 비는 쭈뼛거리며 고개만 끄덕일 뿐이었다.

뒤에서 대기하는 시녀들은 자신의 주인보다 비취궁 내의 실내 장식품들이 더 신경 쓰이는 모양이었다. 흘끔흘끔 방 안을 훔쳐보는 시선이 느껴졌다.

독 시식 담당만은 마오마오에게 대항이라도 하듯 비 뒤에 서서, 예전에 자신을 협박했던 마오마오의 눈치만을 살피고 있었다.

'도대체 왜들 그러는 거야.'

수정궁 시녀들도 그렇고, 자꾸 사람을 괴물 취급하는데 정말 너무들 한다. 무슨 들개처럼 물어뜯을 것도 아닌데.

'그냥 얼핏 보기에는 다 평범한 시녀들인데.'

마오마오는 예전에 비가 괴롭힘을 당하고 있다고 가오슌에게 보고한 적이 있다. 자신의 말이 틀렸다면 조금 곤란해지긴 하겠지만, 그래도 차라리 틀리는 편이 낫다.

마오마오를 제외한 소수 정예의 비취궁 시녀들에 비해 리슈 비의 시녀들은 움직임이 둔한 것 같지만 일은 재빠르게 해치웠다. 뭐, 오늘 다과회를 개최한 사람은 교쿠요 비이기 때문에 다른 궁의 시녀들은 할 일 자체가 별로 없다는 것도 있지만.

아이란이 도자기 항아리와 따뜻한 물을 가지고 왔다.

"혹시 단것을 좋아하나요? 오늘도 추우니 이런 건 어떨까 싶네요."

"단것 좋아해요."

교쿠요 비의 말에 리슈 비가 대답했다. 조금씩 긴장이 풀리는 모양이었다.

항아리 속에 든 것은 감귤 껍질을 넣고 끓여 졸인 꿀차였다. 몸이 따스해지고 목도 촉촉해진다. 감기 예방도 된다. 마오마오가 만든 차로, 교쿠요 비도 마음에 든 듯 최근 다과회에 자주 내놓곤 했다.

'응?'

분명 단것을 좋아한다고 했는데, 리슈 비의 안색이 변했다.

독 시식 담당도 뭔가 하고 싶은 말이 있는 듯 찻잔에 따라지는 꿀차를 지켜보고 있었다.

'꿀도 못 먹는 건가?'

뒤에서 대기하고 있는 시녀들은 아무 말도 하지 않았다.

그저 어처구니없다는 표정으로 리슈 비를 쳐다보고 있었다. 편식하지 말라고 말하고 싶은 걸까.

마오마오는 살짝 한숨을 내쉬고 교쿠요 비에게 귓속말을 했다.

교쿠요 비는 어머나, 하는 표정으로 눈을 크게 뜨며 아이란을 보았다.

"미안해요. 이건 조금 더 졸이는 편이 좋겠어요. 다른 것을 내오도록 하죠. 생강탕은 마실 수 있나요?"

"네, 괜찮아요."

리슈 비의 목소리가 원래대로 돌아왔다. 차를 바꾼 게 정답이었던 듯했다.

그리고 마오마오의 예측 역시 안타깝게도 맞아떨어진 듯했다.

아주 짧은 한순간, 마오마오는 실망스러운 표정으로 이쪽을 쳐다보는 시녀들과 눈이 마주쳤다.

저녁 무렵 평소와 다름없이 아름다운 환관이 나타났다. 천녀 같은 그 미소 뒤에는 가오슌이 서 있었다. 최근 들어 미간에 주름이 늘어난 것 같은데, 정신적 고생이 늘어난 걸까.

"리슈 비와 다과회를 가지셨다고 들었습니다."

"그래요, 즐거운 한때였죠."

후궁을 통솔하는 입장에 있는지, 이 환관은 다른 사부인의 처소에도 정기적으로 찾아가곤 했다.

오늘 다과회 조합이 어쩐지 희한하다 싶더라니 이 녀석이 꾸민 일인 모양이었다.

괜히 귀찮은 일이 벌어지기 전에 마오마오는 방에서 나오려 했다. 그러나 당연히 붙잡혔다.

"놓아줄 수 있으시겠습니까?"

"이야기가 아직 안 끝났다."

천녀의 시선이 이쪽에 고정되어 있으니 마오마오는 그저 바닥으로 시선을 떨굴 수밖에 없었다. 자신은 분명 죽은 생선 같은 눈빛을 띠고 있을 것이다. 아니, 바닥에 배를 질질 끌며 헤엄치는 물고기를 쳐다보는 눈빛일까.

"우후후, 아주 사이가 좋구나."

"교쿠요 님, 안구 피로에는 눈 주위를 지압하는 방법이 효과적일 것으로 여겨집니다."

교쿠요 비가 너무나 즐겁게 웃는 통에 마오마오는 빈정거리는 말 한마디를 안 던질 수가 없었다.

'안 되지, 안 돼.'

무례한 말을 내뱉는 건 진시 하나만으로 참아야 한다.

'아니, 사실 그것도 안 되긴 해.'

바로 얼마 전에 기분을 상하게 만든 참이다. 무례한 태도가 자꾸 쌓이면 언제 저 환관의 마음이 바뀌어 목이 매달릴지 모르는 일이다.

"지난번 독살 소동의 범인이 자살한 하녀라는 이야기는 들었나?"

마오마오는 고개를 끄덕였다. 말투로 볼 때 교쿠요 비가 아니라 자신에게 말하는 것이 분명했기 때문이었다.

교쿠요 비는 무슨 눈치를 챈 듯 자진해서 방을 나갔다. 방에 남은 것은 마오마오와 진시, 그리고 가오슌뿐이었다.

"범인은 정말 자살한 걸까?"

"그걸 정하는 건 제가 아닙니다."

거짓을 진실로 만들 수 있는 수단은 오로지 권력자의 힘뿐이다.

판단을 내린 게 누군지는 모르지만 최소한 진시도 거기에 관련되어 있을 터였다.

"고작 하녀 따위가 덕비의 음식에 독을 탈 이유가 있을까?"

"저는 모르죠."

진시가 웃었다. 평소에는 그 고혹적인 웃음을 이용해 사람을 마음대로 이용하리라.

하지만 마오마오에게는 통하지 않았다. 어차피 그런 짓을 하지 않아도 명령만 하면 거부할 수 없다는 사실을 잘 알고 있을 텐데.

"내일부터 석류궁에 가서 일해 줄 수 있을까?"

의문문의 형식을 취하고는 있지만 명령과 무엇이 다르단 말인가.

마오마오에게는 "분부대로 하겠습니다."라고 대답하는 것 말고는 다른 길이 없었다.

저택은 보통 집주인의 색깔로 물들기 마련이다.

교쿠요 비의 비취궁은 가정적이고, 리화 비의 수정궁은 고결하며 세련된 느낌이다.

그리고 아둬 비가 사는 석류궁은 실용적인 분위기였다.

군더더기 없는 구조에서는 과한 장식을 꺼리는 느낌이 들었고, 그 때문에 오히려 품위가 강조되어 보였다.

주인인 아둬 비 또한 그런 사람이라 할 수 있으리라.

쓸모없는 것을 깡그리 제거한 듯한 그 자태에는 화려함도, 풍만함도, 사랑스러움도 없었다. 하지만 결과적으로 남은 것은 중성적인 늠름함과 아름다움이었다.

'이런 사람이 서른다섯이라고?'

관복을 입으면 젊은 문관으로 착각할 것만 같았다. 궁녀와 환관밖에 없는 이 후궁에서는 궁녀들의 선망을 한 몸에 받는 존재이리라. 진시와는 또 다른 매력이 느껴졌다.

연회 자리에서 어떤 차림을 하고 있었는지는 보지 못했지만, 지금 입고 있는 넓은 소매 웃옷과 치마 차림보다는 승마용 호복胡服*을 입는 편이 훨씬 잘 어울릴 터였다.

마오마오는 다른 두 궁녀들과 함께 궁으로 안내되었다.

시녀장인 펑밍은 붙임성이 좋고 복스러운 미인으로, 마오마오에게 시원시원하게 저택 안을 안내해 주었다.

"미안해요, 갑자기 와 달라고 해서."

사부인의 시녀장이라면 꽤 좋은 가문 출신의 아가씨일 것이다. 그런데도 자신 같은 하녀들에게 하나하나 꼼꼼하게 설명해 주는 그 모습에서는 친근감이 느껴졌다.

'상인 가문 출신의 아가씨일까?'

마오마오가 석류궁에 불려온 구실은, 연말 대청소에 사람 손이 부족하다는 이유였다.

'다쳤나?'

펑밍의 왼팔에 붕대가 감겨 있는 모습이 흘끗 보였다.

마오마오도 마찬가지로 왼팔에 붕대를 감고 있었다. 오래된 흉터 자국이 보일 때마다 사람들이 조심스러워하는 모습이 지긋지긋했기 때문이었다.

환관에게는 힘쓰는 일을 맡기고, 하녀들은 살림살이와 서적에 거풍을 시키는 것만으로도 하루가 끝났다.

아둬 비는 후궁에서 가장 오래 지낸 비인 만큼 비취궁보다 물건이 훨씬 많았다.

마오마오는 그날 비취궁으로 돌아가지 않고 석류궁의 큰 방

※호복 : 호인(胡人)의 옷. 곧 북방 기마인(騎馬人)들이 입는 옷.

에서 다른 두 하녀들과 함께 새우잠을 잤다. 추울 거라며 펑밍이 준 짐승 모피가 무척이나 따뜻했다.

'아무런 지시도 안 내려오네.'

마오마오는 시녀장이 시키는 대로 그냥 정리에만 몰두하기로 했다.

포근한 인상의 시녀장이 매우 고마워하면서 칭찬해 주었기에 마오마오는 전혀 게으름을 피울 수가 없었다. 펑밍은 사람 다루는 법을 아주 잘 알고 있는 듯했다.

펑밍이라는 시녀는 항상 즐거운 얼굴로 일하며, '이런 여자를 보고 좋은 아내감이라고 하겠지'라는 인상을 주는 사람이었다. 이 시녀는 오랫동안 아둬 비를 모셨다고 했다. 이미 오래전에 혼인 적령기를 지난 것이 정말로 아까울 지경이라고 마오마오는 생각했다. 시녀장이라는 입장상 웬만한 남자보다 벌이가 좋을 거라는 사실은 알고 있었지만, 한 번쯤은 결혼하고 싶다는 생각을 해 본 적이 없었을까 궁금해지기도 했다. 그것이 일반적인 생각이니까.

비취궁에서도 세 시녀들이 자주 그런 이야기를 하곤 했다. 한동안은 교쿠요 비의 곁을 떠날 생각이 없지만, 그래도 멋진 남자가 언젠가는 나타날 거라는 꿈을 꾸고 있는 듯했다. 홍냥은 유난히 히죽거리는 얼굴로 그 모습을 지켜보며 "꿈이라면야 뭐 얼마든지 꿔도 되지."라고 말하곤 했다. 왠지 무서웠다.

'오랜만에 열심히 일한 것 같네.'

마오마오는 고양이처럼 몸을 웅크리고 금세 잠이 들었다.

'정말로 이곳에 독살 소동의 흑막이 있는 걸까?'

비취궁의 시녀들도 모두 부지런했지만 석류궁의 시녀들도 매우 유능했다.

시녀들은 하나같이 아둬 비를 진심으로 따랐다. 그렇기에 궁 구석구석까지 항상 정리의 손길이 닿아 있는 것이리라.

특히 시녀장 펑밍을 보면 감탄이 나왔다.

펑밍은 시녀라는 틀에 갇히지 않고, 먼지가 쌓인 것을 보면 스스로 걸레를 가져다 청소하곤 했다.

상급 비를 모시는 시녀장이라고는 도저히 생각할 수 없는 모습이었다. 성실한 훙냥조차 그런 일은 다른 시녀들에게 시키는데 말이다.

'입만 살아서 나불거리는 수정궁 시녀들한테 보여 주고 싶네.'

리화 비는 영 시녀 복이 없다. 리화 비 주위에 시녀가 쓸데없이 많다는 말은 곧 한 사람 한 사람이 하는 일의 양이 그만큼 적다는 뜻도 된다. 그런데도 다들 세 치 혀만 놀리고 있으니 기가 찰 노릇이다.

뭐, 그런 오합지졸을 이끄는 것도 위에 서는 자로서의 능력이겠지만.

하지만 충성심이 강하다는 말은 독살을 저지를 이유가 되기도 한다.

아둬 비가 사부인의 자리에서 끌어내려지려 하는 이유는 고관이 자신의 딸을 입궁시키려 하기 때문이다.

넷 중 쫓겨날 사람을 꼽자면 아둬 비겠지만, 만일 다른 상급 비의 자리가 비면 어떻게 될까.

교쿠요 비나 리화 비라면 몰라도 아마 리슈 비의 처소에는 황제가 드나들지 않을 것이다. 그리고 그것이 바로 리슈 비가 시녀들에게 얕보이는 이유일 거라고, 마오마오는 생각했다.

'육감적인 몸매를 좋아하시니까 말이지.'

선제가 어린 소녀 취향이었던 반동인지 현재의 황제는 농익은 과실에만 반응한다. 교쿠요 비와 리화 비 외에도 황제가 찾아가는 비들은 하나같이 표준 이상의 풍만한 육체를 지니고 있었다.

리슈 비는 비로서의 역할을 다하지 못하고 있었다.

아직 어린 리슈 비에게 그것은 오히려 다행스러운 일이다. 결혼 적령기가 되었다고는 하지만 세는나이로 고작 열네 살에 임신하여 출산이라도 하게 된다면 몸에 부담이 너무 크다.

녹청관에서도 여동들이 열다섯이 되기 전까지는 개인적으로 손님을 받게 하지 않는다. 질 좋은 기녀로 키워 내, 보다 오랜 기간 동안 상품으로 활용하기 위함이다.

이 문제에 대해 선제의 취향은 생각하고 싶지 않다. 황태후와 황제의 연령을 역산하면 어처구니없는 계산 결과가 나온다.

어쨌거나 대신 끌어내릴 사람으로 리슈 비를 노리는 것은 이상한 이야기가 아니다.

부엌 선반을 정리하면서 마오마오는 이런저런 생각을 했다.

선반을 보니 작은 항아리들이 가득 늘어서 있었다. 그 속에서는 달콤한 냄새가 풍겼다.

"이건 어떻게 할까요?"

마오마오는 항아리를 집어 들고 부엌에서 함께 청소를 하던 시녀에게 물었다. 어제 자신과 함께 왔던 하녀들은 각각 목욕탕과 거실을 청소하고 있을 터였다.

"아, 그건 선반을 닦고 나서 다시 제자리에 되돌려 놓으면 돼."

"전부 꿀인가요?"

"응. 펑밍 님 댁에서 양봉을 하고 있거든."

"어쩐지."

꿀은 사치품이다. 한 종류만 있으면 충분한데 이렇게 여러 종류가 있었던 이유도 그 때문이었던 모양이다. 내용물을 확인해 보니 호박색, 진한 자주색, 갈색 등 전부 색이 달랐다. 채취하는 꽃의 종류가 다르면 꿀의 맛도 달라진다.

그러고 보니 밤에 켜는 조명은 양초였던 기억이 났다. 달콤한 냄새가 난다 싶더라니 밀랍 초였던가 보다.

'으음?'

꿀이라는 말에 마오마오는 문득 무언가가 마음에 걸렸다.

최근에 들었던 적이 있는 것 같은데.

"다 끝나면 2층 난간을 좀 닦아 줄래? 거긴 툭하면 청소하는 걸 잊어버려서."

"알겠습니다."

마오마오는 꿀 동이를 집어넣고 나서 걸레를 들고 2층으로 올라갔다.

'꿀이라, 꿀.'

난간 기둥을 하나하나 정성스레 닦으면서 마오마오는 머릿속을 정리했다.

최근 들어 있었던 일들을 하나하나 되새겨 보면서.

'어?'

2층에서는 밖이 잘 보였다. 나무 뒤에 꾸물꾸물 숨어 있는 누군가가 보였다. 스스로는 잘 숨었다고 생각하는 모양인지, 여하간 석류궁을 살피고 있었다.

'리슈 비잖아?'

독 시식 담당 한 명만 데리고 왜 이런 곳에 와 있는 걸까.

마오마오로서는 도무지 이해가 되질 않았다.

'꿀…….'

머릿속에 며칠 전의 다과회가 떠올랐다.

왜 리슈 비는 꿀을 싫어하는 걸까.

그저 그 사실만이 묘하게 신경이 쓰였다.

비취궁의 응접실을 빌려, 마오마오는 진시에게 석류궁에서 있었던 일을 보고했다.

"그래서 전혀 아무것도 알아내지 못했습니다."

모르는 건 모르는 거다.

마오마오는 스스로를 과소평가하지도 않지만 과대평가도 하지 않는다. 그저 정직하게 자신이 생각한 바를 아름다운 환관에게 말할 뿐이었다.

그것이 마오마오가 사흘 동안 석류궁에 들어가 지내 본 결과였다.

진시는 긴 의자에 우아하게 기대어 누워 이국의 달콤한 향기가 나는 차를 즐기고 있었다. 레몬즙을 짜 넣고, 꿀을 섞어 휘젓고 있다.

"그렇군. 그렇겠지."

"네, 그렇습니다."

아름다운 환관은 요즘 들어 예전만큼 반짝반짝 빛나질 않았다. 말투도 묘하게 가벼워진 느낌이었다. 목소리에서 달콤함이 사라지고, 소년 같은 느낌이 드는 탓인지도 모른다.

마오마오는 진시가 자신에게 무엇을 원하는지 알 수가 없었다. 자신은 아주 평범한 약사일 뿐이었다. 밀정 같은 짓은 하려고 해도 할 수가 없다.

"그럼 질문을 바꾸지. 만일 어떤 특별한 방법으로 외부와 연락을 취하고 있는 인물이 있다면, 그건 누구라고 생각하나?"

'또 저렇게 에둘러서 짜증나게 묻네.'

마오마오는 근거 없는 생각을 이야기하는 걸 좋아하지 않는다.

억측만 가지고 말하면 안 된다고 생각하기 때문이다.

마오마오는 눈을 감고 숨을 크게 내쉬었다. 마음을 가라앉히지 않으면, 또 저 천녀 같은 청년을 깔려 죽은 개구리 보는 눈으로 볼 것 같은 기분이었다.

여전히 가오슌이 필사적인 눈빛으로 계속 애원하고 있었다.

"가능성일 뿐이지만, 만일 그런 사람이 있다면 시녀장인 펑밍 님이 아닐까 합니다."

"근거는?"

"왼팔에 붕대가 감겨 있었습니다. 한 번 풀었다가 다시 감는 모습을 보니 화상 흉터가 있었습니다."

예전에 무슨 약품이 묻어 있던 목간 사건이 있었다. 거기에 무슨 의미가 있다면 아마 암호에 사용되지 않았을까 생각하긴 했지만, 입 밖에 내어 말하진 않았다.

소맷자락이 불탄 옷에 목간이 싸여 있었으니 아마 팔에 화상을 입었을 가능성이 있다. 말할 필요도 없이 진시가 조사하라고 했던 내용이 바로 그것이었으리라. 그래서 마오마오에게 밀정이나 다름없는 일을 시킨 것이다.

솔직히 그 온화해 보이는 시녀장이 무슨 짓을 꾸미고 있으리라고는 전혀 생각할 수 없었지만 그런 건 마오마오의 주관에 불과하다. 객관적으로 사물을 보지 않으면 올바른 결과에 도달할 수 없다.

"음, 뭐. 합격이군."

진시는 문득 탁자 위에 놓여 있던 작은 병 쪽으로 시선을 주었다. 그리고 마오마오의 얼굴을 쳐다보더니, 감로 같은 미소를 지었다.

웃고 있는 피부 한 겹 밑에서 무언가가 꿈틀대고 있었다.

마오마오는 순간적으로 온몸의 털이 거꾸로 서는 것이 느껴졌다.

엄청나게 나쁜 예감이 들었다.

진시는 작은 병을 집어 들고 마오마오 쪽으로 내밀었다.

"착한 아이에게는 상을 줘야지."

"사양하겠습니다."

"사양하지 않아도 되는데."

"괜찮습니다. 다른 분께 드리시죠."

마오마오는 작작 좀 하라고, 거의 사람을 쏴 죽일 수도 있을 정도의 눈빛을 내뿜었지만 상대는 물러서지 않았다.

지난번에 자신이 진시의 기분을 상하게 한 벌일까. 안타깝게도 마오마오는 아직까지 진시가 왜 화를 냈는지 이해하지 못하고 있었다.

점점 거리가 좁혀졌다. 반걸음씩 물러난 결과 결국 등이 벽에 닿았다.

가오슌에게 도움을 요청하려 했으나 과묵한 종자는 창가에 앉아 하늘을 나는 작은 새들만 바라보고 있었다. 묘하게 그 모습이 그림이 되는 게 더 얄미웠다.

'나중에 설사약 먹여 버릴 테다.'

진시는 누구나가 녹아내릴 듯 달콤한 미소를 지은 채 작은 병속에 손가락을 넣었다. 그 손끝에는 꿀이 잔뜩 묻어 있었다.

사람을 괴롭히는 데에도 정도가 있다.

"단것은 싫어하나?"

"네, 싫어합니다."

"하지만 먹을 수는 있겠지?"

그만둘 생각은 없는지 진시는 손가락을 마오마오의 입에 들이댔다. 평소에도 이런 짓을 자주 하는 모양이다. 생김새가 잘났다고 무슨 짓을 해도 다 용서받을 수 있는 게 아닐 텐데.

진시는 자신을 노려보는 마오마오를 황홀한 표정으로 바라보고 있었다.

'그러고 보니 원래 이런 변태였지.'

진시에게는 상대를 짓밟는 듯, 시궁쥐 보는 듯한 시선을 보내 봤자 역효과일 뿐이다.

그냥 명령이라고 포기하고 꿀을 먹거나, 아니면 자존심을 유지하기 위해 어떻게든 도망치든가 둘 중 하나다.

'최소한 투구꽃 꿀이라면 그래도 먹을 수 있을 텐데.'

독초의 꿀은 또한 독이 된다.

문득 마오마오의 머릿속에서 무언가가 연결되었다.

생각을 정리하고 싶었지만 변태가 집요하게 손가락을 들이대고 있으니 아무 생각도 할 수가 없었다.

손가락이 입 속으로 들어오려 하기 직전.

"내 시녀에게 뭘 하고 있는 거죠?"

교쿠요 비가 불쾌한 표정으로 들어왔다.

뒤에는 자기 머리를 부둥켜안은 홍냥도 있었다.

약사의 혼잣말

28화 : 꿀 2

"진시 님도 그냥 장난이 지나치셨을 뿐입니다. 이제 그만 용서해 주시면 안 되겠습니까?"

가오슌은 마오마오를 리슈 비가 사는 금강궁으로 안내해 주고 있었다. 가오슌의 주인은 방금 전 있었던 일에 대해 비취궁에서 교쿠요 비와 시녀들에게 몹시 닦달을 당하고 있을 터였다.

"알겠습니다. 그럼 다음에는 가오슌 님이 핥으시면 아무 문제 없을 것 같네요."

"하, 핥는 건…."

가오슌은 복잡한 표정을 지었다. 가오슌은 제정신인 모양인지라 아무리 진시라 해도 사내의 손가락을 핥는 취향은 없는 모양이었다.

"아셨으면 됐습니다."

마오마오는 입술을 삐죽거리며 성큼성큼 걸어갔다.

정말이지 세상에 저런 변태가 없다. 얼굴이 아름다운 탓에 더 문제가 심각하다. 저런 식으로 도대체 몇 명이나 구워삶았을까.

파렴치하기 짝이 없다.

높은 분만 아니었다면 다리 사이를 걷어차 줬을 텐데, 하고 생각했지만 없는 것을 걷어차 봤자 아무 소용도 없다는 결론에 도달했다.

그런저런 생각을 하고 있는 사이 두 사람은 새로 지어진 남쪽 궁에 도착했다.

리슈 비는 벚꽃 빛깔의 옷을 입고, 보드라운 머리카락을 꽃비녀로 정돈한 차림새였다.

원유회 때 입었던 호화로운 의상보다 이런 귀여운 의상이 훨씬 더 잘 어울린다고 마오마오는 생각했다.

교쿠요 비가 쳐들어왔을 때, 마오마오는 마음에 걸린 무언가를 확인하기 위해 리슈 비와 면회를 시켜 달라고 요청했다.

리슈 비는 진시가 없다는 사실에 노골적으로 낙담하는 태도를 보였다. 생김새만은 잘난 변태이니 어쩔 수가 없다.

"나한테 묻고 싶다는 게 뭐지?"

리슈 비는 공작 깃털 부채로 입을 가리고 긴 의자에 느긋하게 앉아 있었지만, 다른 비들 같은 위엄은 느껴지지 않았다. 어딘지 모르게 겁을 먹은 눈치의, 아직 앳된 비일 뿐이다.

미인이라 칭송받을 정도로 아름답긴 하지만 여자로서의 색향은 아직 지니지 못했다. 닭뼈처럼 비쩍 마른 체형의 마오마오보다도 더욱 납작한 몸매였다.

등 뒤에는 시녀 둘이 의욕 없는 얼굴로 서 있었다.

리슈 비는 주근깨 많은 낯선 시녀를 불쾌한 얼굴로 쳐다보고 있었으나, 자세히 보니 원유회 때 그 시녀라는 사실을 알아차린 모양인지 갑자기 눈을 크게 뜨고는 아주 약간 차분해진 표정을 지었다.

"꿀을 싫어하시나요?"

어느 정도 서두를 두고 이야기를 하는 편이 좋았겠지만 귀찮았던 마오마오는 대뜸 본론부터 꺼냈다.

리슈 비는 눈을 동그랗게 떴다.

"어떻게 알았어?"

"얼굴에 다 쓰여 있습니다."

'그야 보면 알지요.'

의아해하던 비의 얼굴이 점점 뾰로통한 표정으로 변해 갔다. 정말로 알기 쉬운 사람이다.

"옛날에 꿀을 드시고 배탈이 나신 적이 있습니까?"

리슈 비의 얼굴에 토라진 기색이 더욱 짙어졌다. 긍정의 뜻인 모양이었다.

"식중독에 걸려서 음식을 위에서 받아들이지 못하게 되는 일은 드물지 않습니다."

토라져 있던 리슈 비가 고개를 가로저었다.

"그건 아니야. 기억은 안 나. 내가 갓난아기일 때 얘기라니까."

리슈 비는 갓난아기일 적에 꿀 때문에 생사의 고비를 왔다 갔다 한 적이 있었다고 한다. 어쨌든 몸에 받지 않는 음식이니 유모나 시녀들은 지금까지 계속 먹지 말라고 한 모양이었다.

"너무 무례한 것 아니야? 느닷없이 쳐들어와서는 리슈 님께 그렇게 조심성 없이…."

심술궂은 여자의 목소리가 들렸다.

'자기가 할 소린가?'

지난번 다과회에서 꿀을 싫어하는 주인을 감싸 주지 않았던 시녀들 중 한 명이었다.

'이런 식으로 아군인 척하는구나.'

때때로 외부인을 악역으로 만들고 자신은 리슈 비의 편인 체한다. 세상 물정 모르는 어린 비는 주위 사람들이 모두 적이라고만 생각하게 된다. 아군은 자신들밖에 없다고 계속해서 속삭이며, 비를 고립시킨다.

그러니 비는 시녀들에게 의지할 수밖에 없다. 악순환이다.

본인이 괴롭힘을 당하고 있다는 사실을 알아채지 못하면 겉으로 드러나지 않는 일이다. 원유회 때는 시녀들도 도가 너무 지나쳤지만.

"저는 진시 님의 명을 받고 이곳에 와 있습니다. 뭐 문제라도 있나요? 하고 싶은 말이 있으면 진시 님께 직접 말씀하시지요."

마오마오는 호랑이의 위세를 빌리는 김에 귀찮은 일도 덮어씌웠다. 그 정도는 해도 되겠지.

지금 저렇게 얼굴이 시뻘게진 시녀들이 앞으로 무슨 핑계를 대고 변태 환관에게 접근할지가 기대되는 상황이었다.

"한 가지 더."

마오마오는 무표정한 얼굴 그대로 리슈 비를 돌아보았다.

"석류궁 시녀장과는 예전부터 면식이 있으셨습니까?"

리슈 비의 놀란 표정은 그대로 질문에 대한 답이 되었다.

○ ● ○

"좀 찾아 주셨으면 하는 게 있습니다."

마오마오의 부탁을 받은 가오슌은 궁정 서고에 있었다.

후궁에 소속된 마오마오는 기본적으로 후궁 밖으로 나갈 수가 없다.

도대체 무엇을 알아낸 걸까.

고작 열일곱밖에 되지 않았다고는 생각할 수 없는 그 깊은 지식과 냉정한 태도에는 가끔 놀라 눈을 크게 뜨게 되곤 했다. 이성적으로 사물을 판단하고 처리하는 능력은 여자로 두기에는 아깝다는 생각마저 든다. 물론 그것은 일부 변태적 성벽性癖을 제외했을 때의 이야기지만.

대단히 쓰기 편한 장기짝.

그렇게 취급하면 될 텐데. 본인도 싫다고는 하면서도 얌전히 지시에 따를 테니까.

누구 이야기를 하는지는 명확하다. 생김새만큼 내면이 성숙하지는 못한 자신의 주인 일이다.

"미안한 짓을 했군."

가오슌은 문득 혼잣말을 했다.

주인의 지나친 장난은 역시 막았어야 하는 걸까.

하지만 막는다고 뭐가 달라졌을까.

원망스러워하던 마오마오의 눈을 떠올리니 앞으로 무슨 이상한 약을 먹게 될지도 모른다는 불안이 머릿속을 스쳤다. 가오슌은 조금 신경이 쓰이기 시작한 앞머리의 이마선을 어루만졌다.

○ ● ○

마오마오는 자기 방 침대에 책상다리를 하고 앉아 책장을 넘겼다. 좁은 바닥에는 막자사발과 약연이 굴러다니고, 벽에는 말린 약초들이 걸려 있었다. 도구는 가오슌에게 부탁해서 얻거나 의국에서 슬쩍해 온 물건들이었다.

"16년 전이라….'

'왕제도 비슷한 시기에 태어났구나.'

마오마오의 손에는 실로 꿰매어 묶어 놓은 책이 한 권 들려 있었다. 후궁 내에서 벌어진 일에 대해 정리한 책이었다.

가오슌에게 부탁해서 얻은 책이 바로 그것이었다.

현 황제의 동궁 시절에 태어난 아이는 한 명이다. 아이의 모친은 동궁의 젖형제였으며, 나중에 숙비가 된다.

아이는 젖먹이 시절에 사망했고, 그 후 선제가 붕어하고 새로운 후궁이 만들어질 때까지 아이는 태어나지 않았다.

'동궁 시절의 비는 쭉 한 명뿐이었구나.'

뜻밖의 일이었다. 지금의 모습이 호색한 아저씨인 걸 보면 동궁 시절에도 첩이 여럿 있을 줄 알았다. 10년 이상 단 한 명의 비만 두고 지냈다는 사실을 도무지 믿을 수가 없었다.

역시 뜬소문이나 구전 말고 제대로 글로 기록된 것을 참고할 필요가 있다.

16년 전.

젖먹이 사망.

그리고.

"의관 뤄먼羅門, 추방."

마오마오는 낯익은 이름을 발견했다.

솟구치는 감정은 놀람이 아니라 납득이었다. 이전부터 왠지 그런 느낌이 들었더랬다.

후궁에 수도 없이 돋아나 있던 약초들은 전부 마오마오가 잘 쓰는 종류였다. 자연히 난 것이 아니라, 예전에 누군가가 옮겨 다 심어 놓은 거라고 상상할 수 있었다.

마오마오는 집 주위에 약초를 심어 키우는 사람을 한 명 알고 있었다.

"아버지, 대체 무슨 짓을 저지른 거야?"

노파 같은 생김새의, 다리를 질질 끌며 걸어 다니는 사내. 유곽의 약사 노릇만 하기에는 너무나 아까울 정도의 의술을 가진 인물.

마오마오에게 약을 가르쳐 준 스승은 한쪽 슬개골이 빠진 전직 환관이었다.

"교쿠요 비전하께서 편지를 보내셨다고?"

"네, 직접 드리라 하셨습니다."

"아뒤 님은 지금 다과회에 가셨는데."

포근한 인상의 시녀장 펑밍은 난감한 표정으로 마오마오를 바라보았다.

펑밍은 마오마오가 내민 함을 열어 보았다. 그 속에는 편지 대신 작은 병과 나팔 모양의 작은 꽃 한 송이가 들어 있었다. 병에서는 익숙한 단내가 풍겼다.

펑밍은 그것이 무엇인지 알아차렸는지, 문득 어깨를 파르르 떨었다.

'정답인가?'

마오마오는 함 속에서 작은 병을 치웠다. 그러자 속에는 작은 쪽지가 들어 있었고, 거기에는 펑밍이라면 알아들을 수 있는 낱

말들이 조목조목 적혀 있었다.

"펑밍 님께 드릴 말씀이 있습니다."

"알았어."

'눈치가 있는 분들은 얘기가 빠르단 말이야.'

펑밍은 굳은 표정으로 마오마오를 석류궁 안으로 들였다.

펑밍의 방은 홍냥의 방과 거의 비슷한 구조였지만, 짐이 전부 방 한구석에 쌓여 있는 것을 보니 이미 짐 싸기는 다 끝난 모양이었다.

'역시….'

두 사람은 방 안에서 원탁을 사이에 두고 마주 앉았다. 몸이 따스해지는 생강이 들어간 잡차를 대접받았고, 다과로는 조금 딱딱한 빵이 나왔다. 빵 위에는 꿀에 절인 과일이 올라가 있었다.

"대체 무슨 일이야? 대청소는 이제 다 끝났는데."

다정한 목소리였지만 어딘가 모르게 상대의 의중을 살피려는 듯한 기색이 느껴졌다. 마오마오의 진의를 알면서도 자신이 먼저 본론을 꺼내지는 않겠다는 태도였다.

"그게, 언제 이사하시나요?"

마오마오는 방구석에 놓인 짐을 보며 물었다.

"눈치가 빠르구나."

펑밍이 갑자기 차가운 말투로 말했다.

대청소 따위는 그냥 겉으로 댈 핑계에 불과하다.

신년 인사와 함께 새로운 상급 비를 들이기 위해, 아둬 비는 이 궁을 떠나야만 한다.

후궁에 자식을 낳지 못하는 비는 필요치 않다.

아무리 오랜 시간 함께한 비라 해도 그것은 마찬가지였고, 아둬 비에게 강력한 뒷배는 없었다.

황제와 젖형제라는, 실제로 피를 나눈 가족보다도 더욱 깊은 관계가 지금까지 아둬 비의 지위를 공고히 해 주고 있었을 것이다.

하다못해 그때 태어났다는 사내아이가 아직 살아 있기라도 했다면 아둬 비는 당당하게 가슴을 펴고 다닐 수 있었을 텐데.

'아마 아둬 비는 이제….'

청년처럼 늠름한 그 자태에서 여성스러움은 전혀 느껴지지 않았다.

마치 여자가 환관이 된 것 같았다.

마오마오는 억측만을 가지고 말하는 것을 싫어한다.

하지만 확신이 있다면 말하지 않을 수 없었다.

"아둬 비전하께서는 이제 더 이상 자식을 낳지 못하시는군요."

"……."

침묵은 긍정을 의미한다.

펑밍의 표정이 점점 더 굳어져 갔다.

"출산 당시에 무슨 일이 있었던 건가요?"

"너랑은 상관없는 얘기 아니니?"

중년의 시녀장이 눈을 가늘게 떴다.

다정하고 남 보살피기 좋아하는 여성의 모습은 사라지고, 적개심만이 눈동자 속에서 활활 불타고 있었다.

"상관없는 일이 아닙니다. 출산 당시에 그 자리에 있었던 건 제 양아버지니까요."

펑밍은 자리에서 일어나, 아무런 감회도 없는 얼굴로 사실을 말하는 마오마오를 바라보았다.

후궁의 의관은 항상 사람이 부족하다. 돌팔이 의사가 지금의 자리에 계속 눌러앉을 수 있을 정도니 말 다 한 셈이다.

의사라는 특수한 직업을 가지고 있으면서 일부러 환관이 될 필요는 없기 때문이다. 인간관계가 서투른 아버지는 아마 강제로 그 일을 떠맡게 되었을 것이다.

"아마 왕제의 출산과 겹쳤던 게 불행의 원인이었을 겁니다. 양쪽을 천칭에 달아 본 결과, 아둬 비전하의 출산은 뒤로 미뤄졌겠죠."

난산 끝에 아이는 무사히 태어났으나 아둬 비는 자궁을 잃었다.

그리고 아이 또한 얼마 못 가 죽었다.

얼마 전 벌어졌던 독이 든 백분 사건과 마찬가지로 아둬 비의 아이 역시 그 백분 때문에 죽은 게 아닌가 하는 이야기도 있지만 마오마오는 그건 아니라고 생각했다. 아버지가 후궁에 있는 동안 그런 유독한 백분을, 당시 동궁비였던 아둬 비가 쓰게 내버려 뒀을 리가 없다.

"펑밍 님이 책임감을 느끼고 계신 건 아닌지요. 당시 출산 후 몸 상태가 좋지 않으셨던 아둬 님 대신 갓난아기를 돌보았던 건 펑밍 님이셨을 겁니다."

"…뭐든지 다 알고 있구나. 아둬 님을 구해 드리지 못했던 돌팔이의 딸 주제에."

"그러게 말입니다."

의료 행위는 '어쩔 수 없었다'는 말 한마디로 끝내서는 안 된다고 아버지는 말했다.

돌팔이라고 욕을 얻어먹는다면 달게 받아들일 사람이다.

"그 돌팔이는 분명 납 성분이 들어 있는 백분의 사용을 금지했을 겁니다. 총명한 펑밍 님께서 그것 때문에 아이를 죽게 만들진 않으셨겠죠."

마오마오는 함 속에 들어 있던 작은 병을 열었다. 속에서 끈끈한 꿀이 주르륵 흘러나와 반짝였다. 마오마오는 함께 들어 있던 붉은 꽃을 입에 물었다.

달콤한 꿀의 맛이 났다. 마오마오는 꽃을 집어 들고 손끝으로 빙빙 돌렸다.

"꽃 중에는 독이 있는 게 많습니다. 투구꽃이나 철쭉처럼요. 그리고 그 꿀에도 독성이 있죠."

"나도 알아."

"그러시겠죠."

집에서 양봉을 한다니 당연히 그 정도 지식은 있을 것이다.

어른이 중독 증상을 일으킬 정도의 독을 아이에게 줄 리가 없다.

"하지만 갓난아기에게만 듣는 독이 일반 꿀 속에 섞여 있을 거라고는 생각하지 못하셨던 겁니다."

억측이 아니라 확신이었다.

드물긴 하지만 그런 독이 있다. 저항력이 약한 갓난아기에게 만 통하는 독이.

"스스로 독 시식을 해 봤으니 괜찮을 거라는 생각에, 영양가가 많은 음식이라며 먹였던 약이 설마 역효과를 일으킬 줄은 몰랐죠."

그리고 아뒤 비의 아이는 숨을 거두었다.

사인을 수수께끼로 남긴 채.

당시 의관이었던 마오마오의 아버지 뤄먼은 출산시의 처치 문제까지 더하여, 거듭된 실수의 책임을 물어 후궁에서 추방 당했다. 그리고 그 벌로써 한쪽 무릎의 뼈를 빼는 형벌에 처해졌다.

"아둬 비전하께서 아시길 바라지 않으셨던 거죠?"

주인의 유일한 자식을 죽인 원인이 바로 자신이라는 사실을.

"그래서 리슈 비전하를 해코지하려 하셨고요."

리슈 비는 선제 시절, 연상의 며느리로서 아둬 비를 잘 따랐다.

아둬 비도 리슈 비를 귀여워했다고 한다. 어쩌면 어린 리슈 비가 선제의 마수에 걸리지 않도록 지켜봐 주고 있었는지도 모른다.

부모에게서 떨어진 어린 딸과, 아이를 낳지 못하는 여성. 일종의 쌍방 의존 관계가 탄생했던 셈이다.

하지만 어느 날 갑자기 리슈 비는 아둬 비에게 거부당한다. 몇 번을 만나러 가도 펑밍에게 쫓겨날 뿐이었다.

그 상태에서 선제가 붕어하고, 리슈 비는 출가하게 된다.

"리슈 비전하께서 펑밍 님에게 꿀에 독이 있다는 사실을 가르쳐 줬던 거죠?"

만일 리슈 비가 계속 석류궁에 드나들면 언젠가는 아둬 비에게 그 사실을 말할지도 모른다. 총명한 아둬 비는 그 말을 듣고 무언가를 알아차릴 수도 있다.

그것만은 피하고 싶었다.

하지만 출가하여 두 번 다시 만날 일이 없을 거라 생각했던 소녀는 또다시 후궁에 나타났다.

심지어 같은 상급 비로서.

아둬 비를 궁지에 몰아넣는 입장이 되어.

그런데도 그 꼬마 계집애는 뻔뻔하게도 마치 어머니를 갈구하는 것처럼 계속해서 아둬 비를 만나러 오려 한다.

분위기 파악 못 하고 세상 물정 모르는 꼬마 계집애가.

그래서 없애려 했다.

온화하고 포근한 시녀장은 사라지고, 거기에는 차가운 눈빛을 지닌 여자만이 있었다.

"원하는 게 뭐지?"

"그런 건 없습니다."

마오마오는 목 뒤로 싸늘한 기척을 느꼈다.

뒤에 있던 선반에는 방금 전 빵을 썰었던 식칼이 놓여 있었다. 철판에 달랑 구멍만 뚫은, 간소한 만듦새의 물건이었으나 몸집 작은 마오마오에게는 충분히 위협적이었다.

펑밍이 손을 뻗으면 닿을 거리였다.

"뭐든 다 좋아."

펑밍이 달콤한 말을 건넸다.

"그런 건 아무 의미 없다는 사실을 펑밍 님 스스로가 가장 잘 알고 계시지 않습니까?"

마오마오의 말에 펑밍은 멍하니 웃었다. 억지로 꾸며 낸 가식

웃음조차 짓지 못하는 그 표정 안쪽에는 대체 무엇이 꽉 들어차 있는 걸까.

"…넌, 자기한테 가장 소중한 사람의 가장 소중한 게 뭔지 아니?"

펑밍은 희미한 미소를 지은 채 마오마오에게 말했다. 마오마오는 고개를 가로저었다. 뭐가 제일 소중한지 마오마오는 몰랐다. 사람도, 물건도.

"나는 그것을 빼앗아 버렸어. 옥구슬처럼 소중한 갓난아기를."

처음 모셨을 때부터 자신은 이 사람 외에 다른 사람은 모실 수 없다고 생각했다. 여성이지만 확고한 의지를 갖고, 동궁과 같은 시선에서 동등하게 대화를 나눌 수 있는 그분을 존경했다.

부모의 말에 순종하고 오로지 시키는 대로 행동하기만 했던 자신과 비교해서 얼마나 충격을 받았는지 모른다고, 펑밍은 미소를 지으며 말했다.

"아둬 님은 그때도 말씀하셨어. 아이는 하늘이 내린 수명을 다하고 간 거라고. 그러니 사람들이 슬퍼하고 안타까워할 필요는 없다고 말이야."

어린아이는 보통 일곱 살까지 자랄 수 있을지 없을지도 모르는 일이다. 사소한 병에 걸리기만 해도 금방 죽어 버리곤 한다.

"하지만 난 아둬 님이 매일 밤 우셨다는 사실을 알고 있었어."

평밍은 천천히 고개를 숙였다. 오열 소리 같은 것이 터져 나왔다.

방금 전까지의 의젓한 시녀장의 모습은 사라지고, 거기에는 그저 참회하는 여자만이 있을 뿐이었다.

그 16년 동안 평밍은 도대체 어떤 마음으로 아둬 비를 모셔 왔을까. 반려도 얻지 않고, 오로지 아둬 비만을 섬기고 일하면서.

마오마오는 모른다. 평밍의 마음을. 그렇게까지 타인을 소중하게 여기는 마음이 마오마오에게는 없었다. 그렇기 때문에 평밍이 진심으로 바라는 게 무엇인지도 알 수 없었다.

자신이 이제부터 제안하는 일을 받아들여 줄까.

요 며칠 동안 자신이 서적을 조사했다는 이야기는 이미 진시에게도 보고가 들어갔을 것이다.

후궁을 관장하는 환관에게 마오마오는 비밀을 만들 수 없다. 후요 공주 때와 마찬가지로 얼버무릴 수 있을 거라고 생각하지도 않는다.

얼버무릴 일도 아니다.

마오마오의 이야기를 들으면 진시는 평밍을 체포할 것이다.

그리고 반드시 극형이 내려질 것이다. 무슨 일이 있어도.

16년 전의 진실이 드러나리라.

그렇다고 마오마오가 여기서 해코지를 당한다 해도 결과는 마찬가지다.

늦든 빠르든 어차피 발각이 나게 되어 있다.

현명한 시녀장이 그 사실을 모를 리가 없다.

마오마오가 할 수 있는 일은 하나뿐이었다.

진시에게 감형을 탄원하는 일도, 아둬 비의 처우를 개선해 달라고 부탁하는 일도 아니다.

두 가지 있었던 동기를 하나로 줄이는 일뿐.

그리고 아둬 비에게 그 동기를 계속해서 숨기는 일뿐이다.

아주 잔인한 일이라는 사실은 알고 있다. 상대에게 죽으라고 말하는 일이나 마찬가지니까.

그래도 마오마오의 머릿속에는 그것 하나밖에 떠오르지 않았다. 아무런 권력도 없는 꼬마 계집애가 할 수 있는 일은 그것뿐이었다.

"결과는 달라지지 않습니다. 그래도 괜찮으시다면, 제 제안을 받아들여 주십시오."

마오마오는 간청했다.

'아, 피곤해.'

마오마오는 비취궁의 자기 방으로 돌아와 딱딱한 침대에 쓰러지다시피 누웠다.

옷이 땀으로 흠뻑 젖어 있었다. 긴장했을 때 나는 땀은 더 끈적끈적하고 냄새도 상당히 독하다. 뜨거운 물로 목욕을 하고 싶은 기분이었다.

최소한 옷이라도 갈아입어야겠다는 생각에 윗옷을 벗자 그 속에는 가슴에서 배에 걸쳐 천이 둘둘 감겨 있었다. 기름종이를 여러 겹 겹치고 천으로 고정시켜 묶은 상태였다.

"필요 없게 되어서 다행이야."

'칼에 찔리면 아팠을 테니까.'

마오마오는 기름종이를 전부 벗기고 새 옷의 소매에 팔을 꿰었다.

○●○

도대체 어떻게 된 일일까, 진시는 고개만 갸웃거렸다.

범인의 자수라는 형태로 리슈 비의 독살 미수 사건이 해결되리라고 누가 생각이나 했을까.

비취궁 응접실에서 진시는 무뚝뚝한 시녀에게 그 사실을 고했다. 교쿠요 비에게는 이미 다 한 이야기였다.

"그렇게 돼서 펑밍이 자수를 했는데 말이야."

"그거 잘됐군요."

퉁명스러운 시녀는 아무런 감정도 없는 표정으로 대답했다.

진시는 탁자에 팔꿈치를 괴었다. 가오슌이 뭔가 하고 싶은 말이 있는 표정으로 이쪽을 쳐다보고 있었지만 무시했다. 행실이 바르지 못하다고 잔소리를 하고 싶은 모양이다.

"뭐 아는 것 없나?"

자꾸 이 소녀가 무슨 획책을 꾸민 것 같은 느낌이 들었다.

"무슨 말씀이신지요?"

"가오슌한테 자꾸 이 책 저 책 가져다 보여 달라고 주문했다면서?"

"네, 쓸모없게 되어 버린 일이지만요."

마오마오는 마치 상대를 비웃는 게 아닌가 싶을 정도로 담담하게 대꾸했다. 지난번에 장난이 좀 지나쳤던 터라 기분이 상한 것 같기도 했지만, 또 평소와 다름없다는 느낌도 들었다.

소녀는 여전히 오물을 보는 듯한 눈빛으로 이쪽을 보고 있었다. 이쯤 되면 무례를 넘어 오히려 시원스러워 보인다.

"동기는 네 말대로 사부인의 자리를 유지하기 위함이었다고 하더군."

"그렇군요."

시녀는 아무런 관심도 없다는 듯 이쪽을 보고 있었다.

"안타깝게도 아뒤 비는 상급 비 자리에서 내려오게끔 결정이 되어 있어. 후궁을 나가, 앞으로는 남쪽 별궁에서 살게 될 거다."

"혹시 이번 일이 원인인가요?"

마오마오가 물었다.

고양이가 드디어 금화에 관심을 갖게 된 모양이었다.

"아니, 원래 결정되어 있던 일이다. 황제 폐하의 판단으로."

친정에 돌려보내지 않고 별궁에 살게 하는 것은 그래도 오랜 세월 동안 함께한 애착이 있기 때문일까.

드물게도 마오마오가 먼저 질문을 했기에 진시는 저도 모르게 약간 들뜨고 말았다. 자리에서 일어나 한 걸음 다가가자 상대는 약간 경계하는 표정으로 반걸음 물러선다.

그러니까 내가 말하지 않았느냐고, 가오슌이 어이없는 얼굴로 지켜보고 있었다.

역시 지난번의 그 사소한 장난을 아직 마음에 담아 두고 있는 모양이었다.

너무 경계하면 진시도 곤란하다. 진시는 다시 의자에 걸터앉았다.

몸집 작은 시녀는 고개를 숙이고 방을 나가려다 문득 걸음을 멈췄다.

빨간 나팔 모양의 꽃줄기가 꽂혀 있었다.

"아까 홍냥이 꽂아 놓고 갔다."

"네. 흐드러지게 활짝 피어 있네요."

마오마오는 꽃을 집어 들고 꽃받침을 떼어 내더니 꼭지를 입에 물었다.

진시도 고개를 갸웃하다 천천히 다가가 마오마오의 흉내를

냈다.

"단맛이 나는군."

"독이지만요."

진시가 퉤 뱉어 내고 손으로 입을 가리자 가오슌이 다급히 물을 가져다주었다.

"죽을 정도는 아니니 괜찮습니다."

기묘한 소녀는 입술을 핥으며 아주 약간 달콤한 미소를 지었다.

약사의 혼잣말

30화 : 아둬 비

마오마오가 밤에 잠이 오지 않아 비취궁을 몰래 빠져나온 건 정말로 우연이었다.

내일 숙비는 후궁을 떠난다.

마오마오는 큰 이유 없이 그냥 밖으로 나와 휘적휘적 걸어 다니고 있었다. 이미 겨울의 추위가 코앞까지 닥쳐와 있었기에, 솜옷을 두 겹 걸쳐 입고 나왔다.

후궁 안에는 여전히 불건전한 사랑이 이곳저곳에서 싹트고 있었기에 실수로라도 덤불 속이나 건물 뒤를 들여다보지 않도록 조심해야 했다. 불타오르는 뜨거운 마음의 소유자들은 야외의 겨울 추위도 큰 장벽으로 느껴지지 않는 모양이었다.

문득 하늘에 뜬 반달을 올려다보던 마오마오는 후요 공주 일을 떠올리고 생각난 김에 외벽을 기어올라 보기로 했다. 기왕이면 달구경을 하면서 술이나 한잔하고 싶었지만 비취궁에는 술이 없으므로 포기했다. 지난번에 진시가 줬던 술을 좀 남겨 놓을 걸 그랬다. 오랜만에 살무사주를 마시고 싶어졌으나 지난번에 봤던 광경을 떠올린 마오마오는 그냥 됐다며 고개를 절레절레 저었다.

마오마오는 외벽 한구석에 튀어나온 벽돌 부분에 발을 걸치고 열심히 기어 올라갔다. 조심하지 않으면 치맛자락이 걸릴 것만 같았다.

바보와 연기는 높은 곳을 좋아한다…는 말이 있긴 하지만 역시 높은 곳에 올라오면 기분이 좋다. 달과 작은 별빛들이 도성을 비추고 있었다. 저 멀리 보이는, 반짝반짝 빛나는 거리는 아마도 유곽일 것이다. 밤의 거리라는 말에 걸맞게 꽃과 꿀벌들의 이야기가 전개되고 있을 것이 분명했다.

마오마오는 딱히 무슨 일을 하는 건 아니고, 그냥 성벽 가장자리에 앉아 다리를 흔들며 하늘을 올려다보고 있었다.

"저런, 먼저 온 손님이 있었군?"

높지도 낮지도 않은 목소리가 들렸다.

뒤를 돌아보니 바지를 입은 늠름한 청년이 서 있었다.

아니, 청년으로 보이지만 그 사람은 아둬 비였다. 머리를 하나로 묶어 등 뒤로 내리고, 어깨에는 커다란 호리병박을 걸고 있었다. 얼굴이 살짝 불그스름하고 옷은 얇았다. 걸음걸이는 똑바르지만 술을 한잔한 모양이었다.

"아뇨, 바로 자리를 비워 드리겠습니다."

"괜찮아. 한잔하고 가."

비가 잔을 내밀자 마오마오에게는 그것을 거절할 이유가 없었다.

평소였다면 교쿠요 비를 생각해서 사양했겠지만 아둬 비가 후궁에서 마시는 최후의 술잔을 거부할 정도로 마오마오도 눈치가 없지는 않았다. 결코 술에 낚인 건 아니다.

마오마오는 잔을 양손으로 받아 들고 비가 따라 주는 탁주를 받았다.

단맛이 강하고 술 냄새가 그리 독하지 않은 맛이었다.

둘은 딱히 별 대화를 나눌 것도 없이 그저 술만 홀짝홀짝 마셨다. 아둬 비는 호리병을 그냥 입에 대고 호쾌하게 마시고 있었다.

"남자 같지?"

"그리 행동하시는 듯 보입니다."

"하하, 솔직한 자로군."

아둬 비는 한쪽 무릎을 세우고 그 위에 턱을 올렸다. 그 아름다운 콧날과 긴 속눈썹으로 둘러싸인 눈동자가 왠지 낯이 익었다. 누군가를 닮은 것 같았지만 머릿속이 흐려져 알 수가 없었다.

"아들을 내 품에서 잃은 후로 나는 줄곧 황제의 친구로 살아왔지. 아니, 친구로 돌아갔다고 봐야 하는 걸까."

비로서 행동하지 않고, 친구로서 곁에 있었다.

젖형제 시절부터 함께 있었던 소꿉친구로서.

자신이 비로 간택되리라고는 생각지도 못했다.

그저 첫 상대로서 안내역으로 선택되었을 뿐이었다.

황제의 정 덕분에 십수 년이나 허울뿐인 비 노릇을 해 왔다.

빨리 그만두고 물러났어야 했는데.

왜 지금껏 매달리고 있었을까.

아둬 비의 독백이 이어졌다.

옆에 있는 게 마오마오든 아니든, 아니 그 누구든 상관없이 계속 이어졌을 말이었다.

내일이면 사라질 비.

그 어떤 소문이 후궁 안을 떠돌든 이제는 상관없는 일이다.

마오마오는 입을 다물고 가만히 이야기를 듣고 있었다.

아둬 비는 말을 끝내자 자리에서 일어나 호리병을 거꾸로 들고 속의 내용물을 성벽 밖 해자에 부었다.

전별錢別 선물처럼 보내는 술을 바라보며 마오마오는 문득 얼마 전 자살했던 하녀를 떠올렸다.

"물속은 추웠겠지."

"그렇겠죠."

"괴로웠을 거야."

"그랬을 겁니다."

"참 바보야."

"…그럴지도 모르죠."

"다들 바보야."

"그럴지도 모릅니다."

왠지 알 수 있었다.

역시 그때 그 하녀는 자살했다는 걸.

그리고 아둬 비는 그 사실을 알고 있었다. 하녀와 직접 아는 사이였는지도 모른다.

'다들'이라는 말에는 아마 펑밍도 포함되어 있으리라. 하녀의 자살에 한몫 거들었을 수도 있다.

아둬 비에게 혐의가 가지 않도록 차가운 물속에 가라앉은 하녀.

들키고 싶지 않은 비밀을 지키려 스스로 교수형 대에 오른 펑밍.

아둬 비의 의사와는 상관없이, 비를 위해 목숨을 바친 사람들이 있다.

'정말로 아까운 일이야.'

남 위에 설 수 있는 소질과 자격을 갖춘 사람인데.

비로서가 아니라 다른 형태로 황제의 곁에 있었다면 치세가 더 잘 이루어졌을지도 모른다.

그런 쓸모없는 생각을 하며 마오마오는 밤하늘을 올려다보았다.

아둬 비가 먼저 내려가고, 얼마 후 마오마오도 슬슬 추워졌기에 외벽을 내려가려던 순간이었다.

"뭐 하는 거지?"

느닷없이 목소리가 들리는 바람에 마오마오는 깜짝 놀라 발을 헛디뎌, 벽 중간쯤에서 떨어지고 말았다.

등과 엉덩이에 충격이 느껴졌다.

"누구야, 갑자기."

마오마오가 투덜거리자,

"미안하게 됐군."

귓가에서 속삭이는 소리가 들렸다.

깜짝 놀라 뒤를 돌아보자 불쾌한 표정을 짓고 있는 진시가 있었다.

"진시 님이 왜 이런 곳에 계시는 거죠?"

"그건 내가 할 말이야."

마오마오는 방금 성벽에서 떨어졌는데도 몸이 그렇게 아프지 않다는 사실을 깨달았다. 충격을 느끼긴 했지만 땅바닥에 부딪힌 감각은 느끼지 못했다.

어떻게 된 일인고 하니 지금 현재 마오마오의 바로 밑에 진시가 깔려 있기 때문이다.

'으악!'

마오마오는 몸을 일으키려 했으나 몸이 움직이질 않았다. 무언가에 단단히 고정되어 있었다.

"…진시 님, 좀 놓아주시면 안 될까요?"

마오마오가 정중하게 물었으나 진시는 마오마오의 배에 두른 팔을 풀어 주지 않았다.

"진시 님."

마오마오가 아무리 불러도 무시하기만 할 뿐이었다. 마오마오가 고개를 뒤틀어 진시의 얼굴 쪽을 돌아보자 불그레하게 물든 얼굴이 보였다. 내뿜는 숨결에서 술 냄새가 풍겼다.

"술을 드셨나요?"

"사교의 일환이야. 어쩔 수 없다."

진시는 그렇게 말하며 하늘을 올려다보았다. 맑은 겨울 하늘에는 별들이 반짝반짝 빛나고 있었다.

'사교의 일환이라….'

마오마오는 실눈을 뜨고 진시를 쳐다보았다. 후궁 내의 사교 생활이라고 하면 결국 색안경을 쓰고 보게 될 수밖에 없다. 아무리 중요한 물건이 없다 한들, 황제도 너무 진시를 자유롭게 풀어놓는 게 아닌가 싶기도 하다.

"놓아주십시오."

"싫어, 추워."

아름다운 환관의 입에서 어린애처럼 칭얼거리는 소리가 흘러
나왔다. 보아하니 겉옷도 입지 않은 것이, 저 상태로 한밤중에
돌아다니면 추운 게 당연하다. 가오슌은 도대체 어디 갔을까,
하고 마오마오는 생각했다.

"그럼 감기 걸리기 전에 방으로 돌아가시지요."

진시가 자기 집으로 가든, 술을 얻어먹은 사람 방에서 묵어가
든 어쨌거나 마오마오하고는 상관없는 일이다.

하지만 진시는 이마를 마오마오의 목덜미에 문질러 대며 더
욱 세게 안기만 할 뿐이었다.

"집주인은 나한테 술을 권해 놓고서 실컷 먹이기만 하더니 자
기는 볼일이 있다면서 나가 버렸어. 그리고 돌아오더니 자기는
이제 후련하다면서 그만 가라고 날 내쫓지 뭐야."

진시를 그런 식으로 취급하는 사람이 이 후궁 안에도 있었단
말인가. 마오마오는 약간 감탄했다. 하지만 그것과 이것은 별
개의 문제다.

'주정뱅이 상대는 사양하고 싶은데.'

취하면 이렇게 옆 사람을 붙잡고 늘어지니 문제다.

'아니, 잘 생각해 보니 원인은….'

마오마오는 자기가 성벽에서 떨어졌다는 사실을 이제야 깨달
았다. 이 상황을 생각해 보면 그래도 진시가 자신을 받아 줬다

는 말이 된다. 술 때문에 발이 미끄러졌는지 풀밭 위에 자빠져 있는 꼬락서니이긴 하지만.

받아 준 사람에게 고맙다는 말도 하지 않고 빨리 떨어지라고 만 하는 건 아무리 그래도 너무 실례되는 행동이라고 마오마오 는 생각했다. 그렇다고 이대로 상대의 몸을 깔아뭉개고 있을 수도 없는 노릇이다.

"진시 님⋯."

벌써 몇 번인지 모를 부탁을 하려 입을 열었을 때였다. 목덜 미에 무언가가 뚝 떨어지는 느낌이 들었다. 미지근한 그것은 마오마오의 목에서 등을 따라 흘러내렸다.

"조금만 더."

진시의 목소리와 함께 배에 감겨 있던 팔에 더욱 힘이 들어갔 다.

"조금만 온기를 나눠 줘."

평소와는 다른 그 목소리에 마오마오는 한숨을 내쉬었다. 그 리고 하늘을 올려다보며 반짝이는 별을 하나 둘 세었다.

다음 날 정문에는 수많은 구경꾼들이 몰려들었다.

후궁에 가장 오랫동안 있었던 비는 어젯밤과 다르게, 아무리 봐도 안 어울리는 넓은 소매 웃옷과 치마를 입고 있었다.

주위 궁녀들 중에는 손수건을 깨무는 자도 있었다.

늠름한 청년 같은 비는 젊은 궁녀들에게 그야말로 숭배의 대상이었던 듯했다.

진시가 아둬 비 앞에 서서 무언가를 받아 들고 있었다. 어젯밤 취한 모습을 봤던 마오마오는 약간 걱정이 되었지만, 숙취는 없는 모양이었다. 진시가 받아 든 것은 자신이 숙비라는 사실을 증명하는 관료이었다. 이것은 이제 시간이 지나면 다른 여자에게로 넘어갈 것이 결정되어 있었다.

'둘이 옷을 서로 바꿔 입으면 좋을 텐데.'

천녀 같은 용모와 늠름한 청년 같은 용모. 마오마오는 문득 전혀 다른 그 두 얼굴이 묘하게 닮았다는 사실을 알아차렸다.

'아, 그렇구나.'

어젯밤 마오마오는 아둬 비가 누군가를 닮았다고 생각했다. 그것은 진시였던 모양이다.

만약 아둬 비가 진시의 입장이었다면 어땠을까.

정말이지 아무짝에도 소용없는 생각이었다.

아둬 비의 행동거지는 결코 후궁에서 쫓겨나는 가엾은 여자의 모습이 아니었다.

당당하게 가슴을 펴고, 자신의 할 일을 다 마쳤다는 얼굴. 일종의 성취감마저 느껴지는 위풍당당한 모습이었다.

문득 말도 안 되는 억측이 머릿속을 스쳤다.

어떻게 저렇게 당당할 수 있을까.

비로서의 소임도 다하지 못했는데.

'아들을 내 품에서 잃은 후로.'

어젯밤 아둬 비의 말이 떠올랐다.

'내 품에서 잃은 후로? 아들이 죽은 후가 아니라?'

받아들이기에 따라서는 아직 살아 있다고 생각할 수도 있는 말이었다.

아둬 비가 아이를 낳지 못하게 된 이유는 황태후의 출산과 겹쳤기 때문이었다. 왕제와 비의 아이는 숙부와 조카 관계다. 심지어 거의 동시에 태어났다면 쌍둥이처럼 닮았을 수도 있지 않을까.

'만일 아이가 바뀌치기 되었다면?'

출산 당시 아둬 비는 뼈저리게 느꼈으리라. 둘 중 어떤 아이가 앞으로 더욱 소중하게 키워질지.

황제 유모의 딸인 아둬 비의 자식이 아니라 황태후의 자식이라는 입장일 때, 아이는 더욱 두터운 비호를 받을 수 있을 것이다.

산후 조리를 제대로 받지 못했던 아둬 비는 어느 쪽이 옳은지 제대로 판단하지 못했을지도 모른다.

하지만 바뀌치기가 되어, 자신의 아들이 살아남았다면 그것은 아둬 비가 바라는 바였을 것이다.

후일 그것을 들켰다면.

심지어 진짜 왕제가 죽은 후였다면.

아버지가 단순히 추방만 당한 게 아니라 육형肉刑을 받은 것도 충분히 납득이 간다. 의관이 갓난아기가 바꿔치기 되었다는 사실을 몰랐을 리 없으니 말이다.

왕제의 입지가 불안정한 것도.

비 자리에 아무런 미련도 없는 아둬 비가 후궁에 계속 남아 있었던 이유도.

'말도 안 되는 소리야.'

마오마오는 고개를 가로저었다.

어처구니없는 망상이었다. 비취궁의 세 시녀들도 이렇게까지 비약적인 상상을 하진 않을 것이다.

'이 이상 지켜봐 봤자 아무 소용도 없겠지.'

마오마오가 비취궁으로 돌아가려 하는데 앞에서 정신없이 달려오는 사람이 있었다.

앳되고 사랑스러운 얼굴의 소녀, 리슈 비였다.

리슈 비는 마오마오의 존재를 알아차리지도 못하고 정문으로 뛰어갔다.

뒤에는 문제의 독 시식 담당이 숨을 헐떡거리며 따라왔다.

그 뒤에는 딱히 뛰어오는 기색도 없고, 그냥 귀찮아하는 얼굴로 슬슬 쫓아오는 다른 시녀들이 보였다.

'여전한가 보네. 한 명만 빼고.'

마오마오가 해 줄 수 있는 일은 없다. 자기 시녀 일 정도는 스스로 해결하지 못하면 이 여자의 화원 안에서 살아갈 수 없을 것이다.

하지만 적어도 지금은 혼자가 아니다.

그것만으로도 훨씬 나을 것이다.

리슈 비는 아둬 비 앞으로 나아가, 삐걱거리는 동작으로 오른손과 오른발을 동시에 내밀었다. 그러다 옷자락을 밟았는지 땅바닥으로 자빠져 얼굴을 찧고 말았다.

주위에서 웃음을 참는 소리가 나자 리슈 비는 울음을 터뜨릴 것 같았지만, 아둬 비가 수건으로 얼굴을 닦아 주었다.

청년처럼 늠름하던 비의 얼굴이 문득 어머니의 얼굴로 보였다.

약사의 혼잣말

31화 : 해고

"이걸 어쩌지?"

진시는 우울한 얼굴로 서류를 내려다보고 있었다.

"어떻게 할까요?"

과묵한 종자도 서류를 쳐다보고 있었다.

아무리 봐도 골치가 아픈 안건이었다.

"지난번 펑밍 사건에 관련된, 펑밍의 집안사람들 및 그 관계자들의 명부입니다."

펑밍은 바로 처형되었다. 설마하니 일가친척 전부까지 죽임을 당한 건 아니었지만 친족들은 모두 재산을 몰수당했고, 경중의 차이는 있을지언정 모두에게 육형이 내려졌다.

주인인 아둬 비에게까지는 책임이 미치지 않았던 게 그나마 다행이었다. 모든 것은 펑밍의 독단으로 이루어진 일이었기 때문이다.

관계자들 중에는 펑밍의 집안과 상업적으로 거래하던 곳들도 포함되어 있었다. 단순한 양봉 농가일 거라고만 생각했는데 상당히 폭넓은 거래를 하고 있었던 모양이었다.

"후궁 안에도 그 자녀가 80명 있습니다."

"2천 명 중 80명이라, 상당히 높은 적중률이군."

"그렇군요."

가오슌은 미간에 주름을 잡으며 주인에게 물었다.

"은폐할까요?"

"할 수 있어?"

"원하신다면."

원하신다면.

가오슌은 진시의 말에 따를 것이다.

그것이 옳든 그르든 상관없이, 진시가 말하는 대로.

진시는 깊은 한숨을 내쉬었다.

관계자들 중에는 익숙한 이름도 기술되어 있었다.

문제의 약사를 납치해서 팔아넘긴 것이 바로 그 관계자들 중 하나였던 모양이었다.

"자, 이제 어떻게 할까."

쉽게 정할 수 있다면 좋을 텐데. 자신이 선택한 행위에 따라 그 소녀가 어떤 표정을 지을지, 진시는 무척이나 두려웠다.

명령을 내리는 일은 간단하다. 하지만 그것이 소녀의 뜻과 반대되는 행위라면 소녀는 그것을 어떻게 받아들일까.

평민과 귀인. 마오마오는 진시와 자신을 그렇게 구분 지었다. 아무리 싫은 명령이라도 결국은 받아들일 것이다. 원래도 구분 지어져 있던 경계에 더욱 깊은 골이 생길 것만 같았다.

그렇다고 그냥 은폐해 버린다면 어떻게 될까.

마오마오가 원해서 온 곳도 아닌 장소에 그 애를 그냥 붙잡아 놓는다면. 그리고 눈치 빠른 그 애가 그 사실을 알아차리게 된다면.

"진시 님."

곰곰이 생각에 잠겨 있는 진시에게 가오슌이 말을 걸었다.

"단순히 써먹기 좋은 장기짝일 뿐이 아니었던 겁니까?"

냉정한 종자의 말에 진시는 천천히 앞머리를 쓸어 올렸다.

"대량 해고?"

"그렇다니까."

간식으로 곶감을 먹으며 샤오란이 말했다. 마오마오가 과수원에서 슬쩍해 와서는 처마 밑에 몰래 매달아 말린 곶감이었다. 들키면 야단을 맞을 것이다. 아니, 사실은 이미 야단을 맞았다. 홍냥이 알아차리지 못할 리가 없었으나 다행히 때마침 가오슌이 와 준 덕분에 살았다. 가오슌이 곶감을 좋아한다는 이야기를 하자 홍냥은 "이번뿐이야."라며 눈감아 주었다.

"뭐랄까, 일가친척을 전부 처형시켜 버리는? 그런 느낌으로 거래 내역이 있었던 상인 가문의 딸들을 전부 해고시키게 되었대."

샤오란의 혀짤배기 같은 목소리에 마오마오는 고개를 끄덕였다.

'왠지 엄청 안 좋은 예감이 드는걸.'

마오마오의 예감은 잘 들어맞는다.

서류상으로 마오마오의 출신은 교역 일을 하는 상인 가문으로 되어 있었다. 펑밍의 집안이 양봉 농가였다면 접점이 있었을지도 모른다.

'지금 당장 해고당하는 건 아주 곤란한데.'

마오마오는 지금의 생활이 그럭저럭 마음에 들던 차였다.

유곽으로 돌아갈 수만 있다면 그야 기쁘겠지만, 돌아가면 머릿속에 돈 계산밖에 없는 녹청관 할멈의 마수에 금세 떨어질 게 뻔하다.

리하쿠 이후로 아직 손님을 보내지도 못했다.

그게 문제였다.

'창관으로 팔려 가고 말 거야.'

마오마오는 샤오란과 헤어져, 평소에는 썩 만나고 싶지 않았던 인물을 찾기로 했다.

"별일이 다 있군. 그렇게 숨을 헐떡거리고."

후궁 정문에서 만난 아름다운 환관은 가벼운 말투로 말을 걸었다.

마오마오는 비취궁뿐만 아니라 다른 사부인들의 저택까지 전부 돌고 난 후였다.

"후우…."

"좀 침착해라. 얼굴이 새빨개졌지 않나."

천녀 같은 진시의 얼굴에 약간의 초조함이 떠올랐다.

"드, 드릴 말씀이, 이, 있습니다."

마오마오가 띄엄띄엄 말했다.

진시는 눈을 가늘게 떴다. 어째서인지 그 얼굴에는 수심이 깃들어 있었다.

"알겠다. 안에서 이야기하자."

안내받아 간 곳은 궁관장의 방이었다. 오랜만에 밖에서 멍하니 시간을 때우게 된 궁관장에게는 미안한 기분이었다. 궁관장은 최근 들어 아둬 비 일 때문에 몹시 바빴던 듯했다. 마오마오는 궁관장에게 고개를 꾸벅 숙이고 안으로 들어갔다.

진시는 이미 의자에 앉아 책상에 놓여 있던 서류를 보고 있었다.

"이번 대량 해고 문제 때문에 물어보러 온 것이겠지?"

"네. 저는 어떻게 되는 건가요?"

진시는 대답 대신 서류를 보였다. 고급 종이에 적혀 있는 여러 이름들 중에는 마오마오의 이름도 있었다.

"즉, 해고당하게 되었다는 말이군요."

'어떻게 하지.'

해고하겠다는 말을 듣고 그러지 말아 달라고 말할 수 있는 입장은 아니었다. 자신은 일개 궁녀에 불과하다는 사실을 마오마오는 아주 잘 알고 있었다. 마오마오는 무표정한 채, 최대한 매달리는 표정을 짓지 않으려 애썼다. 결과적으로는 평소와 다름없이 털벌레 보는 듯한 얼굴이 되어 버리고 말았다.

"어떻게 하고 싶지?"

자신의 뜻을 묻는 그 목소리에는 평소 같은 달콤함은 없었다. 오히려 반대로 응석이라도 부리는 듯 다소 어린 목소리였다. 그러나 목소리와 다르게, 얼굴만은 심각하게 굳어져 있었다.

얼마 전 아둬 비가 후궁을 떠나기 전날 밤과 같은 목소리였다.

"저는 한낱 궁녀에 불과합니다. 시키시는 대로 허드렛일이든, 식사 시중이든, 독 시식이든 명령만 하시면 모든 일을 다 할 것입니다."

마오마오는 솔직하게 말했다. 명령하면, 자신이 할 수 있는 일은 최대한 할 생각이었다. 급료가 다소 깎인다 해도 불평하진 않는다. 창관으로 팔려 가기 전까지 최대한 시간 유예를 얻을 수만 있다면 신규 고객 유치든 뭐든 다 할 생각이었다.

'그러니 자르지만 말아 줘.'

마오마오는 스스로가 최선을 다해 자신을 해고하지 말아 달라는 뜻을 전했다고 생각했다.

하지만 청년의 표정은 여전히 딱딱했다. 청년은 문득 시선을 돌리더니 작은 한숨을 내쉬었다.

"알았다. 보수는 후하게 쳐 주마."

청년의 목소리는 차가웠고, 고개를 숙이고 있었기에 표정은 보이지 않았다.

교섭은 실패했다.

○ ● ○

풀이 죽은 주인을 보는 게 오늘로 벌써 며칠째일까. 가오슌은 깊은 한숨을 내쉬었다.

아직까지 일에는 지장이 없었지만, 자기 방으로 돌아가기만 하면 방 한구석에 쪼그리고 앉아 음울한 분위기를 풍기고 있으니 돌아 버릴 노릇이었다.

거의 무슨 포자라도 내뿜을 듯한 기세였다.

아름다운 천녀의 미소와 달콤한 꿀 같은 목소리를 지닌 청년의 모습은 온데간데없었다.

마오마오는 해고 보고를 받은 그다음 주에 궁을 나갔다. 퉁명스럽긴 하지만 예의는 바른지, 자신이 신세를 졌던 곳을 하나하나 다 찾아가 인사를 했다고 한다.

교쿠요 비는 망설였지만 진시가 정한 일이라는 말을 듣자 일단 물러났다. "후회해도 난 몰라요." 하고 원망 섞인 말을 정중하게 내뱉으면서.

"역시 붙잡으셨으면 좋았을 것을."

"아무 말 마라."

가오슌은 팔짱을 끼고 미간에 더욱 깊은 주름을 잡았다. 문득 옛일이 떠올랐다.

마음에 드는 장난감을 잃어버렸을 때 어땠더라. 더 새롭고 신기한 장난감을 찾아다 주느라 얼마나 고생했더라.

아니, 장난감과 똑같이 취급해서는 안 될지도 모른다.

진시는 소녀를 도구처럼 다루고 싶지 않았기에 굳이 붙잡지 않았다. 그런 상황에서 더 특이하고 새로운 소녀를 데려다준다한들 무슨 소용이 있을까.

아주 골치 아픈 상황이 되어 버렸다.

"대신할 것을 찾지 못한다면 진짜를 갖다주는 수밖에 없겠지."

진시에게 들리지 않는 작은 목소리로 중얼거리던 가오슌은 문득 어떤 인물을 떠올렸다.

소녀의 집을 잘 아는 무관이 있다.

"손이 많이 가겠군."

결국 늘 고생만 하는 신세인 가오슌은 뒷목을 벅벅 긁었다.

약사의 혼잣말

종 장 : 환관과 기녀

"일이다, 갔다 오너라."

마오마오는 할멈에게 재촉을 받아, 상당히 훌륭한 마차에 올라탔다.

오늘 밤 일은 어떤 귀인의 연회라고 했다.

도성의 북쪽에 줄줄이 늘어선 커다란 저택들을 보고 마오마오는 한숨을 내쉬었다.

언니들과 그 외 몇 명이 모두 아름다운 옷을 입고, 요염한 화장을 하고 있었다. 자신도 그와 똑같은 차림을 하고 있다고 생각하니 묘하게 불편한 기분이었다.

일행은 긴 복도를 지나 나선계단을 올라가 넓은 방으로 들어갔다. 천장에는 등롱이 매달려 있고, 붉은 술 장식이 흔들리고 있었다.

붉은 양탄자가 깔린 바닥에는 짐승 모피가 여러 겹 깔려 있었고, 거기에 오늘 밤의 손님이 앉아 있었다.

'역시 엄청난 부자인가 봐.'

거기에는 다섯 명 정도 되는 손님들이 한 줄로 앉아 있었다. 생각보다 다들 젊었다.

흔들리는 불빛에 비친 젊은이들의 모습을 보고 바이링 언니가 혀로 입술을 날름 핥았다. 옆에서 죠카 언니가 옆구리를 쿡 찔렀다. 요염한 죠카 언니는 보기보다 엄청나게 손이 빠르다. 할멈조차 포기할 정도로.

'좀 더 빨리 소개해 달란 말이야.'

궁정에서 일하는 고관들이라고 했다. 리하쿠의 소개로 왔다는 모양이다.

리하쿠의 연줄이라면 마오마오의 빚도 조금은 탕감될 것이다.

뭐, 사실 궁에서 나올 때 생각보다 돈을 넉넉히 받았기에 마오마오는 굳이 몸을 팔 필요도 없어 이렇게 단기 근로로 가끔 일하고 있었다.

'할멈이 보란 듯이 혀를 찼었지.'

녹청관 할멈은 마오마오를 꼭 기녀로 만들고 싶은 모양이었다.

요 몇 년 동안 그 움직임은 현저하게 눈에 띄었다.

약사 흉내 따위는 그만두라는 소리를 몇 번이나 들었지만 그건 불가능했다. 자신의 관심사가 약학에서 가무로 바뀔 가능성은 손톱만큼도 없었다.

그나저나 방에 있는 술병 하나하나, 깔개 한 장 한 장이 전부 눈이 빙빙 돌 정도의 고급품들이다.

'장식품 하나 정도는 기념품으로 슬쩍 가져가도 아무도 모르겠는걸.'

그런 생각을 하던 마오마오는 안 되지 안 돼, 하면서 고개를 가로저었다.

기녀를 저택으로 부르는 일은 기루에서 연회를 벌이는 일보다 비용이 훨씬 많이 든다. 게다가 불러온 기녀들은 하나같이 하룻밤 술자리로 1년을 번 은을 모조리 탕진해 버릴 정도로 잘나가는 유명 기녀들뿐이었다.

녹청관의 세 아가씨 메이메이, 바이링, 죠카를 한꺼번에 부르다니, 돈이란 정말이지 있는 곳에는 어마어마하게 있는 모양이었다.

마오마오는 세 아가씨들을 돋보이게 하기 위해 함께 끌려온 여러 명 중 하나였다.

사전에 어느 정도 교육을 받긴 했지만 마오마오는 시가도 읊을 줄 모르고, 얼후도 탈 줄 모른다. 무용 따위는 완전히 논외다. 하다못해 손님의 술잔이 비지 않도록 지켜보는 일밖에 할 수가 없을 듯했다.

마오마오는 표정 근육을 웃음으로 고정시킨 뒤 빈 잔에 천천히 술을 따라 나갔다.

모든 손님들이 언니들의 시가와 춤에 푹 빠져 이쪽을 쳐다보지 않고 있으니 매우 편했다. 세 아가씨들을 제외한 다른 기녀와 장기를 두기 시작한 손님도 있었다.

'응? 재미가 없나?'

모두가 환한 미소를 지으며 술에 취하고 무용을 즐기는 가운데, 혼자 고개를 푹 숙이고 있는 자가 있었다.

고급 비단옷을 입은 그 젊은이는 한쪽 무릎을 세우고 자작으로 술을 마시고 있었다.

그 주위만 분위기가 탁한 회색인 듯했다.

'이러면 내가 할 일이 없잖아.'

쓸데없이 성실한 데가 있는 마오마오는 술이 가득 든 병을 들고 우울한 젊은이 옆에 앉았다.

윤기 흐르는 앞머리가 얼굴 윗부분을 온통 뒤덮고 있었다. 표정이 전혀 보이질 않았다.

"혼자 있게 해 줘."

'?'

어디서 많이 듣던 목소리였다.

그렇게 생각함과 동시에 마오마오의 손이 움직였다.

무례나 실례라는 생각은 머릿속에서 싹 빠져나가고 없었다.

고개를 숙인 남자의 이마를 건드리지 않으려 조심하며, 살며시 앞머리를 들어 보았다.

아름다운 용모가 드러났다.

잔뜩 풀이 죽어 있던 그 얼굴이 순간 놀란 표정으로 바뀌었다.

"진시 님?"

반짝반짝 빛나는 미소도 없고 꿀처럼 달콤한 목소리도 아니었으나 그것은 익숙한 환관이 분명했다. 진시는 눈을 몇 번 깜빡거리더니 마오마오의 얼굴을 빤히 쳐다보았다. 마오마오는 영 불편했다.

"넌 누구지?"

"그런 말 자주 듣습니다."

"화장하면 사람이 달라진다는 소리 듣지 않아?"

"그런 말 자주 듣습니다."

전에도 비슷한 대화를 했던 것 같은 기억이 났다. 마오마오는 집어 올렸던 앞머리를 놓았다. 그러자 진시의 손이 뻗어 와 마오마오의 손을 잡으려 했다.

"왜 도망가는 거야?"

진시가 토라진 표정으로 이쪽을 쳐다보고 있었다.

"기녀를 만지시면 안 됩니다."

규칙이니 어쩔 수 없다. 건드리면 추가 요금을 받아야 한다.

"애당초 왜 그런 차림새를 하고 있는 거지?"

마오마오는 시선을 피하며 떨떠름한 표정으로 대답했다.

"단기 근로 중입니다."

"기루에서? …혹시, 너…."

진시가 무슨 말을 묻고 싶어 하는지 바로 눈치챈 마오마오는 실눈을 뜨고 진시를 쳐다보았다.

왜 자꾸 사람의 정조를 그렇게 의심하는지 모를 노릇이다.

"딱히 개인적으로 손님을 받은 적은 없습니다. 아직은."

"아직…?"

"……."

대구할 말이 없다. 남은 빚을 몽땅 변제하기 전에 할멈이 억지로 손님을 받게 할 가능성도 있으니 말이다. 아버지와 언니들의 제재 덕분에 아직은 그런 일이 벌어지지 않았지만.

"내가 사 줄까?"

"네?"

마오마오는 무슨 농담을 하시냐는 표정을 지었다가 문득 머릿속에 어떤 생각이 떠올랐다.

"좋을지도 모르겠네요."

"!"

진시는 경악했다. 딱총 맞은 비둘기 같은 표정이었다.

왠지 오늘은 그렇게 반짝반짝 빛나지는 않지만 표정이 풍부하다. 늘 짓던 천녀의 미소는 아름답지만 인간 같다는 느낌은 들지 않더랬다.

가끔 두 개의 영혼이 하나의 육체 속에 갇혀 있는 것 같은 느낌이 아닌가 하는 생각도 든다.

"다시 한번 후궁에서 일하는 것도 괜찮을 것 같습니다."

진시가 어깨를 축 늘어뜨렸다.

무슨 일인가 싶어 마오마오는 고개를 갸웃거렸다.

"넌 그곳이 싫어서 나간 게 아니었더냐?"

"제가 언제 그런 말씀을 드렸죠?"

빚을 갚기 위해 궁에서 계속 일하게 해 줄 수 없느냐고 부탁하러 갔는데 해고한 건 본인이 아니었던가.

귀찮은 일이 많긴 했지만 그래도 교쿠요 비의 시녀로 일하는 것은 상당히 조건이 좋았다. 독 시식 담당이라는 특수한 직업은 일부러 얻으려 해도 얻기 힘들다.

"마음에 안 드는 일이라면 독 실험을 할 수 없다는 것뿐이었습니다."

"그건 제발 하지 말아 줘."

진시는 세운 무릎 위에 턱을 올렸다. 어이없다는 표정을 짓나 싶더니 금세 쓴웃음을 지었다.

"그래. 넌 그런 녀석이지."

"그건 또 무슨 말씀이시죠?"

"말이 너무 부족하다는 소리 안 듣나?"

"…자주 듣습니다."

쓴웃음이 점점 앳된 미소로 바뀌었다.

이번에는 마오마오가 퉁명스러운 표정으로 고개를 숙였다. 그런 마오마오에게 진시가 손을 뻗었다.

"왜 자꾸 도망치는 거야?"

"규칙이니까요."

하지만 진시는 뻗은 손을 뒤로 빼지 않았다.

진시는 물끄러미 마오마오를 노려보고 있었다. 안 좋은 예감이 들었다.

"살짝 건드리는 건 괜찮지 않아?"

"안 됩니다."

"닿는 것도 아니고."

"기력이 닳습니다."

"한 손만. 손가락 끝만이라면 괜찮지 않아?"

"……"

끈질기다. 그러고 보니 이 사내, 아주 집요한 남자였다.

마오마오는 할 수 없다는 듯 눈을 감고 깊은 숨을 토했다.

"손가락 끝만이에요."

말이 끝나기 무섭게 무언가가 입술을 꾹 누르고 갔다.

눈을 떠 보니 진시의 긴 손가락 끝에 붉은 연지가 묻어 있었다.

마오마오가 넋이 나가 있는 사이 진시가 손을 뒤로 뺐다. 그러더니 놀랍게도 자신의 입술 위로 그 손가락을 눌렀다.

'이 자식이….'

두 손가락을 떼자 아름다운 입술 위에 희미한 연지가 묻어났다.

진시는 눈을 가늘게 뜨고 한층 더 소년 같은 미소를 지었다. 뺨에도 연지가 묻은 듯 살짝 발그레해졌다.

마오마오는 어깨를 부들부들 떨었으나 진시가 너무나도 천진난만한 미소를 짓는 바람에 아무 말도 하지 못하고 그냥 고개만 숙이고 시선을 피했다.

'자꾸 그러니까 욃잖아.'

입술을 비틀며 꾹 다문 마오마오의 뺨도 벚꽃 빛깔로 물들어 있었다. 뺨에는 연지를 칠하지도 않았는데.

키득거리는 소리가 들려오나 싶더니 주위 사람들이 모두 이쪽을 보고 있었다.

언니들이 히죽히죽 웃으며 쳐다보는 중이었다.

뒷일이 두렵다.

자리가 엄청나게 불편하다.

어느샌가 나타난 가오슌이 고개를 절레절레 저으며 팔짱을 끼고 있었다.

한바탕 일을 끝내기라도 했다는 표정으로.

하나부터 열까지 온통 곤란한 일들뿐이었기에 그 뒤의 상황은 잘 기억이 나지 않는다.

그저 언니들이 몹시 집요하게 추궁해 댔다는 사실만이 기억 속에 남아 있다.

○ ● ○

며칠 후 도성의 유곽에 아름다운 귀인이 나타났다.

할멈도 눈을 뒤집을 정도로 어마어마한 금, 그리고 어째서인지 벌레에서 돋아났다는 신기한 풀을 들고 나타난 그 사내는 한 소녀를 원했다.

약사의 혼잣말 1권 마침

약사의 혼잣말

약사의 혼잣말 [1]

2018년 12월 20일 초판 발행
2024년 4월 10일 4쇄 발행

저자	휴우가 나츠
일러스트	시노 토우코
옮긴이	김예진

발행인	정동훈
편집인	여영아
편집 팀장	황정아 김은실
편집	노혜림

발행처	(주)학산문화사
등록	1995년 7월 1일
등록번호	제3-632호
주소	서울특별시 동작구 상도로 282 학산빌딩
편집부	02-828-8838
마케팅	02-828-8986

ISBN 979-11-348-1429-8 04830
ISBN 979-11-348-1428-1 (세트)

값 9,000원